新潮文庫

出署せず

安東能明著

JN267114

目次

出署せず

折れた刃

1

柴崎令司《しばざきれいじ》は目の前のエレベーターが開くのを辛抱強く待っていた。署長が霞《かすみ》が関《せき》の本部七階に上っていったのは午後三時過ぎ。それから小一時間が過ぎようとしている。

「おそいですね」

ハンドルに手を置きながら言った。

うしろから返事はなかった。助川《すけがわ》は後部座席で目を閉じて、うたた寝をしている。綾瀬《あやせ》署の副署長だ。この一月の誕生日で五十の大台に乗ったようだが、のんきなものだ。

署長が監察に呼び出されたというのに。

署員の不祥事とみて、まずまちがいない。痴漢行為か、それとも暴力沙汰《ざた》か。有無を言わさず呼び出されたぐらいだから、かなり重いはずだ。

憂鬱《ゆううつ》な気分だった。春の定期異動が終わったばかりで、署の中は落ち着かない。慣れぬ人間の世話を焼かねばならないし、ただでさえ多い書類仕事が倍に増える時期でもある。そこに持ってきて監察からの呼び出し。

まずまちがいなく仕事が増える。しかも、業務に差し障《さわ》りが出るほどに。

エレベーターの扉が開き、短かめに髪を切った制服姿の女が現れた。すらりと伸びた手足。身長は百六十五センチくらいだろう。肩にかけた革製のショルダーバッグに手を添え、ゆっくりと後部座席に乗り込んできた。

「お待たせしました」

「いえ」

柴崎はバックミラーで女の顔を一瞥《いちべつ》した。

奥二重で切れ長の目にすっと通った鼻筋。ファンデーションに淡い色の口紅だけを薄くつけている。それだけで、清楚《せいそ》な顔ができあがっている。

綾瀬署の新署長の坂元真紀《さかもとまき》。柴崎よりひとつ年下の三十六歳。階級は警部の柴崎より上の警視だ。そして、独身。

二日前に着任したばかりだ。

着任の挨拶《あいさつ》まわりで足立区長を訪ねた帰り、坂元の携帯が鳴ったのが午後二時半。

一分ほど話したのち、ただちに本部へ向かうように指示されたのだ。そのため、午後に予定していた訪問先はすべてキャンセルする羽目になった。

「署でいいんですね？」

柴崎は確認した。

「お願いします」

「了解しました」

クルマが動き出すと、助川が目を開け、横に座る坂元を見やった。

「ああ、お帰りなさい。時間食いましたね」

「お待たせしました」

助川はそれ以上しゃべらず、短く刈り上げた髪に手をあて、底意地の悪そうな目で、車窓を眺めている。

柴崎は慎重にアクセルを踏み込んで、本部の地下駐車場から桜田通りに出た。内堀通りに入って、背にした本部が遠ざかるころ、坂元がズボンをはいた脚をそろえ、おもむろに口を開いた。

「悪法もまた法なりでしょうか」

「は？」

「銃刀法では、刃の長さ、つまり刃体《はたい》が六センチメートル以上の刀剣類が所持禁止の対象ですね？」

ゆっくりと、だが正確な口調だった。

何事かと柴崎は思った。

監察室に呼ばれて、いったいなんの話をしてきたというのか？

「そのとおりです。罰則は、二年以下の懲役または三十万円以下の罰金になります」

前を向いたまま答える。

数年前に秋葉原で刃物を使った大量殺傷事件があり、そういった犯罪を抑止するという名目で銃刀法が改正された。しかし、それがどうしたというのだろう。

「カッターナイフも同じですね？」

「法の趣旨から言って、同じだろうと思います」

「軽犯《けいはん》にも引っかかりますよ」

助川が口をはさんだ。

軽犯罪法でも、正当な理由がなく刃物を携帯している者は違反になる。ただ、それだけだ。九千円程度の罰金だけで起訴はできない。

「では、職務質問中で、刃体が六センチ以上のカッターナイフを見つけた場合、担当官が刃先を折って、六センチ未満にしたらどうなりますか？」

「だれが折ると？」

助川が訊《き》き返した。

「職質をかけた警官です」

「それは外形的に、銃刀法違反容疑から軽犯罪法違反容疑へ変わります」柴崎が言った。「つまり、摘発された者は、重大な犯罪行為ではなく、軽犯罪を犯したものとして扱われるわけです」

助川が背もたれから身を起こし、

「うちの署員がやったんですか？」

と坂元にたずねた。

「正確に言うと、上が折らせたようです」

「幹部が？」

「地域第三係の統括係長らしいのですが」

バックミラー越しに助川と目が合った。

「石村《いしむら》警部補？」

理解に苦しむというふうに、助川が言った。

坂元はうなずくと、ふたたび口を開いた。「石村さんはどんな方ですか？」

「五級職警部補ですけどね」

助川が答えた。

「それは知っています」

五級職警部補は、課長代理以上の警部が不在の場合、指揮をとるために作られた職制だ。当直勤務のときの司令塔になる。

「この三月で退職するベテランですよ」

そこまで言うと口を閉ざした。

「去年の十一月二十三日の未明、綾瀬駅近くの路上に停まっていたミニバンの運転手に、地域第三係の係員二名が職務質問をかけて、運転手が持っていた小物入れから刃体六センチ強のカッターナイフを見つけた。ふたりは判断を仰ぐため当直主任だった石村さんに携帯で連絡を入れました。石村さんはそのとき、『折って持って来い』と命じたというのです」

「そういうことか」助川が肩の力を抜くように言った。「刃体が六センチ以上だと銃刀法違反で処理しなくちゃならんからなあ」

柴崎もすんなり理解できた。銃刀法違反になれば、地域課ではなく、生活安全課が受け持つようになる。軽犯罪ではなく純然たる犯罪行為として、捜査をする必要が生じるのだ。

そうなったら、所持していたときの状況からはじまり、こと細かに調べ上げ立件しなければならない。しかし、軽犯罪法違反なら、被疑者の簡単な取り調べののち、簡易報告書を一枚書けばすむ。

助川はごくなにげない感じで、

「監察に発覚した発端は、被疑者の告発ですか？」

と坂元に訊いた。

「いえ、ホットラインで」

「やれやれ、またそれか」

とため息まじりにつぶやく。

内部通報制度だ。数年前に、不法行為を見つけた場合、警視庁管内に籍を置く者は、だれでも匿名《とくめい》で監察に電話できる仕組みが整えられたのだ。簡単に言えば、部内者によるタレコミ。

「で、監察は？」

助川が訊き返す。

「重大事案と認識しているようです」

「ええっ？　カッターナイフごときがなあ。折るほうも折るほうだが、チクったのは、どんな野郎かな」

「お言葉ですが副署長」柴崎はあらたまった口調で受ける。「内部通報制度が形骸化《けいがいか》しないよう、通報者は保護されるべきものです。類似した事案を聞いていますし、放置しておけば、広がる恐れがあります」

「大げさじゃないか」

無責任な言い回しに、また助川に対する印象を悪くした。

所轄署《しょかつしょ》はどこもこんなものだろうか。

ふと柴崎は、昨年の六月まで、警視庁本部の筆頭課である総務部企画課に籍を置いていたことを思った。警視総監直属の花形セクションだ。しかし、部下の拳銃《けんじゅう》自殺の責めを負わされる形で、綾瀬署の警務課、課長代理へ飛ばされた。都落《みやこ》ち以上の大左遷《だいさせん》だ。

当時の企画課長による謀略であり、それを正すため、企画課長の身辺を必死になって調べた。そして、企画課長が幹部へ賄賂《わいろ》を贈っている証拠をつかんだ。その事実を、柴崎は警察ＯＢの岳父を通じて上層部へ上げたのだ。その結果、企画課長は懲戒処分ぎりぎりの左遷人事をくらい、警視庁中枢《ちゅうすう》からはじき出された。

それにしても、あわただしい一週間だった。

春の定期異動の内示が出たのが先週の二月十二日。その翌日、追加の異動内示が出て、綾瀬署の署長も交代となったのだ。新たに着任した坂元新署長の前官は、ドイツの日本大使館一等書記官。バリバリのキャリアだ。広島県警本部捜査二課長や警察庁長官官房総務課長補佐などを歴任している。これまで警視庁には、ふたりの女性警察署長がいたが、キャリアははじめてとのこと。女性登用に積極的な総理大臣の意向を受けて、東京都知事がそれに乗った格好だった。

「まだ石村が悪いと一方的に決めつけられんぞ。通報した側に、気に入らない上司を懲《こ》らしめてやろう、っていう魂胆があるのかもしれないしな」助川が不満気に言う。

「とにかく、事実関係をはっきりさせるのが肝心です」坂元が言った。「関係者からよく話を聞いて、必要ならば証拠集めをする必要があるでしょう」

「それでよいと思いますが、場合によっては、訴訟に備えて徹底的な取り調べと内部捜査を尽くす必要があるかと存じます」柴崎が引き取った。

監察が重大事案と認識しているのなら、関係者の処分は必定だろう。今回の事案が、かりに事実だとすれば、石村警部補は、来月三月三十一日にせまった退職を待たず、依願退職に追い込まれるはずだ。そのあと東京地検に書類送検され、起訴されたなら裁判にかけられる。警察を辞めた石村が否認して争う構えを見せても検察が負けないように、証拠をそろえておかなければならない。不正を行った警官は組織から徹底的に追いつめられる。非情なようだがそれが警察社会の現実なのだ。

「訴訟になった場合の罪名は？」

坂元が訊いた。

「石村警部補の命令に従った二名の係員は証拠隠滅です」

柴崎は答える。

「じゃ、石村さんの罪名は証拠隠滅教唆《きょうさ》？」

「そうなると思います」

「望月《もちづき》はどうかなあ」

助川が口をはさんだ。

望月は地域課長だ。石村が単独で行った気配が濃厚だが、彼も知りうる立場にあったはずだ。

「もし望月課長が知っていたら、犯人隠避容疑になりますね？」

「そうなるかもしれません」

ことの重大性を理解するにつれ、坂元の顔に厳しさが増した。

「そこまでいくと監察の仕事だけどなあ。うちはそこそこ調べて、あとは書類を上げておけばいいんじゃないか」

助川が妥協案を口にしたので、柴崎はバックミラーで坂元の様子を窺《うかが》った。それを受ける格好で、坂元が言った。「おそらく柴崎さんが仰《おつしや》るとおりになろうかと思いますが、署をあずかる身として、どこまで調べをすればよいか、まだ着任したてでわかりかねるところがあります。具体的にはどのような方法で調べを進めていけばよいのでしょうか？」

坂元が所轄署の現場に身を置いたのは公務員に成り立ての十四年前。神奈川県警川崎警察署の生活安全課で性犯罪を担当していたと聞く。それもわずか一年。

わからないことはわからないと、素直に口にする姿勢にそれなりの好感を持った。

「あのね、署長。いっぺんに、あれこれやるというのも、ちょっと無理がありますよ。まあ、殺人事件でもないんですから、ぼちぼちいきましょうや」

助川がのんびりした口調で言った。

坂元が着任してまだ三日目。三日間に分けて行われた署内向けの着任挨拶《あいさつ》も、ようやくきょうの朝、終わったばかりだ。しかし、それはそれだ。

「坂元署長。さしあたっての対応ですが、石村警部補と命令を受けた第三係の係員二名は、当面の勤務から外す必要があります」

柴崎が言うと、おやという顔で坂元が助川を見やった。

「拳銃を持たせないんですよ」と助川がつけ加える。

「というと？」

「石村は警務課あずかりでいいでしょう。係員二名は地域総務課に回しましょうか。望月課長は動かせんなあ」助川が言う。

「そうしましょう」柴崎は言った。「そのうえで署員に気どられないよう、秘密裏に事情聴取を行います」

「わたしも立ち会うのですね？」坂元が訊いた。

「もちろん、署長が中心です」当然のごとく柴崎が言う。

「なに言ってんだよ、柴崎。挨拶回りが先だろうが」助川は憮然《ぶぜん》とした顔をしている。

「事情聴取は、われわれふたりで行いますから」

「そうしていただけると助かります」

はかったような呼吸でふたりに言われて、返す言葉がなかった。

「細かな調べは柴崎、頼むぞ」

助川に声をかけられて、柴崎はバックミラー越しに副署長の顔を見返した。

「調べというと？」

「馬鹿《ばか》言ってんじゃないよ。証拠品集めだろうが。折れた刃をどっかに隠してるぞ」

「だれがですか？」

「そんなもん、知るかよ」

もう、とっくに廃棄処分されているのではないだろうか。

「どっかにあると思うぞ」

そう言うと、この話題は終わりだという感じで、ふうっとため息をついた。

柴崎は考えをめぐらした。帰署したらすぐに、望月課長に声をかけて、三名の処置について伝える。そのうえで関係する報告書を集め、あらためて三名の事情聴取をしなければならない。非番なら呼び出す必要も出てくる。

「柴崎代理、面倒とは思いますがよろしく頼みます」坂元が言った。「できれば監察は、今月中に書類を上げてくれとのことでした」

今月中？

この繁忙期にすべての調べをすませ、事実調査報告書を仕上げろというのか。

「はじめての仕事が、このようなものになり、ちょっと残念です」

それはこっちのせりふだと柴崎は思った。

あんたは命じるだけですむだろうが、こっちは署員の顔色をうかがいながらの作業となる。調査しているなどおくびにも出せない。書類仕事にしても、すべて自宅に持ち帰って、行わなければならない。

重大な任務を部下に任せきりにするような署長を送り込んできた本部に対して、無性に腹が立ってきた。

2

当直勤務態勢に入った。当直要員のいる警務課以外の照明は落とされ、署内は静まりかえっている。二階の刑事課のとなりにある小会議室に連れ込まれた石村は、神妙な面持ちでうつむいている。坂元署長は、町内会長が集まる会合に出席していて不在だ。終わったら、官舎に直帰する。

助川が石村の個人カードを見て言った。「入庁して、四十年。長いですね」

「まあ」

石村は小太りな上半身を動かしながら、うなずいた。

白髪交じりのもみあげは太く、四角くて、しわの多い顔だ。一重の大きな目が不安げに動いている。

「一時は生活安全課にいらっしゃったようですが、ほとんど所轄の地域課で勤務されていますね。このあいだに三十八本の表彰か。すごいな」

助川が持ち上げる。

たいていは三、四件なのに驚くべき数字だと柴崎は思った。

これだけ見れば優秀な警察官であるといっていいだろう。

石村は硬い表情をくずさず、返事をしなかった。助川は署長指揮簿の該当ページを開いて、ふたたび問いかける。

「では、去年の十一月二十二日から、翌二十三日にかけての当直について訊《き》きます。その当直はどんな立場でした？」

「統括係長として、署につめておりましたが」

おずおずと石村が言った。

「当直員三十五名を指揮する立場だね？」

「そうなるかと」

「午前二時過ぎ、地域第三係の川島《かわしま》巡査から電話があった。どんな内容でしたか？」

「職質で刃体が六センチ強あるカッターナイフを見つけたと」

「正確に申しましょうか」柴崎が口を開いた。「午前二時十分。地域第三係の川島、松田《まつだ》両巡査が綾瀬駅近くの路上に停まっていたミニバンの運転手に職務質問をかけた。その結果、小物入れから、刃体六センチ強のカッターナイフを見つけた。なにを思ったのかわかりませんが、川島巡査があなたの携帯に電話を入れて、判断を仰いだ。それでまちがいありませんね？」

「そうだったと思います」

「どうして、両巡査はあなたのところへ電話を入れたんですか？　六センチ以上というのがはっきりしていれば、銃刀法違反容疑の現行犯で逮捕できたと思いますが」

相手の反応をたしかめながら、助川がつめよる。

「迷っていたんだろうと思うんです」

「迷う？　なにを？」

「刃の長さです。バンカケの時には、いちいち、定規を持たせていないし」

「一見して、六センチ以上あると思ったために、両巡査はあなたに電話を入れたんじゃないの？」

「……そうだったかもしれませんが」

「あなたは電話を受けたとき、銃刀法違反容疑の現行犯で逮捕しろと命令しなかったの?」

「しませんでした」

「どうして?」

「そのあとのこともあるし」

助川はあきれたように、語気を強めた。「刃を折ってしまえば、銃刀法違反容疑より刑の軽い軽犯罪法違反で処分できるかもしれないと両巡査は考えたんじゃないの?」

「そう思っても無理はないと思いますが」

困ったものだと、柴崎は石村の顔を見つめた。

この調子でのらりくらりかわされては、いくら時間があっても足りない。たかがカッターナイフ一本ごときで、貴重な時間を浪費されてはたまらない。今夜中には石村から刃を折らせたという言質《げんち》を取らなければ。

「なぜ無理はないとあなたは考えたのかねえ?」

助川が訊いた。

「かりに六センチ以上だったとしても、銃刀法違反容疑で生安に渡せば、やれ出所はどこだ、ナイフを発見したときの状況はどうだ——なんだかんだ聞かれて報告書を山のように作れって言われるのが関の山ですから」

とんでもない発言が飛び出して、柴崎は耳を疑った。

「それは筋ちがいじゃないですか。石村さん」柴崎は口を出した。「楽をしたいがために軽犯にしてしまうなんて」

石村は顔をそむけた。

「代理」と助川にたしなめられた。「あなたはそのとき、両名に、『刃を折って持ってこい』と命令したそうだけど、ほんとうなの？」

「覚えてないです」

柴崎はむっとした。「そりゃおかしい。ふたりははっきりそう言っている」

このままずるずると相手のペースにはまってはならない。

両巡査に対する事情聴取はすでに終わっている。ふたりは口をそろえて、そう証言したのだ。

柴崎は茶封筒から、ビニール袋に入ったカッターナイフをとりだして、石村の前に置いた。ビニール袋には、証拠品番号が記されたシールが張られている。当日、押収《おうしゅう》された、折る刃式のカッターナイフだ。

「これですね？」

　と柴崎は確認を求めた。

　三百円程度でどこにでも売っているものだ。

「たぶんそうだと思います」

「刃体の長さを計りました。五・四センチです。軽犯罪法違反容疑で処理できる長さになっています」

　石村は、一瞥《いちべつ》をくれただけだった。

「今回押収したカッターナイフの刃の元々の長さは、六センチ強あったはずです」柴崎は言った。「この場合、ひとつ刃を折れば、五・四センチになります。それを、あなたも両巡査も、承知していたのではないですか？」

　石村は返事をしなかった。

「そのあたりの事情もあって、両巡査はあなたに電話を入れたんですよね？」

「わたしは知りませんよ。ふたりにきいてください」

　余裕のある表情で石村は答えた。

　苛立《いらだ》ちがつのる。

　ふたりの巡査は、カッターナイフの刃は六センチ強あったと答えているのだ。

柴崎は苦しまぎれに、助川をふりかえった。

「当直勤務を終えたその日の朝だけどね」助川が継いだ。「あなたは望月課長に、軽犯罪法違反容疑で処理した件について包み隠さず話した。それはまちがいない？」

「話したと思います」

「望月課長は、なんと言ったのかな？」

「ただ、わかったと」

「あなたは自分の誤った処置が追認されたと受けとったわけですか」

「結果的にそう判断しました」

残念だが、前もって行われた事情聴取で、望月はそのことを認めている。

望月課長は、本来なら銃刀法違反容疑で処理しなければならなかった事案を、石村係長の命令でふたりがカッターナイフの刃を折り、軽犯罪法違反容疑で処理したといういきさつを知っていたのだ。

「ふたりはあなたの命令に従って刃を折ったわけだけど、その刃は、どこにありますか？」柴崎は訊いた。

「命令したかどうか自体、覚えてないですけど」

「それは、あとで訊くとして、折った刃はどう処理したか知ってますか？」

「その場で廃棄したんじゃないですか」

「職質した現場で？」

「署に持ってきたのかもしれませんが、よく覚えていません」

「被疑者は署に連行して、取り調べをしたんだよね？」

「しました」

柴崎は手元の報告書に目を落とした。

被疑者の名前は関根利明《せきねとしあき》三十三歳。消防設備会社に勤務。職質を受けた夜は、スキーの初滑りをしに軽井沢へ行こうということで、友人と待ち合わせていたという。関根の取り調べは一時間で終わり、指紋採取と写真撮影をすませて身元引受人なしで釈放している。

「ふたりのうちどちらが折ったのかな？」

「知りませんよ」

石村は不機嫌そうに、柴崎の肩越しに壁を見つめた。

どうしてこんな取り調べを受けなければならないのかという顔つきだ。癪《しゃく》だった。監察のホットラインで事が露見した経緯を話して聞かせれば、どれほど清々するだろう。しかし、それはできない。

石村本人は、だれかが上層部に密告したくらいにしか思っていないはずだ。

川島巡査は、手袋をはめて押収したカッターナイフの刃を容疑者から見えないところで折り、ビニール袋に入れたことを認めている。そして、それを署に持ち帰って石村係長に見せたことも。一方の松田巡査は現場で巡視活動を続けていたので、署には帰っていない。

ビニール袋に入った刃は警務課の机の上に置かれ、そのあと、どう処置されたか知らないと川島巡査は言っている。

「石村さん、あなたにはふたつの容疑がかかっています。わかりますか？」

つとめて冷静を保ち柴崎は訊いた。

困惑した顔の石村に見返された。

わかっていないようだ。

「第一は、あなたがふたりに電話で誤った指示を出したこと。第二は、現場から戻ってきた川島に、虚偽の報告書を作れと命じたこと。このふたつです。どうですか認めますか？」

石村は眉《まゆ》をしかめ、うつむいただけだ。二十歳も年下の男に、なにがわかるのかという顔つきだった。

まだこの男はなにかを隠している。そう思えてならなかった。

事件とは関係のない日々の業務について、しつこいくらいに訊いた。途中で助川は退席した。石村を解放したときには、午後十時半を過ぎていた。

それからも、ひとり課に残り、取り調べた内容をPCに打ち込んだ。経堂《きょうどう》にある自宅に帰り着いたときには、午前一時を回っていた。

家は寝静まっていた。夜食代わりにミカンをふたつ食べ、風呂《ふろ》上がりに、ウーロン茶を一杯飲んだ。頭がさえて、なかなか寝付けなかった。

3

翌日。

定期異動で入れ替わった署員の人事記録の整理がなかなか終わらなかった。坂元署長は、副署長の助川とともに、挨拶《あいさつ》のための外回りで出たり入ったりを続けていた。

カウンターからふたつ目の席で、ぽつねんと石村警部補が座っている。だれも話しかける者はおらず、本人も、いまさら現場に出はしないだろうと腹をくくっている様子がうかがえる。通常の退職なら、署での勤務は今月いっぱいで終わり、そのあとは警務課付きとなって、実質、三月三十一日を待たずに退職できるのだ。

まわりの大方は、うすうす石村がそこに座っている理由に気づいているようだが、それを口にする者はいなかった。

どちらにせよ、あと一週間我慢すれば針のむしろから解放されると石村は考えているはずだった。これからも、たびたび事情聴取されるだろうが、のらりくらりとはぐらかすにちがいない。

——刃を折って持ってこい。

確かにそう指示したはずだが、その肝心なところを、石村は頑として認めない。このままでは、監察に上げる事実調査報告書の書きようがない。

子どもでもあるまいに、いったい、なにを調べてきたのだ、と大目玉を食らうのはまちがいない。それは即、柴崎自身の評価につながる。

だいいち裁判になったとき、一転して否認された日にはどうなるか。

折れた刃をなんとしても見つけ出し、石村の鼻先に突きつける。それしか事態を打開する術《すべ》はない。しかし、どうやればいいのか。折れた刃はいまでも残っているのか。

柴崎は壁のカレンダーを見上げた。

時間がない。すべての調べを終えて、書類にまとめるだけでもまる一日かかる。署長に報告して決裁を受け、そのうえで今月中に本部へあげるとなれば、実質的にはこの週末しか時間がない。

まず敵を知らなければならないと柴崎は思った。

しかし、百六十名ほどの要員を抱える地域課について、その実情はほとんどわからない。石村のふだんの勤務状況や生活態度など、まったくあずかり知らないところにある。頼りにすべきは地域課長の望月しかいないが、本人も処分を受ける身だ。そんな人間に、石村の人となりや勤務状況について、あれこれ問いただすわけにはいかない。

地域課にいる複数の課長代理の力を借りるしかないだろうか。あるいは地域総務係の小野寺課長代理あたりに。手っ取り早いのは、地域第三係に所属するふたりの係長から事情を聞くことだ。しかし、それも気が引ける。

地域課の平巡査に訊《き》いてまわるなど言語道断だ。だが、と柴崎は思う。代理や係長に訊いても用をなさなかった場合、それしか道は残っていないのではないか。

地域課では、石村が配置換えになった理由が知れ渡っているにちがいない。そんな状況だから石村について訊いても、問題はないのではないか。……いや、それはできない。まがりなりにも、この自分は警務課の課長代理を務めているのだ。平巡査たちから足元を見られるような真似《まね》は断じて行ってはならない。

頭を冷やす必要がある。柴崎はノートパソコンを立ち上げた。

ハードディスクから、去年の十一月二十二日の宿直勤務表を呼び出す。

三十五名の当直員のうち深夜の午前一時からはじまる遅番勤務の者は十八名いる。交通課からはじまり、地域課、刑事課、生活安全課、警備課から出ている。当直主任として石村のほかに、生活安全課の保安係長の名前がある。

名簿にある十八人の名前を何度も眺めた。このリストのなかに、真相を知っているものの名前があるかもしれない。監察に通報した人間も、このなかにいると見るほうが自然だろうか。そうなれば十八分の一の確率だ。通報した人間ならば、折れた刃の行方をつかんでいる可能性がある。しかし、大っぴらにその人物は探せない。内部通報制度の趣旨に反するからだ。

困難な状況には違いないが、なんとしても見つけなければ。

ふと思いつき、地域課の天野《あまの》に電話を入れた。地域総務係の課長代理だ。

自分より六つも年上の男に、石村係長が関係する捜査報告書を二年分ほどまとめて別室に持ってきてくれないかと依頼した。

「いまか?」

と天野は訊き返した。

「できれば、いますぐに」

「こっちはいまそれどころじゃない。勤務の割りふりに四苦八苦中だ。なんせ今度の異動で夜勤免除者は五人も増えたし、警察学校などへの入校者だって大勢いる。人事はいったいなにを考えてるんだ」

おまえが悪いといわんばかりだ。

地域課に限ったことじゃない、と口から出かかったが、どうにかのみこんだ。代わりに、あの件なんですよと、小声で言った。

ピンときたらしく、天野はわかった、持っていくと言って電話を切った。

そのとき署長と副署長が帰ってきた。

ふたりとも、柴崎が抱える悩みなど、まったく関知しないという表情をしていた。

4

地域課の報告書の中身は多岐にわたっていた。ＤＶを受けた家庭の立ち入り活動からはじまり、雑踏の警備活動やストーカーへの対応、暴力団事務所への立ち入り検査や捨て子の世話まで。石村の名前はそこかしこに出ており、ひとつずつ読んでいけば、それこそ二日はかかるだろう。

気がつくと、晩の八時になっていた。天野の携帯に電話すると、しばらくして、本人がやって来た。四十歳を少し過ぎただけなのに老《ふ》けて見える。

「もういいのか？」

「どうも、ありがとうございます。とても見切れません」

柴崎は、ぶあついファイルをキャビネットにおさめながら言った。

「ひとつ訊いてもいいですか？」

仏頂面《ぶっちょうづら》でファイルを片づける天野に声をかけるが、だまったままだ。

「石村警部補って、どういう人なんですか？」

「どうって、ふつうの人間だと思うけど」

「これまで、懲戒処分は一度も食らっていませんね。でも、地域畑にずっといた警官が、三十八本も表彰を取るって、どういうことですか？」

「運がよかったんじゃないか。でかい本部事件で捜査に駆り出された経験も何度もあったみたいだぞ」

「いや、それはほんの四つ程度です。ほかは皆、地域課の本務がらみで取ったものばかりです」

「だから仕事熱心なんだって」

「特別に目をかけている部下とか、そういうのは、いるんじゃないですか？」

「だれだって、ひとりやふたりいるだろう」

「石村さんの場合、だれですか？」

「本人に訊いてくれよ。そっちのシマにいるじゃないか」

「試してはいるんですがね。いっこうに」

ふと思いついたように、天野は、「関警《かんけい》はどうなった？」と訊いた。

「事情があってこちらから辞退しますと、きょう電話で伝えました」

天野はちぇっと舌打ちした。

関警――関東警備保障。

本部から斡旋《あっせん》された石村の再就職先だ。いずれにしろ、今回の事案は明らかになるだろうから、そのときでは遅すぎるのだ。

「部下をさんざんいじめるからだよ。あれだろう？……もし処分を食らったら、退職時の一階級アップもないし、退職金だってえらい目減りするんだろう？」

石村が警部補になってすでに六年経過している。本来なら退職時の特別昇任とそれにともなう退職金の引き上げはあって当然だが、いまの時点ですでに取り消されている。それはいいとして、いま、天野は妙な言葉を口にしなかったか。

「部下をいじめるってどういうことですか？」

「なんでもない」

つい口が滑ったという感じで、天野はファイルがつまったキャビネットを持ち上げて、部屋から出ていこうとした。

「石村さんて、友人も少なかったようだし。家族にも訊けないし、困ったものですよ」

柴崎が言うと、天野は背を向けたまま、

「きねやだ」

とつぶやいた。

「きねや？」

「北千住《きたせんじゅ》の芸大裏。第三の連中がよく使う飲み屋だ」

そう言い残すと部屋から出ていった。

行きつけの飲み屋の名を聞いても仕方がないのだが……。

北千住の本町センター商店街の大通りから一本裏通りへ入り、そこからさらに路地に足を踏み入れた。暗い路地だ。きねやと書かれたスタンドを見つけて、中をうかがった。客がおおぜいいる様子はない。引き戸を開けると、黒いカウンターの奥に中年カップルがひと組並んでいるだけだった。警察関係者ではない。

柴崎は、何気ないふうを装《よそお》い店に入ると、カウンターの中にいるマスターにむけて、額の前で人さし指と親指で丸い輪を作り、「いつも、うちの者がお世話になっています」と軽く頭を下げた。

それだけで、わかったようだった。

「きょう第三の連中は？」

と知ったかぶりで続ける。

マスターは大根をきざむ仕事に戻り、

「まだ見えてないですねぇ」

と言った。

カップルからいちばん遠い席に座り、お手ふきを持ってきた若いアルバイト風の店員に焼酎《しょうちゅう》のお湯わりと湯豆腐を注文した。間が持たず、それだけで、お湯わりを三杯空けてしまった。目元がほんのり熱くなる。

九時半過ぎにカップルは、いなくなった。だし巻きとほっけのあぶり焼きを平らげ、お湯わりは五杯目だった。柴崎はメニューを見ながらくつろいだ雰囲気で、

「そういえば、石村さんがここの牛スジ煮込みが旨《うま》いと言ってたなぁ」

と言ってみた。

「お客さんもそれいきますか？」

「きょうはもう入らないよ。また今度ね。石村さんて、よく若い衆を連れて来るんでしょうねぇ」

「はあ、まあ」

どちらにもとれるように言われ、それ以上訊けなかった。

これ以上いても時間のむだだ。会計をすませて、コートを羽織り店を出る。すぐわきの勝手口から、先ほどの若い店員がビールケースを運び出してきた。

また来るからと声をかけると、男はケースを置いて近づいてきた。

「石村さんて、けっこういらっしゃいますけど、お勘定したところは見てないですよ」

何気なく言われ、柴崎は男をふりかえった。

「そう」

受け流すように答える。

「部下の人たちがよく愚痴ってますよ。一次会が終わって、二次会三次会の流れでうちに寄るんですけど、金を払う段になると、いつもいなくなっちゃうって」

「そうなの」

店員があわただしく店の中に消えると、柴崎はコートの襟を立てて路地を歩きだした。

石村という男は、部下に厳しいだけでなく、金にも汚かったようだ。

そんな男が三十八本もの表彰をどうやって受けたのだろうか。

5

朝の訓授を終えた坂元は、たまった稟議書《りんぎしょ》に目を通すために署長室にこもった。

柴崎は署長室のドアわきにある副署長席に近づいた。ここからだと、石村が座る机は柱の陰になって見えない。

助川も稟議書に判を押すのに忙しそうだ。しかし、時間がない。

耳元に顔を近づけると、助川は署長室を指さし、

「やっこさん、バツイチだぞ」

と言った。

独身かと思っていたが、離婚経験があるのか。この際、それはどうでもよいが。

「ドイツに行っていたとき、置いてきぼりにされた亭主が女を作ったらしい」

「上がよく隠し通しましたね」

「打診されたあと、本人が申し出たそうだ」

もうそのときには、事実上異動が決まっていたので、上層部としても、隠し通すしかなかったのだろう。

柴崎は声を低め、石村のよからぬ噂《うわさ》を耳に入れた。

「いじめだと？」

助川は判を押す手をいったん止めた。

「そのようです」

「それとこれと、どう関わる？」

関心の大半は、まだ稟議書の内容にあるような感じで助川が言った。

「直接、今回の事案と結びつくわけではありませんが、なにかの手がかりになるのではないかと」

「例のふたりをいじめてたのか？」

職務質問でナイフを見つけた川島と松田だ。

「それはわかりませんが」

「金に汚いからって、仕事も手を抜くとは限らんぞ」

そう言うと、助川は稟議書に判を押す作業に戻った。

この男はやはりダメだと柴崎は思った。いじめごときが今回の事案と関係している
はずがないと思っている。だいたいが警察学校でも、みずから、生徒たちをいじめて
いた口だ。柴崎自身も助川の教場にいた。現行犯逮捕した経験がないものは、手を上
げろと言われて素直にそうすると、授業中の一時間、ずっと、見せしめのために立た
されたのだ。

「代理、ちょっといいですか？」

すぐ横に坂元署長が立っていたので、柴崎は、あわてて向き直った。

「はい、なんでしょう？」

「今年度のＯＪＴはどのくらいの頻度でやったのでしょうか？」

いきなり職場教養の話か……。

「はい、毎月一度は、署長による訓育を行っておりましたが」

「時間帯は？」

「おおむね、朝礼などを利用して、短時間教養をしてきましたがなにか？」

「そうですか」

坂元はなにか言いたげに署長室に戻っていく。

柴崎はその背中につづいた。

香水の匂《にお》いがかすかに鼻先をかすめる。

「個別教養のほうは、いかがでしょう？」と坂元。

「マンツーマンが主になりますが、適宜、グループ単位のＯＪＴを行わせております」

「そちらのほうの頻度は？」

「はあ、いかんせん週四十時間制の定着で、実質的減員がなされている現状ではなかなか思うにまかせない面がありますが」

広い署長室を横切って、坂元は、署長のイスに腰を落ち着けた。

ファイルキャビネットごと持ち込まれた決裁書類はすべて処理されていた。

一時間ほどで、目を通したことになる。なかなかやるなと思った。

「術科教養も同じ言いわけする？」

坂元は意地悪そうな笑みを浮かべて、柴崎を見上げた。親密さを含んだ口調で言われたので、悪い気はしなかった。

「拳銃《けんじゅう》操法の訓練は重点的に行っていますし、術科指導者には各交番を回って指導訓練を行わせていますが」

「ラポール形成の個別教養をやってみてはどうでしょうね?」

「は? なんと」

「取り調べ専科だよ」

遅れて入ってきた助川が話に加わってきた。

「そうだ、ちょうどいい。副署長もいっしょに聞いてもらえますか」

と坂元は席を離れ、ソファに腰を落ち着けた。

柴崎と助川は、並んで対面に座った。

「ラポールっていうのは、取調官と被疑者が、互いに信頼し合って感情の行き来ができる状態にあることを指す心理学上の言葉です」

坂元が柴崎に説明した。はじめて聞く言葉で、とまどいを覚えた。

むずかしい言葉を使い、煙《けむ》に巻く気なのか。

「心理学用語ですか……」

柴崎は言った。

「捜査員はまだ、これから先、大幅に抜けていきますからね。ベテランの技術を残してほしいなと思うんですよ。全署員を対象にして」

「それは名案かもしれないですね」

助川がまんざらでもなさそうに言う。

「管区警察学校では行われているようですけど、所轄《しょかつ》でやってはいけないって言う法はないですから。それから、新任の女性警官の指導役には、女性をあてていただけますか？」

何気なく口にした坂元の言葉に柴崎は驚きを隠せなかった。

新人女性警官の指導は、巡査部長クラスの男性が行うしきたりなのだ。

「個人的には大変よいと思うのですが、実際に行うとなると、なかなかむずかしいかもしれません。女性警官の数は少ないですし、彼女たちの負担にもなります」

柴崎は苦しまぎれに言った。

「今度の異動で、女性は三名増員になりましたよね？」

「それはそうですが」

坂元の異動と合わせるように女性の巡査部長がふたりと警部補が一名、やってきたのだ。新人の女性警官も二名ないし三名来る。やろうと思えばできなくはないが、所轄では前例がない。

「女性同士のほうがやりやすいのは確かでしょうが、それが即、新人警官の能力向上に資するとは思えないのですが」

坂元は嫌な顔ひとつ見せず、うなずきながら聞いている。

「女性警察官は、これからも増え続けるだろうと思います」坂元が言った。「そのときのために、同性同士で経験や知識を受け継いでいくのも、ひとつの方法だと思うのです」

「まあ、女性とか男性とか言いますが、指導する側の人格が大事ですからねぇ」

坂元は助川の言うのをやんわりと受け流し、

「着任の挨拶《あいさつ》では地域の交通事故防止や高齢者を狙《ねら》った振り込め詐欺《さぎ》の抑止に力を入れると言ってきました。それはうそではないのですが、これからの警察の仕事は女性の視点がより重要になるはずです。その意味でも積極的に取り組んでいただければと思います」

自分自身の使命感に発しているという印象を与えながらも、警察庁上層部の意向を汲《く》んでいるのではないかと柴崎は疑った。それはそれでよいのだが。それより、当面のさし迫った問題があるではないか。

「柴崎代理、なにかご意見でも？」

見透かされるように言われ、あわてて、

「いえ。ありません」

と取り繕うように言った。

「全警察官のうち、女性警察官がしめる割合は七パーセントですが、残念ながら、少なからぬ者が、身内の人間からセクハラやパワハラを受けて退職に追い込まれていま す。わたし個人としても、女性警察官が働きやすい環境を作りたいと切に願っていま す。ご協力いただけますか？」

「はい、それはもう、やぶさかではありません」

「ありがとう。それから、リカバリー教養も是非取り入れてください」

助川がしぶしぶうなずく。

警察官の大量退職時代がピークを迎え、その反面、若手の警官が急増した。彼らが単純なミスを犯しても、面倒見のいいベテランが少なくなったために相談をもちかけられず、公文書偽造などの犯罪に発展してしまう事例が多くなった。

なにか失敗をしたという前提に立って、いかにそれに正しく対処するかを教え込むのがリカバリー教養だ。

すでに、本部の人事部門から、実施せよという指示がうるさいほど来ている。まったく情けない。警察官という以前に、ごくふつうの一般的な社会常識に照らし合わせれば、判断できるはずなのに、そこまでを教養として取り上げなくてはならないのだ。

いや、いまの問題はそんなことではない。石村警部補の一件だ。調べが思うように進まず、にっちもさっちもいかないのだ。それを認識してもらいたい。

柴崎が身を乗り出すと、坂元はふっと腰を上げて署長机に戻っていった。

柴崎も立ち上がり、あとを追いかける。

石村警部補の名前を出すと、坂元から、ごくあっさりと、

「調べは進んでいますか」

と訊《き》かれた。

あまり、はかどってはおりません、と口に出かかったとき、ふたたび坂元から、

「今週中にすませて、来週の頭には報告書を見せてください」

と言われた。もう、とりつくシマもなくなっていた。

助川にうながされ、署長室をあとにする。

有無を言わさず、警察無線専用のリモコン室に助川を連れ込んだ。ここならば、石村に勘づかれない。

リモコン担当の係長を部屋から追い出し、石村の調べが、進んでいない旨《むね》を伝えた。

「もう少し工夫したらどうだ」

助川が迷惑げな顔で言った。

柴崎は、石村が関わった過去二年間の捜査報告書に目を通し、地域第三係が使っている飲み屋を訪ねて、石村の人となりを調べたことを話した。

「いじめとか、金にあくどいとか。あまり関係ないじゃないか」

「わかっています。なんとか糸口をつかもうと、必死なんです」

それがどうかしたのか、という顔で柴崎を見返す。

「とにかくもう時間がありません。副署長、いっしょに調べてくださいませんか？」

「柴崎代理、石村警部補の件は、おまえの特命事項だぞ。署長命令を聞けないのか」

「ですが」

ぷいと助川は背を向け、リモコン室から立ち去っていった。

柴崎は両手の拳《こぶし》を握りしめその場に立ち尽くした。

その晩の帰宅は、午前零時を回っていた。

妻の雪乃《ゆきの》が珍しく起きて待っていた。

二合徳利に熱燗《あつかん》をつけてもらい、茶碗蒸《ちゃわんむ》しを肴《さかな》にして、またたくまに飲み干した。

険しい顔付きになっているのが自分でもわかっていたが、どうにもならなかった。

「女の署長さんはどう？」

雪乃がしおらしく、訊いてくる。

「わかっちゃないよ、なにも」

結婚するまで警官だった雪乃には、石村警部補の件は話してある。警官の身辺を洗うという汚い仕事に手を染めているのを承知しているのだ。

「青雲寮に行ったの？」

「行った。非番の連中を捕まえて、訊いて回ってみたけどさ」

署の横にある独身寮のことだ。

「その様子じゃ、だめ？」

雪乃は小鉢の野沢菜をつまんで、口の中に入れた。

「カンパがどうのこうのとか言ってたけど」

「なに、カンパって？」

「さあ」

ひとりの巡査は、石村係長の名前を出すとすぐに、「カンパしませんでした」と言い、もうひとりは、「カンパしました」と口にした。だれが、なんの目的でカンパしたのかは、まるっきり謎《なぞ》だった。

「浅井さんは？」

ふたたび雪乃が言う。

「だめだ」

刑事課長の浅井は、何かにつけて、柴崎の味方になってくれるのだが、石村とは親交がない。多少とも気心の知れた地域第一と第四の課長代理にも、それとなく話を向けたが、石村の名前を出すと、とたんに貝のように口を閉ざすのだった。

「交番を回ってみたらどうかな」

ほうれんそうの和風グラタンをつつきながら、ふと雪乃が洩《も》らした言葉について考えはじめた。

6

出署せず

土曜日の午後、足立駐在所を手始めに、私服で地域第三係の担当区域の交番を回ってみた。しかし、不在が多く、思うにまかせなかった。日曜日もおなじ交番に足を向けた。都合、二日合わせて四人の巡査から話を聞けただけだった。得るところはなく、冷え込みのきつくなった午後四時過ぎ、帰宅するためマイカーのアクセルを踏み込んだ。ふっと思いついて、五反野《ごたんの》方向へクルマを走らせる。

弘道《こうどう》交番の赤灯の下で、体格のいい警官が革コートを着込んで警杖《けいじょう》に両手を置き立番していた。交番長の広松昌造《ひろまつしょうぞう》巡査部長だ。

その前でクルマを停めると、広松は運転席をのぞきこみ、「おう、あんたか」と言った。

駐車場にクルマを入れ、広松に続いて交番に入った。

「珍しく、いてくれましたね」

「いつも留守にしているような言い方をするなよ」

「すみません」

「この寒いのに、また署内監察か？」

広松が遠慮なしに訊いてくる。

「それはないですよ。見ればわかるでしょ？」

広松は私服を着込んだ柴崎に、疑い深い視線を投げかけてくる。

弘道交番に勤務してまる十年になるベテランだ。地域住民の信望が厚く、異動話が出るたびに、住民が反対の声を上げる名物巡査でもある。

「新しい署長にアゴでこき使われているそうじゃないか」

「もうそんな噂《うわさ》が流れてますか？」

冗談なのはわかっていたが、話の腰を折るわけにはいかなかった。

「どうだい、女署長っていうのは？」

「可もなく不可もなしです」

「どういう意味なんだ。まあ、おれたちの時代じゃ考えられなかったけどなあ」

言うと広松は自らの肩を揉《も》んだ。

「そういうご時勢ですから」

「もうおれたちに用はないってか」

「そうではありませんよ。ベテランの方々には、まだひと肌もふた肌も脱いでもらわないといけませんから。ところで広松さん、地域第三の石村係長ってどんな人ですかねえ」

「石村？」

「ええ、石村警部補。優秀な警官だとは思いますが、あまり部下の面倒見がよくないと聞いているので」

「こすっからいからな」

「やっぱり」

「石村になにかあったのか？」

広松はふりかえって訊いた。

「ここだけの話ということで聞いてもらえますか？」

柴崎が言うと、広松は口を引き結んで小さくうなずいた。

石村に関する事案をかいつまんで話した。

聞き終えると広松は、くくくと喉《のど》を鳴らし、「あれなら、やるかもなぁ」とつぶやいた。

「やっこさん、もう退職じゃなかったか？」広松は言った。

「ええ、この春に」

「晴れて卒業っていうときに、馬鹿《ばか》な真似《まね》をしたもんだな」

用件がすんだとばかり、広松は立番に戻った。

やはりむだだったようだ。

「さて、帰りますか」

柴崎は言うと広松に並んで立った。

「そうそう、広松さんもカンパをされた口ですか？」

「水越《みずごし》にか？」

水越——。

地域第三係の係員だ。

問題の起きた十一月二十三日の未明、石村とともに当直勤務をしていたはずだ。

「水越巡査がどうかしましたか？」

「知らんなあ」

広松は答えをはぐらかした。

「なにかあったんでしょ？」

広松はうるさそうに、「やつのことなら、おれなんかより、五反野駅の駅員のほうが知ってるぞ」

「五反野駅？」

この交番から南に五百メートルほどのところだ。ふだん地域第三係の係員は顔を出さないが、当直ならば、なんらかの事件の応援などで駆けつける。しかし、そのような報告は上がってきていないはずだが。

広松はそれ以上語らなかった。

五反野駅は東武伊勢崎線の高架駅だ。急行は素通りし各駅停車しか止まらない。日曜夕方にもかかわらず、乗降客は少なかった。

改札口の駅員に警察手帳を見せ、事務室に入れてもらった。

ふたりの駅員に、去年の十一月ごろ、駅でもめごとがあり、警察が駆けつける騒ぎがありましたねと水を向けると、年配の駅員がすぐ応じた。

「ああ、あのときですね。お世話になりました」

軽く頭を下げる。

「いえ、仕事ですから。それでね、今後の参考にしたいと思いましてね。あのときの様子をちょっと、話していただけませんか？」

「よろしいですよ。えっと、何時頃だったかなぁ。金曜の夜の十一時過ぎか」

「ちょっと待ってください。金曜というと、十一月二十三日ですか？」

「いや、月はじめでしたよ」

携帯で、去年の十一月のカレンダーを確認する。

「十一月二日ですか？」

「ええ、祝日の前日でしたから、よく覚えてますけど」

二十三日より、三週間さかのぼる日ではないか。

「そうでした。その日でした」柴崎は調子を合わせた。「うちの署の者を向かわせました。なんとか収められたからよかったようなもので」

「ええ、あの酔っぱらいにはほんとうに参りましたよ」

酔っぱらい？

「このあたりで、暴れたんですかね？」

柴崎は改札に目をやって言った。

「いえ、車内ですけど」

「ああ、電車の中だったんですか」

「酔っぱらった客同士が、車内で喧嘩《けんか》をはじめましてね。それで車掌が、この駅でふたりとも降ろしたんですよ。でもホームで怒鳴りあっているでしょ。お客さんも恐《こわ》がってるし困りましたよ。そのうち終電が行ってしまうしね。喧嘩していた客の片われがひとりだけ残って、どうして降ろしたんだ、タクシー代を出せとか言って、ひどく怒り出したもんですから、一一〇番のほうに電話を入れて警察の方にお越しいただきました」

「ああ、そうでした。まったく、困ったものです」

十一月二十二日前後の捜査報告書はくまなく目を通した。水越巡査がらみで、そのような騒ぎをしずめたという報告は見ていない。

「ご年配の警官と若い警官がふたりがかりでパトカーに押し込んで、連れていってくれたときは、ほっとしましたよ」

若い警官は水越巡査か。年配の警官というのは、石村ではないか。

「そうでしたね」

酔客の名前を、駅員は控えていないだろう。

しかし、ここまでわかれば十分だった。

事務室を辞して、クルマに戻った。その足で、綾瀬署に出向いて、昨年の十一月二日の宿直勤務表を調べた。思った通り、ふたりはいっしょに勤務をしていた。

水越巡査の住所を調べると柴崎は早々に署をあとにした。

7

月曜日も朝から忙しかった。署員の給与計算用のデータをたしかめ、新しい配置に変わった署内の座席表を作った。それだけで午後三時を回った。

夕方七時過ぎ、警備課のとなりにある小会議室に石村を呼び上げた。

テーブルを前にして石村は落ち着いていた。残り三日間を過ごせば、どちらにしても、お役御免になる。綾瀬署には二度と足を踏み入れまい。

四十年も勤め上げた俺を、カッターナイフの刃を折らせたごときで処分するつもりかと、なめてかかっているフシがありありと感じられた。副署長と柴崎で対応した。

「遅くまでお待ちいただいて、申しわけありませんでした」

柴崎はテーブルに腕を乗せたまま、軽く頭を下げた。

「いえ」

どちらでもいいという感じで、石村はしわの多い額に手をやった。

「石村さん、すまないねえ。いつまでもあんなとこに座らせといて」

助川が申しわけなさそうに言う。

「いいですよ。あと三日ですから」

「柴崎代理、調べたことがあるそうだが?」

助川が急《せ》かすように言った。

「石村さん」柴崎は相手の目を見て言った。「昨年の十一月は、職務質問強化月間でしたね」

「それがなにか」

「現場をあずかる者として、なんとか点数を上げたいと思うのは、だれでも同じです」

「わたしもそう思ったかって?　そりゃそうでしょう。部下もいますから」

「そうですよね。現場で検挙に結びつければ、両巡査の勤務評定に点数がつきますから。ふたりで検挙したとしても、〇・五ずつカウントされますし」

「署にいたわたしには関係ないですが」

いや、石村の勤務評定にもプラスになる。

「カッターナイフの件で、現場の川島巡査から電話が入ったとき、あなたは勤務評定について考えましたか?」

「強化月間ですから考えないはずがない。ふたりとも、実績が少なかったし」

いかにも部下思いという顔を作って、石村は言った。

「だから、ナイフの刃を折って、地域課の検挙としてカウントしたかったわけですね？」

論外だという感じで、石村は見返した。

「そんなこと夢にも思いませんよ」

「地域第三係の検挙数は、他係にくらべてかなり少なかったようですね」

「そんなことないと思いますよ」

「それはそうと、石村さん」助川が口をはさんだ。「刃体が六センチ以上あったなら、生活安全課に申し送りしないといけないんじゃない？」

またその話か、という感じで石村は副署長を見すえた。「ご存じかと思いますが、カッターごときで生活安全課は取り合ってくれませんよ」と不服そうに言う。

「だからって、刃を折るのはなあ」助川が続ける。

「石村さん、とにかく、本件については軽犯罪法違反で検挙した地域課の検挙数にカウントされたわけですし」

柴崎がなだめるように言う。

「強化月間はこっちだって寝ないでやってるんだ」

と石村は調子に乗って語気を強めた。

柴崎はしわだらけの石村の顔を見た。

「去年の十一月二日の金曜日の夜です。当直でしたよね？」

唐突な質問に、石村はついていけないといったふうに顔をそむけた。

当日の当直勤務表の打ち出しを石村の前に滑らせた。

石村はちらっと見下ろしただけで、興味なさげに横を向いた。

「酔っぱらいの喧嘩があって、あなたは部下とともにパトカーで五反野駅に臨場しましたよね？　駅員から要請があって」

石村の顔にふっと影が差した。

「喧嘩していたふたりのうちのひとりが暴れたので、ＰＣ（パトカー）で弘道交番に連行したそうじゃないですか」柴崎は訊《き》いた。

石村は答えなかった。

「細川民雄《ほそかわたみお》っていう四十歳の会社員ですね。どうですか、石村さん？」

「そんな名前だったかもしれんね」

ようやく石村が口を開いた。

「かなり酔いが回っていたんですってね。当夜、弘道交番には係員がいなかったそうですが、あなたと部下は交番でどう処理しましたか？」

「なだめたかな」

「そんな甘いものではなかったんじゃないですか？　細川は派手に暴れ回って、ロッカーに足蹴《あしげ》りを食らわしたりさえしていた。あなたの相方は必死になって押さえ込んだ。それを見て、あなたはＰＣに戻り本署に応援を求めた。でも、その晩は、管内の花畑《はなはた》で強盗傷害事件があって、ほとんどの署員が出払っていた。あなたはＰＣの中に五分もいたんだって？」

石村の顔色がさえない。

「交番の中に戻ったとき、細川はすっかりおとなしくなっていたそうですね？」

当日の実態の調べが進んでいるのに気がついてきたらしく、石村は肩をすぼめるように背中を丸めた。

「酔っぱらいの制圧を部下にまかせきりにして、あなたはＰＣでのんびりしていたわけだ」

石村は負けじと柴崎の顔を見返した、「細川はかなり酔っていたし、水越は腕が立つから、ひとりで十分だろうと思い直したんですよ」

ようやく、石村の口から水越の名前が出た。

「水越はガタイも小さいだろ。柔道の初段を取ったばかりで、逮捕術の成績は下から数えたほうが早いけどね」助川が口を開いた。「あなた、部下思いを気取ってるにしては、いただけないな」

「多少の修羅場はくぐらせないと、一人前にはならんもんですよ」

苦渋《くじゅう》の表情を浮かべつつ、石村は反論する。

「修羅場と言えば修羅場かもしれない。柴崎代理、水越も必死になったんだって？」

助川はアゴをしゃくるように柴崎の顔を見やった。

柴崎はそれに応《こた》えるように、茶封筒からその紙をとりだして広げ、石村の前に置いた。

それを見つめる石村の顔に動揺が走った。

「石村さん、わたしも、警官三十年やっているけど、こんなものは見たことないねえ」助川があきれたように、紙を指でつつく。

それは全治二週間の怪我《けが》を五十万円で補償するという内容の示談書の原本だった。

頸椎《けいつい》ねんざと右肩の脱臼《だっきゅう》とある。

補償する側は水越幸平《こうへい》。補償される側は細川民雄だ。

「公妨《こうぼう》（公務執行妨害）でもなんでも処理できたじゃない？　きちんと上に報告して、

署に泊まってもらえば、それですんだものを」助川が言う。

「いや、それでは……」

「水越が傷害で訴えられるとでも思ったの？」

石村は青ざめたまま、答えなかった。

「石村さん、あなた、酔っぱらいの制圧に手を貸さなかったのが露見するのを恐れたんだよね」助川が言う。

「細川という男は執念深かったようです」柴崎が続ける。「一週間後、警ら中の水越を見つけて、細川は自分が受けた傷の診断書を突きつけた。水越はその場ではなにも答えられず、あなたに相談を持ちかけた。あろうことかあなたは、示談にしろと命令したそうじゃないですか」

「いや、それは」

それだけ言うのが、石村には精一杯だった。

「水越がすべて話してくれましたよ」柴崎は言った。

「ほかの連中は、カンパしたのに、石村さん、あなたはカンパしなかったんだって？」と助川。

「十分足りていると思ったから」

「金のことはいい。本件も終わりにしませんか？」

柴崎が問いかけると、まだなにかあるのかという顔で石村は柴崎をふりかえった。

「カッターナイフの折れた刃です」柴崎は言った。

「知らん。そんなもの」

石村は頬をふくらませて柴崎をにらんだ。

柴崎は茶封筒からビニール袋をとりだし、それを石村の眼前にかざした。

黒光りするカッターナイフの折れた刃が入っている。

「鑑識に回しました。石村係長、あなたの右手人さし指の指紋が付着しています」

指紋の隆線と中心点が残っており、石村の指紋であるとの鑑定結果が出ているのだ。

どうなっているのか見当もつかないという顔で、石村は、折れた刃と柴崎の顔を交互に眺めた。

「十一月二十二日の当直には、水越も入っていましたよね？」

石村は固唾《かたず》を呑《の》んでうなずいた。

「刃物所持の軽犯で検挙してきた旨《むね》の報告をする川島巡査の横で、水越も耳を澄ませていたんです」柴崎は続ける。「折れた刃の入ったビニール袋を川島が差し出すのも見た。かなり話し込んでいたそうですね。そのあと、あなたは、おもむろに素手で袋から折れた刃をつまみ上げて、ゴミ箱に放り投げた。ちがいますか？」

石村は眉根《まゆね》に深い縦じわを寄せ、唇をかみしめて、わなわなと震えだした。

「や……やつはそれを拾った……？」

柴崎はゆっくりとうなずいた。「手袋をはめて拾ったあと、大事にビニール袋におさめたんです」

奈落《ならく》の底に落とされたように、石村は絶望の表情を浮かべた。

石村さんはまわりの人間には嫌われていたが、指導教官として世話になったし、ミスをかばってくれたのも一度や二度ではなかった、と水越は遠慮がちに言った。ほかの人間には決して洩《も》らさない本音を、石村とふたりだけのときは、よく口にできた。水越は石村に人としての魅力を感じていたのだ。それだけに、カッターナイフを折れという指示を聞いたとき、暗澹《あんたん》たる気分に襲《おそ》われた。この人間は評判通り根っこから腐っている、頼りにしていた自分が甘かったのだ、と思ったのだ。

「どうですか？　石村さん」引き取るように助川が口を開いた。「あなたは、本来なら銃刀法違反容疑で現行犯逮捕しなければならなかった事案を、部下に刃を折らせて、軽犯罪法違反容疑に切り替えて検挙させた。それにまちがいないね？」

石村が観念したように、こっくりとうなずくのを見て、柴崎は肩の力が抜けた。

「はっきりと、言ってもらえないかな？」

あらためて柴崎は訊いた。

「そ、そのとおりです。命令しました」

そう言うと、悄然《しょうぜん》とした面持ちで視線を宙に漂わせた。

石村を帰らせると、柴崎はひとりで署長室に下りた。

坂元署長は私服で電話中だった。

相手は地元の防犯協会の会長らしい。今晩、防犯協会主催の新署長歓迎パーティーがあったのだ。

電話が終わると、柴崎は、石村の取り調べが無事終わったことを報告した。

「そうですか、よかったー」

坂元は明るい笑みを浮かべて言った。

「報告書は本日中にまとめておきますね」

「お願いします。さてと私はお先に失礼させて頂きますので」

坂元は席を離れ、ロッカーを開ける。

柴崎は運転手役の巡査を呼びつけて、クルマを正面玄関に回すように命令した。

寒風が吹き抜ける正面玄関で署長が来るのを待つ。

ず　せ　署　出

しばらくして、トレンチコートを身にまとった坂元が出てきて、クルマに乗り込んだ。クルマが出る間際《まぎわ》、窓ガラスが下ろされ、生白い顔を見せた。

「明日、監察にいっしょに行ってもらえますか」

坂元が言った。

「もちろん、まいります」

「お願いします」

窓ガラスが上がり、エンジンをひとしきり吹かせて、公用車は走り去っていった。

ふと胸のあたりにつかえるものがあるのに気づいた。

――ダーティーワークは引き受けますから、署長は今後も関知しなくてけっこうです。

おれたちは、誤ったシグナルを送ってしまったのではないか。

逃亡者

1

署長室に一歩、足を踏み入れると、待ち構えていた交通課長の高森《たかもり》から、「例のひき逃げ事件」と耳打ちされた。署長の坂元真紀と副署長の助川は並んでソファに座り、互いを牽制《けんせい》し合うように、じっと前を向いている。高森とともに柴崎が腰を落ち着けると、おもむろに坂元が切り出した。

「捜査の見通しはいかがですか？」

「まだ、一週間ですから」

高森がごま塩頭に手をあてながら言った。

「時間がかかりますね。被疑車両は絞り込めましたか？　たしか、白のミニバンだったはずですが」

「六車種までどうにか」

車種の一覧を坂元の前に滑らせる。

「クルマ当たり捜査を進めているのですね？」

ふたたび、坂元が訊《き》いた。

「はい。ですが、管内だけでも三百台ほどありまして、まだ、そのうちの七十五台をつぶしただけです」

ひき逃げ事件が起きたのは、いまから八日前の三月三日。日曜日の午後七時四十分。四十代の女性が乗った自転車が右後方から走ってきたクルマと衝突し、当該車両はその場から逃走した。女性は腰の骨を折る大けがを負った。白のミニバンだったという目撃情報のみで、現場《げんじょう》から、ひき逃げ車両の塗膜片を採取できなかったため、車種と年式の特定ができていないのだ。

「現場から部品は見つかりましたか？」

「いえ。その後、三回にわたって採取を行いましたが、見つかっておりません」

そう言うと、高森は困惑しきった表情で助川に顔を向けた。

「あのね、署長」助川が言い聞かせるような口調で言った。「最近のクルマは技術が上がって部品が落ちにくくなっているでしょ。コスト削減で、違う車種でも共通の部品を使うようなところもあるし。塗装技術も向上して、少しぐらいぶつかっても、塗料が落ちないんですよ。今回、相手が自転車ですからよけいに」

「うちだけではなくて、よそも事情は同じはずです。そもそも、管内に犯人が住んでいるという見込みでもあるのですか？」

「それはありませんが、現状、うちとしても手一杯ですので」

高森はそれだけ答えるのがせいぜいのようだった。

交通捜査係のほかに、三つある交通執行係から、それぞれ二名ずつ応援要員をあおぎ、十五名態勢で捜査を続けているのだ。

「でしたら、捜索の範囲を広げないといけないですね？」

「署長、いずれ目撃情報も出てくると思いますし、当面は様子を見ながら、地道に捜査するしかないと思いますが」

助川が言った。

「お言葉ですが、副署長、死亡事故でも同じ対応をされますか？」

「いや、それは……」

助川は薄くなった額の生え際《はえぎわ》に手をやった。

「今回の事案は悪質です。本部（警視庁）の交通捜査課と合同で捜査をするのが筋ではありませんか？　柴崎代理はどう思いますか？」

微妙なところだと思った。

「は、本署のひき逃げ事件の検挙率は、全国平均の四十パーセントを超えて、五十パーセント近い数字となっています。副署長のおっしゃるように当面はこのままで捜査を続行するのがよろしいかと思いますが」と高森。

「では、犯人が見つからないときの責任はどなたが負いますか？」

助川も高森も押しだまったままだ。

「わたしが署をあずかっているあいだは、決して迷宮入り事件を作らない覚悟でいると、各所で宣言しています。早々にこれはくずせません。ついては、わたしのほうから本部に掛け合ってみたいと思います。よろしいですね？」

意見は出なかった。

「では、柴崎代理、合同捜査本部を立ち上げるとして、部屋を確保し準備作業をはじめてください」

柴崎はいいのか、と助川に目で訊いたが、答えはなかった。

「承知しました。すぐ準備にかかります」

署長室をあとにして、自席に戻った。適当と思える会議室をピックアップし、それらをメモして至急、部屋を押さえるように部下に命ずる。それがすむと、署長室から助川が出てきた。柴崎の正面の副署長席に座り込むなり、仏頂面《ぶっちょうづら》で椅子《いす》を回し外を見やった。

2

盗難車両発見の連絡が小岩署から入ったのは、翌日の正午過ぎだった。柴崎が助川とともに署長室で待機していると、刑事課長の浅井と交通課長の高森があわただしく入ってきた。

「白のオデッセイ。被疑車両のひとつです」

立ったまま、浅井が報告した。

「ひき逃げ事件の六車種のひとつですね？」

署長席に座ったまま坂元が高森に訊いた。

「そうです。左前のバンパー部分が破損。窓ガラスにもひびが入っている、とのことです。ひとまず、現場保存を要請しました」

「クルマが盗まれたのは、ひき逃げ事件が起きた当日？」

「はい、三月三日に。あわてた犯人が、自転車にぶつかった可能性があります」

それを聞いて柴崎は助川と顔を見合わせた。

かりに盗難車がひき逃げ事件を起こしていたなら、それを運転していた被疑者にたどり着ける可能性がある。犯人逮捕に向かって、捜査を加速しなければならない。

「わかりました。いずれにしても、六分の一の確率ですね」坂元は交通課長に顔を向けた。「高森さん、どうされます？」

「最優先でオデッセイを調べます。被害者の着衣などの痕跡《こんせき》が車体に付着していれば確定できるのですが。念のため、本部鑑識と交通捜査課の協力を仰ぎたいと思います」

「本部は了解済みです。うちからの要請があれば、いつでも動ける態勢です。よかった」

「助かります」

頭を下げた高森に、坂元は顔を紅潮させて、「うちからは誰が？」と訊いた。

浅井と高森は顔を見合わせた。こんどは浅井が口を開く。

「まだひき逃げ車両と決まっておりませんので、盗犯係の三名を向かわせます。鑑識も二名連れていきます」

「うちは、交通捜査係全員でまいりますので」

高森がつけ足した。

単に盗難車両というだけなら引き続き刑事課が捜査する。ひき逃げ車両と決まれば、交通課が捜査を受け持つようになるのだ。

「わかりました。ただちにとりかかってください。それから柴崎代理」

呼ばれて、柴崎はソファを離れ、坂元に向き直った。

「捜査本部の準備はできていますね？」

「はい、三階の三〇一号に」

「わかりました。では、浅井さん、高森さん、至急とりかかってください」

ふたりに続いて柴崎が署長室を出ようとすると、助川に呼び止められた。

「大事なことを忘れるなよ」

「は？」

「盗難届を出した本人にも連絡しとけ」

それは刑事課の仕事ではないですかという言葉が口から出かかったが、署長の前なのでやめた。

「承知しました。ただちに連絡しておきますので」

助川は柴崎の肩をぽんと軽く叩《たた》いた。「捜査員を精一杯アシストしていこうじゃないか、な」

「は、わかりました」

会釈《えしやく》して署長室をあとにする。

盗まれたクルマがひき逃げ車両と確定した場合、所有者にはしばらく返還できない。精密な検証作業が行われるのだ。裁判で刑が確定するまで、証拠品として保管する場所も確保しなければならない。

その上で、クルマを盗まれた当の本人が、ひき逃げ事故で怪我《けが》を負った被害者側から、賠償を請求される可能性があることを説明する必要がある。クルマを盗まれたうえに、ひき逃げ事故まで起こされたとすれば、泣きっ面に蜂《はち》だ。それやこれやを思うと、頭が痛い。

それでも、やらなければならなかった。自席に着き、クルマを盗まれた被害者へ電話するため、おもむろに受話器を取り上げた。

3

被疑車両が放置されていたのは、京成本線江戸川駅の南二百メートルほどの住宅街。

空き家になった民家の駐車場だ。小岩は綾瀬署の真南方向。環七をクルマで走れば三十分の距離だ。そこに置かれたオデッセイがひき逃げ車両と確定したとの報告が入ったのは午後二時半。ひき逃げされた被害者が乗っていた自転車の塗膜片がオデッセイのバンパーに付着していたという。

近隣の住民が盗難車が停まっていたのを最初に目撃したのは、三月四日の月曜日だ。それまでもたびたび、クルマが放置されていた場所であり、破損した側を建物に接して停めていたため、怪しむ住民もいなかったという。昨日になって、地主から交番に苦情が入り、巡査が現場に出向いて、盗難車両であるのが発覚した。

午後四時過ぎ、警務課の窓口に、黒いレザーコートを羽織った中里幹男《なかざとみきお》という六十過ぎの男が柴崎を訪ねてきた。ひき逃げしたクルマの所有者で盗難届を出した人物だ。多めの髪をオールバックにまとめ、コートと対になった革手袋を握りしめている姿には風格が感じられた。六木《むつぎ》在住で、左官業の有限会社を営んでいるという。別室に案内し、交通課長の高森とともに応対する。

「えっと、中里さんが盗難届を出されたのは神明《しんめい》交番。日時は三月五日の火曜日で間違いないですね？」

柴崎は盗難届のコピーを見ながら切り出した。

「はい、そうです」

はきはきした口調で中里は答えた。

「盗まれた日は、二日前の三月三日だそうですが、こちらも間違いありませんか？」

「はあ、たぶんそのころだと思います」

「被害にあってから二日後に盗難届を出されたわけですが、どうして、三月三日に出されなかったのですか？」

「会社が休みだったし、ふだんからべつの駐車場に停めてあったもので、気がつかなかったんですよ」

「……のようですね」

盗難届にもその旨《むね》の記載はある。ふだんは六人の従業員全員がスペアキーを持ち、空いていれば自由に使わせていると書かれている。

「あの、うちのクルマ、どこで見つかったんですか？」

おずおずと中里が口を開いた。

「小岩のほうなんですよ」

高森が答えると、柴崎に目くばせをした。

柴崎は仕方なく、その車は盗まれた翌日、ひき逃げ事件を起こした、くわしい検証作業がいるので、長期間返還できなそうだと説明した。修理代もかなり高額になるだろうとつけ加える。

中里は髪に手をあてて黙り込んだ。

「どうかされました？」

柴崎は訊いた。

「あのクルマ、うちの従業員がけっこう使っていたもんですから」

「残念ですが、最低でもむこう一年くらいはあずからせていただくことになるかと思います」

「それとね、中里さん。自賠責保険の運行供用者責任はご存じ？」

高森が口をはさんだ。

「なんですか、それ？」

「車を盗まれた人にも、民事上の賠償責任が生じるかもしれないんですよ。盗まれてすぐ、盗難届を出さなかったような場合ですけど」

ぎょっとした顔をして中里は驚きの声を上げた。「わたしが？　盗まれたのに？」

「それでね、中里さん」柴崎は慌《あわ》ててつけ加える。「任意保険は入ってますよね？」

「もちろん、入ってますけど」

「でしたらね、万一のときはそちらのほうからも、おりますから。たぶん大丈夫だと思いますよ」

「そうですか、それならいいんですけど」

ぶ然とした面持ちで、中里は言う。

そのときドアがノックされ、交通課の係員が顔をのぞかせた。高森が出ていって、しばらくすると柴崎を呼んだ。中里にことわって廊下に出た。

「いま現場から連絡が入った。クルマから乾燥大麻が見つかったらしいんだ」

「大麻が？」

「ああ。十中八九、盗んだ野郎が持ち込んだものと思うが、念のために持ち主の尿検査もしておけということだ」

「中里さんはふだん使っていないらしいけど、となると従業員の？」

「いや念のために社長のも。おれは現場から至急来いと呼ばれた。あとはたのむから」

「まいったなぁ」

これから、六名の従業員全員を集めなくてはならない。柴崎は暗澹《あんたん》たる思いで、去っていく高森の背中を見送った。

4

尿検査の結果、陰性だった中里と入れ替わりに、厚いジャンパーをまとった従業員たちが姿を見せた時には、午後五時半を回っていた。全員仕事帰りらしく、作業着を着た足元が汚れている。居残りを命じられた警務課の係員が、ひとりずつトイレに連れ込んで、全員の尿検査をすませた。六名とも陰性だった。

解放された六名は、署の正面駐車場に停めてある小型トラックの横にたむろして、帰ろうとしなかった。

不審に思い、柴崎はコートを着て表に出た。彼らは寒さに身をちぢこませ、背中を丸めて話し込んでいる。すっかり日は落ちて、冷え込みが一段ときつい。

輪の中から、「あいつが盗んだに決まってらぁ」という言葉が聞こえて、足を止めた。

六名の中ほどにいる、四十がらみの、がっしりした短髪の男が言ったようだ。

柴崎はその男の腕をつかんで、署の正面玄関の中へ引き入れた。

男は桑原《くわばら》と名乗った。中里の会社、中里工業に入社して九年目になると言う。柴崎が耳にしたことについて尋ねると、桑原はあっさり、「重本《しげもと》ですよ、盗んだのは」と口にした。

「誰？　従業員じゃないよね？」

「先々週までは、従業員だったんですけど」

「やめたの？」

「とんずらこいたんですよ。さんざん世話になっておきながら、シゲの野郎」

桑原は悔しそうに唇を噛《か》んだ。

とんでもない話だと柴崎は思った。元従業員がクルマを盗み、そのあげくにひき逃げ事故を起こしたというのか？

桑原を玄関脇《わき》の待合室に移して、くわしい話を聞いた。やめた男は重本晃太《こうた》という名前らしい。

「二十五にもなって、でっかいガキです」桑原は続ける。「一年前、求人広告を見て、ふらっと現れて。うちの社長は人がいいし、少しぐらい訳ありでもすぐに雇うんですよ。それで、いつも散々な目にあったりするんですけどね。重本のやつも、けっこう悪さをしてきた口ですが、入った以上は一人前になるまで、しっかり面倒見てやれと口を酸《す》っぱくして言われて。わたしらだってやめられると困るから、親身になって仕事を教えたんだ。そのあげくにこのざまでしょ。恩を仇《あだ》で返しやがって、あいつ」

言うそばから、だんだんと気色《けしき》ばんでくる。

「まあまあ、落ち着いてくれませんか。その重本さんっていうのがクルマを盗んだ証拠でもあるんですか？」

「やつだって、キーを持っていましたから」

「キーはお宅さんら六人、いや、七人、全員持っていたんでしょ？」

「持っていますよ。でも、あのクルマはほとんど重本の専用になっていたし。もし空いていたって、あの日曜日に使った人間なんていませんよ。大寒波だったじゃないですか。外に出るどころじゃない。寒くて、みんな家に閉じこもってましたから」

それは全員に当たってみないとわからないが。

「重本さんがやめたのはいつですか？」

「やめたっていうか、先週の月曜の朝から来なくなったんです。その晩、あいつのアパートに行ってみたんですけど、もぬけの殻でしたから。あそこだって、社長に借りてもらってたのに。まったく」

「クルマもそのときになくなっていたんですね？」

「いや、そっちは見てないですよ」

「重本さんがいなくなったことは社長にすぐ報告したんですか？」

「もちろんです。アパートに行って見てこいと言ったのは社長です。日曜日の夕方の四時ごろ、社長が駐車場を通りかかったとき、クルマは停まっていなかったと言っていたし」

「じゃあ、日曜の午後にはいなくなった？」

「ええ、そう思います」

社長の中里は、はじめから重本がクルマを持ち出したと疑っていたのか？ 奇妙な話だと思った。盗まれた当日、似た車種によるひき逃げ事件が起きて、テレビのニュース番組でも報道された。中里が盗難届を出したのは、それから二日後の火曜日だ。盗難届を出すときに、どうして自社の社員がクルマを盗んでいったかもしれないと申し出なかったのだろうか。

それについて訊《き》くと桑原は、

「そりゃ、社長だって重本が乗っていったと思っていたはずですよ。でも、こうちゃんこうちゃんって、人一倍かわいがっていたしね。だから、盗難届もすぐに出さなかったんです。わたしらが見るに見かねて、盗難届を出すようにせっついて、ようやく出したくらいですから」

そういうことか。

「テレビでひき逃げ事件のニュースをやってたけど、社長は見なかったんですか？」

「わたしは見ていませんが、社長は見たそうです。テレビでは、イプサムと言っていたらしくて、うちは関係ないと言ってました」

だから盗難届を出すときも、重本について触れなかったのだ。

「入社した当時の重本はすぐ言葉を返したり、食ってかかってきたりしたんですよ。それでも、うちらや社長が根気よく使っていくうちに、まあまあ働くようになりましてね。まあ、もともと手先が器用だったし。それが今年の正月ころですかねえ。ちょくちょく朝寝坊したり、仕事にも出てこない日もあったりして。それでも、社長は小言ひとつ言うわけじゃないし」

「それで先週の月曜日から来なくなった？」

「ですから、日曜からふけやがったんですよ。やつが乗ったクルマ、小岩で見つかったんでしょ？」

「そうだけどなに？」

「うちに来る前、ホストやってたみたいですよ。小岩のほうで」

「ほう、小岩で。いつのこと？」

「うちに来る前。あのクルマから大麻が見つかったんですよね？　だからおれたちもこうして」

「仕方がないでしょう」

桑原は不服そうな目で柴崎をにらんだ。「大麻をやってた人間といっしょにされちゃ、迷惑ですよ」

「重本って、大麻やってたの？」

「酔っぱらったとき、こそっと洩《も》らしたのを聞いただけですけどね。ふだんからラリってるようなところもあったし。とばっちりもいいところですよ。もう帰ってもいいですか？」

柴崎は、重本晃太に関係する事柄を訊き出してから桑原を解放し、警務課に戻った。副署長席に助川はいない。フロアを見渡すと交通課のカウンターの奥で人だかりができていた。交通課長の高森が立ったまま受話器を握りしめ、大声で話している。その中に助川の姿もあった。

交通課に入ると重本の名前が飛び交っていたので、柴崎は耳をそばだてた。

情報を、もうつかんでいるのか？

課長席の前で立っている助川に様子を尋ねた。

「盗難車のハンドルから指紋が出た」助川は言った。「照会システムにかけたら一発で、重本晃太という人物がヒットした。たったいまだ」

「前持ち？」

「保険金詐欺《さぎ》で執行猶予《ゆうよ》期間中。運転免許も失効してるぞ」

「詐欺というと？」

「出身地は山梨だ。向こうの県警に聞いてみた。中途半端《はんぱ》なチンピラだったそうだ。地回りのヤクザに脅されて、人身事故の偽装に一枚噛まされたらしい」

「どんな手で？」

「甲府市内でやつが借りたレンタカーに仲間のクルマを追突させて、保険金を請求させた。半分は主犯格の暴力団幹部に上納するという口約束だ。四百万の保険金が下りたまではよかったが、そいつをぜんぶよこせと言われて、やつは拒んだ。あげくに、ひどい取り立てをくらっていた。三年前だ」

「マルBが怖くて東京に逃げてきたんですね？」

「そうだ。中里工業の連中は知らないだろう」

知っていれば雇うはずがない。

「でしょうね。執行猶予中に雇い主のクルマを盗んだうえに、ひき逃げして、おまけに大麻も」

助川はおやっという顔で、柴崎をふりむいた。

柴崎は桑原から聞いたことを話した。

「やっぱり大麻をやっていたか……」助川はあきれたように言った。「なにがなんでも逃げるしかないわけだな」

「そう思います。重本がいなくなったのは三月三日、日曜日の晩からのようです。そのあと、中里工業の社長や仲間が何度も重本の携帯に電話をかけたようですが、着信拒否されて、つながらないと言っています」

「電話番号、聞いてるな？」

「もちろん。至急、電話会社に行かないと」

重本が携帯の電源を入れていれば、居所がわかる。

「照会書を作ってくれ。すぐに行かせる」

「心得ました」

「明日は大捕物になるぞ。重本のアパートのガサ入れと聞き込みもしなきゃならん。警察犬も動員せんといかん」

助川の歯切れはよかった。

大麻が見つかれば、容疑は動かしがたいものになるはずだ。執行猶予期間中にクルマの窃盗とひき逃げ。さらには大麻所持とおそらくは使用。四重の罪になる。

5

翌日。

電話会社に出向いていた捜査員から、重本の携帯電話の発信場所が特定されたとの連絡が入ったのは正午過ぎ。ただちに二十名の捜査員が近辺の捜索に送り込まれた。

それと並行して、本部と綾瀬署合同による家宅捜索が行われた。重本晃太が住んでいたアパートは、埼玉との県境を流れる垳川《がけがわ》にほど近い六木《むつぎ》にあり、小ぎれいな外観をしていた。働いていた中里工業まで、歩いて三分の場所にある。部屋の借り主の中里も来るというので、柴崎も現場に出向いた。

足立区の北東端に位置する六木は、東西南北を四つの川で囲まれている。古くからある住宅街で、ゆったりした土地に都営アパートが建てられ、個人商店が点在している。道幅は広く、商店街のたぐいはない。

一DKの狭い部屋には、冷蔵庫やテレビ、布団《ふとん》、日本酒の空き瓶といったものだけが残され、重本の衣類や私物などは、すべてなくなっていた。「お世話になりました」と書かれたメモ用紙が置かれていたのみ。警察犬を投入して部屋の臭《にお》いをかがせたところ、犬は大麻らしいにおいに反応した。

柴崎は遠目で見守っていた六十くらいの大家の女性に、重本のことを尋ねてみた。

「入りたてのころは、女の人を引っ張り込んで騒いだり、大声出したりして苦情が絶えなかったんですけどね」

大家は言った。

「大変でしたね」

「でも、去年の秋だったかな、伊豆へ社員旅行に行ってきたといって、干物のお土産を持ってきてくれたんですよ。そのころからかなあ。人が変わったみたいにおとなしくなって。社長さんがいい人だからね。知ってます？」

大家は自分と同じように、捜索を見守っている中里を見やった。

「中里さんがどうかしましたか？」

「このあたり、高齢者向けのグループホームや施設がいっぱいあるでしょ。古くなった風呂《ふろ》の改装なんかを無料で引き受けたりしているんですよ。そういうの見たり、手伝わされたりしてるうちに、重本くんも変わっていったんだろうなあ」

仕事仲間が携帯で撮った重本のカラー写真を見た。茶髪で顔が長い。目つきが鋭いので、きつい印象を受けるが、よくよく見れば、鼻すじが通った彫りの深い顔立ちだ。

「ちょっと、その写真と見た目がちがいますね」携帯の写真を覗《のぞ》きこんでいる大家が言った。「最近は茶髪《ちゃぱつ》もやめているし」

「ほう、そうですか」

中身だけでなく、外見も変わってきたのだろうか。

携帯がふるえた。交通課長の高森からだった。

「大麻が見つかったぞ」

「わかりました。すぐ行きます」

柴崎は携帯を切り、足早にアパートに入った。

夕方、捜査本部が設営された会議室を覗いてみると、交通課長の高森と目が合った。

「重本の携帯の電源は入っていますか？」

柴崎は訊いた。

「入ってる。小岩駅付近にいるのは確かだが、移動しているし、電波状況が悪いからなかなか見つからん。万一にそなえて、人を増やしてくれんか？」

「了解。刑事課と地域課から回してもらいます。まあ時間の問題ですね」

「早く捕まってもらわんと」

　重本という男はのんきなものだなと柴崎は思った。執行猶予期間中に重罪を犯して逃げたというのに、携帯の電源すら切っていないとは。電源が入っていれば、発信地が特定されるのを知らないはずはないのだが。

「中里工業の社長は、重本の前を知っていたぞ」

　意外だった。

「それでもあえて雇ったわけですか……」

「採用するときに甲府から両親が出てきて、本人も深く反省していますから、どうかよろしくお願いしますと頭を下げられたそうだ」高森は続ける。「やつが暮れに帰省したとき、社長さんを尊敬しているし、仕事も一生懸命やっているからとしおらしく両親に報告したそうだよ。両親も、あの社長さんについていけば、大丈夫だからと言って送り出した。酒は呑《の》むけど社長の前では切れたりしなかったらしいな。小さいころはみんなにいじめられたらしくて、気弱な子どもだったそうだ。ホスト時代は、けっこうもてたそうだが」

「すらっとしてるし、顔だってまんざらじゃないですから」

柴崎はアパートの大家から聞いた中里の人となりを話した。

「そうか、中里って、なかなかの人物じゃないか。せっかく、いい雇い主と出会えたのに、重本って野郎は……それはいいとして、たのむぞ、応援要員」

「わかりました。かき集めますから。早く捕まればいいんですが」

「そうだな。ヤケを起こして、暴れたりされるとまずい」

そのとき、部屋で電話を受けた捜査員が大声を上げた。

「確保！　確保！　重本を確保しました」

「どこだ？」

高森が訊き返した。

「南小岩昭和通り商店街。インド料理屋で飯を食べていたところを」

「そっちまで行っていたか」

捜査本部にあてられた会議室が一気に熱を帯びてきた。もう、自分の出番はないだろう。これで一件落着だと柴崎は安堵《あんど》した。スピード解決でなによりだ。犯行態様《たいよう》は単純だから、裏付け捜査は一週間もあれば終わるはずだ。よけいな手間もかけないですむ。気がつけば、なにかと忙しい年度末が目前に迫っていた。

6

「クルマなんて盗んでねえし」

マジックミラー越しに見る重本は、取調官を前にして、ふてくされた態度を続けていた。ドンキー襟の黒いニットカーディガンは逮捕された日と同じだ。髪は大家が言ったとおり、茶髪ではなく、黒髪に戻している。

「ずっとこんな調子ですか？」

興味深げに坂元署長が訊《き》いた。

「一昨日《おととい》あたりから、ひき逃げ事故の突っ込んだ取り調べをはじめたんですけど、一切認めようとしません」

交通課長の高森が答えた。

水族館で深海魚の水槽をのぞきこむように坂元は首を伸ばした。「根っからのワル？」

「そうとしか言いようがないでしょう」

重本晃太がクルマの窃盗容疑で逮捕されてから八日が過ぎた。きょうは春分の日で休日だが、午後になって署長以下の幹部が顔を見せている。

「大麻はどうですか？」

「そっちも認めないですね。昔やったことはあると臭わせるようなことを言っていますが」

逮捕直後に行われた尿検査では、反応は陰性だったのだ。

大麻使用を突破口にして、ひき逃げの道路交通法違反、さらには自動車運転過失致死傷罪の立件にもっていくのが捜査本部の方針だ。しかし、肝心の重本は、ひき逃げはおろか、逮捕容疑のクルマの窃盗についても頑強に否認を続けていた。

「高森課長。どうなんでしょうね、捜査の見通しは？」

柴崎は訊いた。

「否認は見越していたけどさ、見かけによらず、けっこう骨があるよ。まあ、関係者の事情聴取が終われば、ぼろが出てくると思うけどな」

「とっくに会社を辞めると腹をくくっていたと聞いていますけど」

「どうもそのあたりになると、お茶を濁すんだよ。事故を起こした前の週の頭にはそう決めていたと言ってるが」

取り調べ調書にも書かれていた。土曜日まで我慢して仕事に行ったが、日曜の朝、目が覚めると、明日から仕事を続ける意欲はすっかり失《う》せていた。昼過ぎ、やめるならいましかないと思って、身のまわりのものをバッグにつめ、アパートをあとにし、小岩の知り合いのアパートを訪ねたとある。

「物証はどうですか？　あまり集まっていないようですが」

坂元が訊いた。

「そうでもないですよ」

そうだろうか。ひき逃げ事故そのものの証拠は、ほぼそろっているが、逃走後の重本の立ち回り先は、いまひとつはっきりしていない。

「昨日の引き当たり捜査はどうでしたか？」続けて坂元が訊く。

「やつが乗ったと言い張ってるコミュニティバスは特定できましたが、運転手は見覚えがないと言っています。八潮《やしお》駅のタクシー乗り場でも、使ったタクシーはわかりませんでしたし。小岩に着いてからの足取りも、くるくる話が変わりますから。まあ、いまにぼろが出ますよ」

六木のアパートを出てから、重本はとりあえず上野を目指して、コミュニティバスはるかぜ2号を使い、つくばエクスプレス八潮駅南口まで行った。駅で一年前に働いていた小岩時代を思い出し、タクシーで小岩駅まで出向いた。小岩駅南口のフラワーロードをぶらついたものの、猛烈な寒さを感じ小雪がちらつきはじめたので、ホストクラブのときの知り合いだった関谷《せきや》和人《かずと》のアパートを訪ねて、そこに泊まった。そのあと捕まるまで、アパートからあまり出なかったという。

かつて、重本が働いていたホストクラブの聞き込みが行われたものの、日曜日当日の重本晃太の足取りは、いまだに確認されていないのだ。

「この手の男はいちばん落ちませんよ。わたしの見立てを話しましょうか？」

それまでだまっていた副署長の助川が口を開いた。

「三月三日の日曜日の午後。仕事が嫌でしかたなかった重本は、また明日から仕事がはじまると思うと憂うつになった。あの寒さだから、こたつに足をつっこんで、酒を呑みながらぐずぐずしていた。そうこうしているうちに、日が陰ってくる。酔いが回ってくると、いたたまれなくなって、逃げ出すと決めた。そうなったら早いですよ。荷物をまとめて、午後七時半過ぎ、重本はアパートを出る。外に出ればあの寒さだし、とても歩こうなんて気にはなれない。そこで持っていたオデッセイのキーに気がついた。まあ、少しのあいだ借りておこう、ぐらいの軽い気持ちで、重本は駐車場に停めてあったオデッセイに乗る」

「そのあとひき逃げ事故を起こした？」坂元が訊いた。

「ほかにないでしょう。けっこう呑んでたんじゃないかな」助川が言う。「もうろうとしていたはずですよ。でも、執行猶予《ゆうよ》中の身であるのは常に頭にあるから、ここで警察に捕まっては大変だと考えた。自分がひいた被害者なんてどうでもいい。ただひたすら逃げることだけを考えた」

「Nシステムのある幹線道路は避け、裏通りを使ったとしたら、ヒットしないですね。向かったところは、土地勘のある小岩方面という線かしら」

「それが自然でしょう。だんだんと捕まるのが怖くなって、小岩駅が近づいたところでクルマを乗り捨てた……というところかな」

「小岩方面の関係者の証言が要りますね」

「そっちはもう、ほぼ出そろっていますよ」

高森が口をはさんだ。

「中里工業の関係者はなんと言ってますか？」

「そちらの供述もすべて取ってあります。ほかの従業員も、いなくなる前の週に、重本がやめたいって言ったのを聞いていますしね。いつやめてもおかしくない状態でした」高森が答える。

助川がマジックミラーに近づいて、自信たっぷりに、

「あと二日。遅くとも、今週末には落ちるでしょうよ」

坂元は疑い深そうな目で柴崎をふりかえり、小声でつぶやいた。「ほんとうに重本さんがホシでしょうか？」

それまで強気一本で押し通してきた坂元が吐いた言葉に柴崎は少し驚いた。

「それより柴崎、中里社長のところには行ってきたんだろうな？」

ふいに助川から訊かれた。

「いや、行ってないですが」

助川はマジックミラーの向こうの重本を指さした。「こいつが、被害者に賠償する気があるとでも思っているのか？」

「いや、おそらく……」

「さっさと中里のところに行って、そのあたりを聞いておけよ。被害者がわめき出す前に」

重本には賠償する気がないし、財力もない。もともとは従業員がしでかした事故だから、最後まで面倒を見ろと申し伝えてこいと言いたいのだ。それを警務課の課長代理たる柴崎の仕事だとはなから決めつけて。

「わかりました。これから行ってきます」

「そうしてくれ。さ、署長、帰りましょう」

助川に呼びかけられ、坂元署長は覗《のぞ》き部屋から出ていった。

柴崎はしばらくそこにとどまり、重本の様子を見守った。

それにしても、この男は、どうして携帯の電源を入れたままにしておいたのだろう。

7

中里工業の看板の下にクルマを停めた。事務所兼用になっている自宅の道路側にシャッター式の車庫があり、クラウンが停められている。中里は社内にいるようだ。柴崎は背広のままクルマを出て表に回った。さすがに寒い。事務所に飛び込むように入った。

暖かい室内で、作業着姿の桑原が机で電卓を打っていた。ほかの従業員はいない。

「祝日でもお仕事ですか？」

「ふだんは外仕事ですからね。こんなに仕事がたまっちゃって」

机に座る桑原の姿はそれはそれで自然だった。会社印の入った木製の印箱が無造作に開けられている。事務仕事も、一手に引き受けているようだ。

社長を呼んでもらうと、セーターにゴルフズボンという出《い》で立《た》ちの中里が現れた。奥の応接室に通される。

「きょう仲間うちでコンペがありましてね。寒いのなんの。大叩《おおたた》きしちゃって。さあ、どうぞ」

オールバックの髪が乱れて額にふりかかり、白髪が目立つ。警察で初めて会ったときより、くだけた印象を受ける。

すすめられるまま、ソファに座るなり、「どちらで?」と訊いた。

中里は千葉の四街道《よつかいどう》にあるゴルフコースの名を口にした。

会員の紹介がなければプレーできない、高級で名の通ったクラブだ。

「それはそうと、大変ご迷惑をおかけしています。重本はどうですか?」

中里は髪を手でなでつけながら、おもむろに切り出した。

「詳しくお話しできませんが、あまり、かんばしくなくて」

「大麻はどうですかね?」中里は声を低めた。「まだ、あれですか? やってないと?」

「そちらもですね」

中里は目を細め、しきりと顎《あご》のあたりをさすりだした。

「やっぱりそうですか。少しは改心してくれたかなと思ってたんですが。もしかしたら、ひき逃げも？」

「そのあたりもご勘弁ください」

柴崎が言うと、中里ははっとした感じで、「そうですね、まだ捜査中ですものね。すみません」と神妙な面持ちで口にした。

「いえいえ、社長さんが謝る必要はありませんから」

「あ、すみません。いま、温かいものをお出ししますから」

思いついたように中里は言うと、腰を浮かせた。

「いえ、すぐ失礼しますからけっこうです。社長、あのクルマ、保険にはお入りでしたよね？」

「前にも言ったとおり、そちらは大丈夫ですよ。任意も対人で無制限のものに入ってますから」中里はひと息ついた感じで座りなおす。

「恐縮です。被害者側の保険会社がしつこくうちのほうに問い合わせてくるものですから」

「実を言うと、重本の籍はまだ残してあるんですよ」

「社員のままということですか？」

「いつ戻ってきてもいいようにね」

「そうですか。では保険会社にその旨《むね》伝えてよろしいですか？」

「けっこうですよ。わたしも若いころは、だいぶやんちゃでしたから、重本のようなやつを見ていると他人事《ひとごと》のようには思えないんですよ。それにしても、やったならやったとはっきり言えばいいのにね。そうすればうちだって、弁護士つけるなりできるのに」

「そちらは当番弁護士がいますから、大丈夫です」

「なにぶんよろしくお願いします。被害者の方には、くれぐれも申し訳ありませんでしたとお伝えください」

ソファから腰を上げ、中里は深々と頭を下げる。

柴崎もつられて立ち上がった。

「承知しました。そうそう、社長さん、ひき逃げ事故があった日のあと、ひき逃げしたクルマの車種を報道した番組があったそうですね？　イプサムだったとか」

中里は、しばらく考えてから、「ありましたね」と言い、キー局のひとつの名を口にした。

応接室で別れ、中里は奥に戻っていった。

事務所前を通りかかると、桑原から声をかけられた。

「社長なにか言ってましたか？」

「いえ、とくには」

「まだシゲのやつ、認めないんですね？」

「それは、ちょっと申し上げられません。では失礼します」

「ずいぶん面倒見てやったのに、裏切られた気分ですよ。月曜日のことは聞きましたか？」

桑原に言われて柴崎は足を止めた。

「ひき逃げ事故の翌日ですか？　重本は仕事に出てこなかったんですよね」

桑原は机を回り込んで、柴崎の前に来た。

「ええ。社長がすぐ携帯に電話を入れたんですけど、着信拒否されていたんですよ。わたしもふくめて、ほかの社員も拒否されていて。で、その日の仕事が終わって帰社すると、社長がどうしても本人と話したいと言い出したんです。他人名義の携帯なら、出るかもしれないってぼくが言ったら、奥さん名義の携帯を持ち出してきて電話をかけたんですよ。そしたらつながって」

初耳だった。重本の供述調書にはない話だ。

「社長さん、すぐに帰ってこいと言ったわけですね？」

「すぐ切られるような雰囲気だったので、『切るなよ、切るな』って声を上げましてね。そうしたら、なにか返事があったみたいでした。みんなして、社長とシゲのやりとりに耳を澄ませましたよ。社長が『この寒いのに、いまどこにいるんだ？』とか訊《き》くじゃないですか。シゲのやつ、『小岩にいる。心配しないでくれ』とかうるさそうに言うんです。『ひとりか？』って社長は訊きました。『ひとりだ』って答えてましたよ」

　重本の供述によれば、そのころはもう、小岩の友人のアパートにいたはずだが。

「それで帰ってこいと社長は説得したわけですか？」

「そんなふうに言っていましたけどね。金はあるかとか。でも、『あんな仕事、もうこりごりだ』とか、電話口でわめかれたんで、社長はがっくり肩を落としていましたよ。まったく気の毒で見ていられませんでした」

「そうですか」

　柴崎はふと思いついて、盗まれたオデッセイが停めてあった駐車場の場所を聞き事務所を出た。車庫に停まっているクラウンの車内で反射するものがあり、なにかと思って覗きこむと、真新しい革製のシートにビニールが新車さながらにかぶされたままになっていた。年式は相当古そうで、不釣り合いに見えた。

教えられた駐車場は、重本が住んでいたアパートから西へ三百メートルほど行ったところにあった。十階建ての都営アパートから道をはさんだ反対側だ。すぐ先に垳川《がけがわ》の堤防があり、そこで行き止まりになっている。

四十メートル四方あるだろうか。金網で囲まれた広い平面駐車場だ。十二台停められる列が四本ある。左手のいちばん奥が中里工業所有のオデッセイの駐車スペースのようだ。

近隣の住民が自家用駐車場として使っているのだろう。年間契約と聞いていたが、ここも年々、借りる人の数は減っているらしく、停まっているクルマの数はわずかだった。

空いているスペースで、短パン姿の小学生たちがサッカーの練習をしている。ユニホームからすると、地元の少年サッカーチームのようだ。

動き回る少年たちを、膝《ひざ》まである長いベンチコートをまとった男が見守っている。スポーツ刈りだ。口ひげを生やしている。三十を少しいったぐらいだろう。

クルマを少し先に進め、練習がよく見える位置に停めた。コーチの男が大声を上げたので柴崎は窓を半分ほど下ろした。

駐車場の真ん中の広いスペースに、黄色いマーカーが直線に置かれている。駐車場の奥まで十個以上あるだろう。オデッセイの駐車スペースあたりが最後だ。まっすぐ置かれたそのマーカーのあいだを、少年が靴のインサイドとアウトサイドを使ってボールをコントロールしながら、ドリブルで走り抜けてゆく。

「ケンジ、何本だ？」

オデッセイの駐車位置の手前でターンした少年に向かって男が声をかけた。

「あ、二本」

「ったく、すぐ忘れるんだから」

要所要所でコーチをふりむき、コーチがかかげた指の数を言うのも練習のようだ。マーカーからはずれる少年はほとんどいなかった。ドリブルのスピードが遅いこともあるが、少年たちのボールさばきはなかなか巧みに見えた。

その様子をしばらく眺めると、柴崎は署にとって返した。

8

フラワーロードの高いアーケードを冷たい風が吹き抜けていた。コートの襟を立て、番地を確認しながら早足で歩く。

三月二十二日金曜日。重本晃太が逮捕されてから、十日が過ぎた。

柴崎が小岩駅に着いたときには、夜の八時を過ぎていた。いつもなら経堂《きょうどう》にある自宅に帰るところだが、きょうは寄り道した。

一昨日、中里工業の桑原の話を聞いてから、ずっと気にかかることがあった。ひき逃げ事件を起こした翌日の月曜日、重本はすでに小岩の関谷のアパートにいたはずだが、社長の中里にはひとりでいると答えているのだ。

交通課長に訊いてみたものの要領を得ず、それならば確かめようと思ってやって来た。

ホストクラブ、チェルシーは千葉街道に出る手前の貴金属買い取りショップの二階にあった。ホストクラブなど、これまで、一度も入ったことがない。捜査を担当しているわけでもないのに、つくづくよけいな行動だなと思う。捜査員でもない自分が訪ねても意味はないのではないか。相手はどう出るだろう。

少なからぬ不安を抱きながら階段を上がる。

せっかく、ここまで来たのだ。そう言い聞かせて、ドアを開けた。

ミラーボールの明かりが散るフロアに嬌声《きょうせい》が響いていた。茶髪ロン毛の男が歩みよってきたので、警察を名乗り、関谷和人さんはいるかと尋ねた。黒スーツの店長らしき男とともに、グレーのダブルスーツを着た男が現れた。

「こちら、関谷さん？」

柴崎は訊いた。

「また、あの件ですか？」

店長は横にいる細身の男を横目でにらみながら答えた。

狭い額の真ん中に、逆Vの字の形でストレートパーマの黒髪を垂らしている。

「ちょっと出られないかな？」

柴崎はその男に声をかけた。

「困っちゃうな。いまこいつ、初回卓の最中なんすよ」

初回卓というのは、はじめての客のことだろうか。こんなとき、刑事ならどう出るだろう。押すしかないか。

「あとで困ったことにならんといいが」

柴崎が言うと、店長は首をすくませ、「手短にお願いしますよ」と関谷の背中を押した。

ふたりして階段を下りた。柴崎はアーケードの下を先に立って歩いた。シャッターを下ろしているところが多く、適当な店が見つからなかった。

道路に面した古いマンションの奥まった一階ロビーに連れ込んだ。

関谷は肩をすぼませ、もの憂《う》げに、メンソールのタバコをとりだして火をつけた。

「三月三日のことを訊きたい。重本はきみのアパートを訪ねてきたそうだが、間違いないね？」

「そうっすね」

ひとくち吸って、思いきり吐き出す。

「何時ごろ、来たのかな？」

「また、それっすかぁ。こないだも答えましたけどね」

「午後三時過ぎにおまえのアパートに着いたと言っているが、誰も見た者はいない」

「ですから、重本は来たんですって。ったく」

「関谷。本当のことを言ってくれないと何度でも来るぞ」

思いもしなかった言葉が口から出て、柴崎はわれながら驚いた。

「や、そう言われても……」

そこまで言うと関谷は口をつぐんだ。

「おまえ、もしかして大麻やってるか？」

「めっそうもありませんって。なんで、おれっちが」

「なら、どうなんだ。ほんとうにおまえはいたのか？」

関谷は神経質そうに短くタバコを吸っては吐いた。

「ですから、重本は部屋のキーの置き場所を知ってるんですよ」

キーの置き場所？

「どこに置いてあるんだそれ？」

「ガス給湯器の扉の中。ぽちって押すと、取っ手が飛び出すでしょ。そこを開けて上側の扉の裏に貼《は》りつけてあって」

「重本はそれを使って勝手にアパートに入ったのか？」

関谷はタバコを下に落とし、足で踏みつけながらうなずいた。

「三月三日の日曜日、おまえ、アパートにいなかったのか？」

「先輩の女といっしょに、箱根の旅館へ」

うつむいたまま、関谷は洩《も》らした。

「泊まったのか？」

「まあ」

「その先輩にばれるとまずいから、うそをついたのか？」

「……うそってほどでもないと思うけど」

「月曜日、おまえがアパートに帰ったのはいつだ？」

「夜の十時くらい」

「それまで、重本はひとりでおまえのアパートにいたんだな？」

「そうすね、帰ったらいたんで」

とんでもない話だと柴崎は思った。重本は取り調べで、三月三日、関谷のアパートに着いたとき、関谷本人に迎えられたと言っている。事情を知っていた重本が気を利《き》かせて、その部分だけ嘘《うそ》の供述をしたとしたらどうか。関谷がいたにしろ、いなかったにしろ、大勢に影響はないと考えてもおかしくはない。

だが、実際は日曜日の午後から月曜日の夜の十時まで、重本は関谷のアパートに、たったひとりでいた。だから月曜日の夜、社長の中里から電話が入ったとき、『ひとりでいる』と答えたのではないか。

「おまえ、先輩の手前、日曜日から月曜まで、昼間からずっといっしょにいたことにしてくれと重本に言い含めていたのか？」

「まぁ、そんなことは言ったのかもしれないけど」

そうであるならば、三月三日に六木のアパートを出てから、翌日の月曜日の夜の十時まで、重本自身のアリバイを証明する人物はいない。

やはり、助川の見立てどおり、勝手にクルマを乗り回してひき逃げ事件を起こし、小岩で乗りすてたのか。

もしそうではなく、彼の言っているのがほんとうだとしたらどうだろう。職場を放棄しただけなら、携帯の電源を入れっぱなしにしておいたとしてもおかしくはない。

桑原の供述が気にかかる。社長の中里は、見越したように、電話でひとりでいるのかと訊いているのだ。そんなことを言う必要はないのではないか。

そこまで考えて、べつの考えがよぎった。

中里は重本が単独でいるのを確かめるために、そう訊いたとしたらどうだろう。

彼は、柴崎と最初に会ったとき、盗難に遭ったクルマについて『会社が休みだったし、ふだんからべつの駐車場に停めてあったもので、気がつかなかった』と説明した。しかし、桑原によれば、三月三日日曜日の午後四時ごろ、駐車場にオデッセイはなかったと言っていたという。

もう一度、中里の申し立てを洗ってみる必要がありそうだ。

9

明くる土曜日。

金網で囲まれた広い駐車場に、ぽつんぽつんとクルマが停まっている。空いたスペースで、三日前と同じように、小学生たちがサッカーの練習をしている。

柴崎は駐車場の片隅に、自分のクルマを停めて外に出た。どんよりとした天気で、風が強かった。タートルネックの上に厚手のコートを着てきたが、こたえる寒さだ。きょうも、まっすぐ置かれたマーカーを使って子どもたちがドリブルの練習をしている。感心したポーズを装《よそお》い、しばらく練習を見た。

「上手ですね」

コーチの男と目が合ったので、柴崎は口を開いた。

「まあ」

男は言うと、また少年たちに目を戻した。きょうはベンチコートに加えて、首にカシミアのマフラーを巻いている。

「休みは、ここで練習されます？」

「冬のあいだだけ、土曜日と休日、祝日にね。地主さんにお願いして使わせてもらってるんです。うちらみたいな小さなチームは、なかなか練習場が借りられなくて」

「だいたいこの時間に？」

「そうですね。二時から四時のあいだに」

「三日前もやられてましたよね？」

「祝日だからもう少し早い時間に」

「今月のはじめ……三月三日の日曜日もこの場所を使われました？」

「おひな祭りの日でしょ？　やりましたよ。えらい寒かったから覚えてます。子どもらは走り回って、暖かいだろうけど、こっちは動けないから、凍えちゃいましたよ」

柴崎は駐車場に停まっているクルマを見やった。台数や駐車位置は、三日前と同じように見える。

「クルマの停まっている位置は、だいたい決まっているんじゃないですか？　けっこう制約がありますよね」

「いちいち動かして欲しいとも言えないしね。おおむね、ひとつ方向に寄せてもらっているんだけど」

オデッセイが停められていた位置は空白になっていて、その前に最後のマーカーが

置かれている。柴崎はそのあたりを指さし、

「マーカーはいつも、あのあたりに向かって、まっすぐに並べるんですか？」

と訊《き》いてみた。

「だいたいそうですね。線路ドリブルとかするときもラインマーカーは、同じ位置に置きますね」

「ラインマーカー？」

柴崎が訊くと、男は足元のバッグを広げ、ゴム製の長い板のようなものが束ねてあるのを見せた。

「こいつですよ。これを線の代わりに適宜置いて、その外側をトレースするように、ドリブルさせるんです。線路ドリブルって言うんだけど」

「ちなみに三月三日も、これを使ってドリブルの練習はやりましたか？」

「もちろん、やりましたけど」

「時間は午後二時から四時？」

「その時間帯です」

「マーカーを置くパターンは決まっているわけですね？」

「ええ」

柴崎はもう一度、オデッセイの駐車位置を指した。

「あそこがいちばん奥になりますけど、いつもクルマが停まっていませんでしたか？」

「オデッセイでしょ」

やはり、知っているようだ。

「停まっているけど、練習のたびに、いつも重本くんが動かしてくれますから」

渦中《かちゅう》の人物の名前が出たので柴崎は驚いた。

「重本をご存じなんですか？」

「もちろん。いつも、オデッセイを離れた所に動かしてくれるんですよ」

意外だった。あの重本が？

「練習のたびに、重本は来ていたんですか？」

「ええ。子どもらの面倒も見てもらっているし」

「そうなんですか」

重本の逮捕はまだ報道されていない。このまま話を続けても大丈夫だろう。

「わたしも、仕事の関係で重本くんとはお付き合いがあるんですよ。彼ってサッカー好きなんですね」

「去年の秋ぐらいからだったかなあ。練習をするときになるとここに来るようになって。ちょっとサッカーの心得があるから、子どもの相手をしてくれたりね。試合の応援なんかにも来てくれるようになったんです」

「そうだったんですか。三月三日も彼は来ましたか？」

「いえ、来てないですね」

「来てない？」

「ええ、もうかれこれひと月くらい、顔見てないですね。最後に来たのは、たしか二月の最終日曜日でしたよ」

柴崎は頭の中で、暦を計算した。

「……二月の二十四日？」

「そうなるか」

「くり返すようですが、三月三日、ほんとうに重本くんは現れなかったんですか？」

「来ませんでしたよ。練習が終わる四時まで、オデッセイが邪魔なところに置かれっぱなしだったから。マーカーを置く場所も変えたりして、苦労しましたよ」

いまその場所は空白になっていて、オデッセイは停まっていない。のびのびと練習をしているようだ。

男はけげんそうな顔で柴崎を見やった。「彼、どうかしましたか？」

「いえ、なんでもありませんから」

まさか、ひき逃げの被疑者だと言うわけにはいかなかった。

練習の邪魔をしたのをわびてクルマに戻った。

ひき逃げ事故のあった三月三日の夕方の四時、中里社長はここを通りかかり、オデッセイは停まっていなかったと言っている。

勘違いなのか。それとも、うそをついているのか。

中里幹男の周辺の掘り下げ捜査が要る。日ごろの行動を調べ上げたほうがいいだろう。中里工業の従業員への事情聴取も再度行うべきかもしれない。

10

三月二十八日木曜日午前七時。中里工業の事務所横に停めた面《めん》パト（覆面パトカー）の中で待機していると、捜査員に先導された中里幹男が現れた。柴崎はいったん面パトから降りると、中里を後部座席に誘導し、あらためて乗車した。捜査員と合わせて四人が乗った面パトがゆっくりと走り出した。

中里は無言のままだった。厚手のネルシャツに茶色いチェックのブレザー。首まわりが寒々としている。きっちりとかしたオールバックの髪が、ところどころ乱れている。この日が来るのを覚悟していたような表情にも見受けられる。

「申し訳なかったですね。朝早くから」

柴崎が声をかけると中里は小さくうなずいた。「あの、重本のことですか？」

「いえ、彼は昨日釈放されました」

「釈放？」

そう言った中里の太い首が少し伸びたように見えた。

「署にいてもらう理由は、ないですから」

突き放すように言った。

打ち合わせどおり、オデッセイが停められていた駐車場に回ってもらう。

「ひき逃げ事件について訊いてもいいですか？」

「なんですかね？」

不安そうに中里は、柴崎の顔を見た。

「中里さん、あなた、テレビのニュースでひき逃げ車両がイプサムだと報道されるのを見たそうですが、ほんとうですか？」

「見ましたよ」

「いつ放送された分ですか？」

「次の日の朝だったと思いますけど」

「おかしいな。テレビ局すべてに問い合わせてみたんですが、クルマの名前はおろか種類すら、報道した局はなかったですよ」

中里の首に鳥肌が立つのが見えた。

十階建ての都営アパートの前まで来た。駐車場の手前で徐行するように指示する。オデッセイの駐車位置を指さし、「あのあたりに、オデッセイは停まっていたんですね」と柴崎は訊いてみた。

中里は一瞥《いちべつ》しただけで、顔を下に向けた。

「中里さん、三月三日の夕方、あなたはどっちの方向からここに来ましたか？」

柴崎は訊いたが、中里はうつむいたままだ。

「ご覧のとおり向こうは、垳川《がけがわ》の堤防で行き止まりだし、つながっている道路はありません。三月三日の夕方の午後四時、あなたがここを通りがかったとき、オデッセイは停まっていなかったと仰《おつしや》っていますが、どちらに行かれたついでなんですか？」

「いや……」

中里は一瞬だけ顔を前に向けると、また下を向いた。

「ひょっとして来なかったんですか？」

柴崎の問いかけに中里は答えなかった。

柴崎は運転手に署へ向かうように言った。

「重本はほんとうに仕事が嫌だったんですかね？」

話題が移ると、中里はそろそろとシートにもたれかかった。

「あまり、肉体労働は好きじゃないようです」

「そうですか？　彼は手先も器用だったし、仕事にも打ち込んでいたと聞いていますが」

中里は答えなかった。

「従業員の桑原さんは、中里工業の要《かなめ》ですね。仕事の受注から金の受け渡しまでぜんぶ、まかせているそうじゃないですか。頭が上がりませんよね」

「信頼してます」

「あなたが重本をかわいがるので、桑原さんはつむじを曲げたのかなあ。社長の見えないところで、ねちねちといじめていたって、ほかの従業員が言ってますよ」

それで三月三日の出奔《しゅっぽん》に至るのだが。

「中里さん、あなた、パチンコが好きなんだって？」

急に話題が変わり、中里は細かく視線を動かした。

「まあ、人並みに」

「ごひいきにされているパチンコ屋は西新井の駅前と伺っていますよ」柴崎はパチンコ店の名前を告げて続ける。「日曜日の夜は必ずそこに出向くそうですね。ご自宅からだと、ざっと六キロはあります。道が渋滞していれば二十分はかかる計算ですね。三月三日の夜もそこに行きましたか？」

「ええ」

ぶすっとした調子で言うと中里は横を向いた。

「おかしいな。三月三日の午後六時から十時のあいだ、店内の防犯カメラの録画映像にあなたの姿は映っていない」

中里が身を硬くしたのがわかった。

「あなたのクラウン、けっこう古い年式ですね。最近、内装のシートを張り替えたでしょ？」

「やりましたけどなにか？」

「ディーラーにクルマを持ち込んだのは、三月一日ですね？　戻ってきたのは三月五日。あなたのご自宅には、クルマは一台しかない。三月三日はどうやって、西新井まで行ったんですか？」

「……」

「ふだんは使っていないオデッセイで行こうと思いついたんじゃないですか？」

中里は、柴崎をにらみつけた。

「ヘンなこと言わないでくださいよ。もう、そのときは重本が乗って行ってしまったあとなんだから」

「何時ですか？」

「だから四時ごろ」

「そのときまで、オデッセイは、いつもの場所に停めてあったそうですよ」

「なにかの間違いでしょ」

少年サッカーチームのコーチが当日、携帯で撮った写真には、はっきりとオデッセイが写っているが、いまは見せられない。

「あったんですよ、それが。だからあなたは、オデッセイに乗れたんです。パチンコには一杯引っかけて行くそうですね。三月三日の夜も、かなり呑《の》んでいたんじゃないんですか。乗り込んだのは七時三十五分。走り出してほんの三分で、自転車を引っかけた。事故直後、うしろも見ないで猛スピードで走り去った……」

中里は、呆然《ぼうぜん》とした顔で柴崎を見つめた。

「酒が入っていて怖くなったので、すぐ自宅に舞い戻った。シャッター式のガレージだから、家の人はクルマに気がつかなかった」

中里は一瞬、宙をにらんだ。

「で、でも、オデッセイからは重本の指紋が……」

「かじかむような晩だったじゃないですか。あなたはご愛用の革手袋をはめて、運転しましたね。だからオデッセイのハンドルにもあなたの指紋は付着しなかった」

「そんな……」

「ひき逃げ事故を起こして、帰宅してから、あなたはすぐ重本のアパートに行った。前の週の頭から、重本が仕事をやめると言っていたのを聞いていましたから。行ってみたら案の定、重本はいなくなっていた。置き手紙を読んで、彼に罪をかぶせることを思いついたんじゃないですか？」

「思いつくって……」

「それでもその日は、動かなかった。アパートからいなくなった重本が知り合いといっしょにいたりして、はっきりしたアリバイがあるとまずいからですね。だから、月曜日、みんなが見ている前で、あなたは重本に電話してひとりでいるかどうかを訊《き》いた。ひとりでいるとわかった時点で、計画を実行に移そうと思ったわけだ」

「だからオデッセイで小岩まで行ったと？　冗談じゃない」

「すぐに出向いたわけじゃないですよね。あるものを買ってから、いったん自宅に戻り、重本のいたアパートにも立ち寄った。そのあと、オデッセイに乗って裏道を使い小岩に向かった。小岩は仕事でよく行くので、クルマを停めても怪しまれない場所を知っている。そこにオデッセイを乗り捨てた。帰りはそこから歩いて京成江戸川駅まで行って電車で帰ってきた。ざっとこんな感じでしょうか」

京成江戸川駅のホームの防犯カメラには、中里の姿が映っている。

青ざめた顔で男は拳《こぶし》を握りしめ、うつむいたままでいた。

環状七号線に入り、面パトはスピードを増した。

「あるものって？」

ふるえる声で中里はつぶやいた。

「乾燥大麻三グラム。北千住の脱法ドラッグ販売店であなたが一万二千で購入した。その使い道は言わなくてもわかりますね」

柴崎が言うと、中里はがっくりと首をうなだれた。

重本が使っていると見せかけるために、アパートとオデッセイに置いたのだ。

面パトは綾瀬署の裏手にある職員専用駐車場に滑り込んだ。ドアを開けると、交通課長の高森が不安げな顔で柴崎を見ていた。

11

「午前十一時三十五分。中里幹男を道路交通法違反容疑で通常逮捕いたしました」

高森が言った。

「完落ちのようですね」

坂元が言った。

「おかげさまで、すっかり吐きました」

「しかし、高森課長、よかったなあ。あやうく、重本をひき逃げ犯で送致するところだったぞ。そうなったらえん罪もいいところだ」

助川がのんきそうに言う。

「冷や汗ものです。申し訳ありませんでした」

深々と高森は頭を下げた。

「予断は禁物です。肝に銘じないと」

坂元は誰の顔も見ず、自らに向かって言った。

その気持ちは柴崎にもわかった。先月着任して、まだひと月ちょっと。着任早々、地域課に所属する警部補の不祥事も露見した。それをどうにか切り抜けたものの、月替わりにまたこの事件だ。いくらキャリアとはいえ、ここで誤認逮捕をした日には、首が飛んでもおかしくない。

高森にしても同じだ。柴崎の助言がなかったら、今ごろ重本をひき逃げ事件の被疑者として、送致していたはずだ。地検が調べ直せば、べつの犯人がいることが明るみに出ていただろう。こちらも大恥をかくどころの騒ぎではない。処分は必至だったのだ。

「中里の罪状は道路交通法違反容疑だけでは足りませんね」坂元は続ける。「重本は名誉毀損《きそん》で訴えると言っていますか？」

「いえ、その気はないということです。なんとか、自動車運転過失致死傷罪も合わせる方向に持っていきますから」

「それはいいですが、無理してはいけません。事故そのものの目撃者はひとりもいないのですから。科学的な物証で持っていくしかありませんからね」

「重々承知しております。では、取り調べがありますので」

そう言うと高森はあわただしく署長室を出ていった。

「さてと、判子でも押すか」

と助川も出ていった。

そのあとをついていこうとすると、坂元に呼び止められた。

「駐車場のトリックを見破ったのは、お見事でしたね」

「いえ、たまたま少年サッカーチームが居合わせただけです。幸運以外の何ものでもありません」

「でも、ふつうの捜査員なら、見過ごしてしまうでしょう」

「それはないと思いますよ」

「管理畑にいらっしゃるのは、もったいないような気がします」

「そちらのほうが性に合っていますから」

「そうでもないかもしれませんよ」

捜査畑などで働くなど考えもつかない。ここで、人事考課表に捜査に適しているなどと書かれた日には、目も当てられないではないか。

ここは、ぴしりと言っておかなければ。

そう思ってすっと息を吸うと、坂元はさばさばした表情できびすを返し、署長の椅《い》子《す》に腰を落ち着けた。柴崎は声をかける機会を失っていた。

息子殺し

1

薄日の差し込む運動場は、話し声であふれていた。鳥かごさながら、建物の外に張り出した八坪ほどの空間に、三人の看守と八人の留置人がばらけている。柴崎が入ってきても、かまわず留置人と話し込んでいる看守もいた。杉原《すぎはら》だ。

「川名《かわな》さん、十条でも、二、三件やってるんだろ？　白状しちゃいなよ」

杉原が言う。刑事志望の二十六歳になる看守だ。

「またぁ、スギさん、勘弁してよ」

薄くなった頭に手をやりながら川名が答える。

今年で還暦を迎えた窃盗の常習犯だ。起訴、再逮捕をくり返して、もう一年近く留置場にいる。

この四月から留置場内は全面禁煙になった。運動の時間もタバコは吸えない。口寂しさを紛らわすには、話すしかない。話の内容など看守もいちいちチェックしないのだ。

弾む会話を尻目《しりめ》に、きょうも稲生《いなお》利光《としみつ》はひとり離れ、壁の鏡を覗《のぞ》きこみ、尖《とが》った顎《あご》に電気カミソリをあてている。鏡は高い位置にあるので、つま先立ち。あまり切れないようだ。

鏡越しに柴崎と視線を交わすと、稲生はうなずいて見せた。〝留〟のマーク入りの古い貸与スウェットの上下。

「刃を替えてきましょうか？」

柴崎は声をかけた。

「あ、大丈夫ですから」

稲生はカミソリの外刃をはずし、骨張った手で柄のところを叩《たた》いて、たまったヒゲを床に落とした。

六十三歳。背は低くて痩《や》せている。青白い顔に、腫《は》れぼったい目。逮捕された一週間前とくらべて、短かった白髪が少し伸びていた。

「昨日、調べは？」

柴崎は訊《き》いた。

「土曜はありましたけど、昨日はなかったです」

それはよかったと柴崎は思った。連日続いた取り調べで、身も心も疲れ切っていただろう。体がひとまわり小さくなったように見える。

「眠れてますか？」

稲生は言葉をにごした。

複数の男とともに、六畳ほどの鉄の檻《おり》の中に放り込まれ、日中は息もつけない過酷な取り調べを受け、夜はただ横になるだけの生活。

利光がひとり息子の裕司《ゆうじ》を金属バットで殴って殺害したのは六月二日、日曜日の夜。みずから一一〇番通報し、駆けつけた署員がその場で緊急逮捕した。製麺業《せいめんぎょう》を営むかたわら保護司も務める人格者による凶行——。自宅に引きこもる三十五歳の息子の暴力に耐えかねての犯行とわかったのちも、柴崎は信じられない思いだった。

「田辺《たなべ》はうるさいですか？」

火曜日に逮捕され、稲生と同じ房に入れられた覚せい剤中毒者だ。いまこの場にはいない。運動のときは、各房からふたりずつ出すことになっているのだ。

「クスリで眠ってますよ」

「そうですか。それならいい」

稲生は薬物乱用者も保護観察の対象にしていたから、心配はなさそうだ。

「金曜の夜、区の保護司会がありましてね。署長といっしょに出向きました。協力雇用主が三カ所、増えましたよ」

柴崎が言うと、曇っていた稲生の顔が明るくなった。

「どこです?」

ふたつの建築会社の名と清掃会社の名をひとつ、口にした。協力雇用主とは犯罪や非行に走った者を雇う企業のことだ。いずれも足立区内にある。

「ああ、あそこなら」

短く稲生はつぶやいた。

「稲生さん、必要なものはありますか? なんでも言ってくださいね。すぐ購買で買わせますから」

といっても、接見禁止になっているから、歯ブラシのような日用品やせいぜい、署内の自販機にあるジュースくらいなものだが。

逮捕されたとき、稲生は二万円近い現金を持っていた。それを留置係が預かっている。日用品の差し入れに加え現金も受けとることができるが、そうした差し入れはすべて拒否していた。子を手にかけた人非人に、人の情を受ける資格はないと言って。

「また、ひとつ、お願いします」

稲生は開いて半分に折ったノートを柴崎によこした。

ボールペンで書かれた几帳面《きちょうめん》な文字でびっしりと埋まっている。

6月8日14：00――。昨日、一昨日と稲生が記した反省文だ。

裕司の後頭部めがけて、金属バットを振り下ろすまでのいきさつやそのときの気持ちが細かく記されている。ページを繰ると、昨日の六月九日に書かれた分にすぐ目が留まった。内容は前日の続きだ。ひととおり目を通してから、読んだことを示すためにノートの端を小さく折り曲げる。

「拝読しました」

言いながら返す。稲生はお辞儀をして受けとった。

先週の水曜日からはじまったやりとりだ。最初は看守が受けていたが、報告を聞いてから柴崎が引き継いだ。

「暑くなってきましたし、寒暖の差があるから、風邪をひかないようにしてくださいね」

つい、以前のようにしゃべってしまう。犯行前に度々会う機会があり、気心が知れている仲だったのだ。

「ありがとうございます」

「保護司会の席は、高齢者の話題で持ちきりですよ」

「でしょう」

「パンやおにぎりの万引きなら罰金ですむけど、アイスクリームだと起訴されるとか」

「飢えてないと受けとられるからですよ」

「そんなこと言ってましたね。そうそう、明日あたり、検調《けんちょう》だと思いますよ」

「え、明日？」

少し驚いたふうに稲生は柴崎の目を見つめた。

勾留《こうりゅう》期間の延長前になると、地検に呼ばれるのが常だ。犯した罪が罪だけに、二《ふた》勾留《こうりゅう》（一勾留は十日間）まで行く。柴崎の口からは言えないが、制度にくわしい稲生なら知っているだろう。

「たぶん」

「ろーかす、調べたんですか？」

「え、なんと？」

稲生はふっと目をそらした。「あ、もう一度顔を洗いたいので、お先に失礼します」

言うが早いか、通路に向かって歩きだした。

「いっしょに行きますから」

運動場から建物に入った。狭い通路を歩く稲生のうしろにつく。浴室を通りすぎた右手にある洗面所で、稲生は蛇口をひねり、両手に水をためて顔を洗い出した。顔の皮がむけるほど執拗《しつよう》にこする。たまったストレスの重さを垣間見《かいまみ》たような気分だった。

看守に鍵《かぎ》を開けてもらい、留置場から狭い廊下に出た。九時を過ぎていた。

留置事務室は、前日の班ときょうの班の業務引き継ぎであわただしかった。柴崎は看守勤務日誌を開いて、土曜と日曜の分を確認した。入房者二名。釈放一名。第四房の宮本《みやもと》の下痢がひどくなったため、薬を与え、独居房に移した。六年前に北区で起きた家政婦殺しの話題で第六房は盛り上がっていた、などとある。家政婦殺しは木曜にもほかの房で話のタネになっていたはずだが。とにかく、宮本以外に目立った異状はないようだ。稲生に関する記述はない。留置係長の土屋《つちや》に声をかけた。

「特にないとは思いますが……おい、杉原、八号さんはどうだった？」

引き継ぎをしていた杉原がふりむいた。

「あ、はい。例の寝言を言ってたぐらいですけど」

「犬か？」

稲生が飼っていた柴犬《しばいぬ》だ。逮捕されるひと月前に死んでいる。

「午前三時の巡房をしていたときでしたね。苦しそうに、ロックロックって。声をかけたらやみましたけど。それと二回ほど茶を支給しました」

「何時に？」

柴崎が割りこんだ。

「寝入りっぱなと明け方でしたか」

「バカヤロ。日誌に書いとけ」

土屋に言われると、杉原はしきりと謝った。

稲生の入っている房には、覚せい剤中毒の田辺のほかに、傷害容疑で逮捕された暴力団員の伊原《いはら》、それに痴漢容疑で検挙されたサラリーマンの山内がいる。伊原は前科二犯の粗暴な男だ。逮捕後も、田辺は覚せい剤が抜けきれず、その伊原に大口を叩いている。そのことを伊原は根に持っていて、この房は諍《いさか》いが絶えないのだ。

2

警務課に戻ると署長室のドアが開いていた。ソファに座る浅井刑事課長の顔が見え、中に入ってくるよう手招きされた。副署長の助川と署長の坂元も並んで座っている。珍しい。これまで署長への報告は、副署長の助川によって、必要な上澄みだけをすくう形で通してきたのに。柴崎は浅井の横に腰を落ち着けた。

「稲生の様子、どうだった?」

開いた膝《ひざ》の上に両手を載せ、待ちかねたように浅井が訊いた。四十六歳、強行犯一筋の刑事上がりだ。休みのあいだ、被疑者の顔を見ていないので、気にかかっているらしい。表向きは捜留分離《そうりゅうぶんり》が徹底されていて、刑事は留置場施設に入れない。留置場は警務課の管轄《かんかつ》なのだ。

助川は腕を組み、ぶ然とした顔で横を向いている。坂元も意味がつかめない様子で、稲生の供述調書に目を落としている。

訊かれたまま、柴崎は稲生が落ち着いた様子でいるのを話すしかなかった。

「浅井、このへんでいいだろう」

助川が言うと、柴崎と目を合わせた。

凶悪な事件ではあるが、全容は明らかになっている。キャリアの署長様をわずらわせるなと言いたげな顔だ。

助川の意に反するように、署長の坂元真紀が口を開いた。このあと、本部（警視庁）で署長会議が開かれるので、きょうは、いくぶん化粧が濃い。署長に着任してからはや四カ月。最近は余裕が感じられる。

「緊逮《きんたい》（緊急逮捕）したときの状況も、はっきりしているし、殺害手段や凶器も特定できていますよね。現場からは、ふたりの足跡しか見つかっていません。動機についても、素直に供述しています。なのに、まだ疑問がおありですか？」

思った通り、いくらか迷惑げだ。着任以来、どの幹部もまず助川に相談を持ちかけ、そのうえで彼が重要な懸案事項だけを署長に上げるのが常なのだ。坂元は坂元で、それを承知しており、互いの職分は守ろうという冷ややかな態度で接している。

「そっちはいいんですよ。覚悟の上の犯行というのはよくわかるんです」

念を押すように浅井は言った。

「覚悟の上？　なに言ってんだ。正当防衛だぞ」

助川が言う。

「まだ確定したわけじゃないですから」

「調書にはそう書いてあるだろう。蒸し返す気か?」

「亡《な》くなったご長男に、生命保険はかけていませんよね」

坂元があいだに入った。

「保険金目当てでないのはたしかですよ」浅井がたまらず答える。

「共謀者がいるとでも? 稲生さんがお姉さんに宛《あ》てた手紙は、すべて読ませていただきました。ぜんぶで二十八通ありますよね。仙台から帰ってきたご長男の酒量は少しずつ増えて、暴力もエスカレートしていった様がはっきり読み取れます」

「署長、共謀者はいませんから」助川が口をはさんだ。「新村《しんむら》さんがまだなにか言ってるのか?」

担当検事だ。

「殺害手段、動機、すべての面につき、稲生の供述どおりに受けとっているようです」浅井が言う。「疑問点や追加捜査の指示は出ていません。ただ、あれだけの人物じゃないですか。最後のところで、どうしても腑《ふ》に落ちなくて」

やれやれ、刑事課長ともあろうものが、納得がいかないと言って心配事の相談か――。

稲生の家は、利光と裕司のふたり世帯だった。利光が犯行に及んだのは、日曜の晩の六時十五分。酒を飲んだ裕司が暴れて電話機を放り投げ、窓ガラスを割った。それでもおさまる気配がなく、制止した利光に暴力の矛先を向けた。

利光はとっさに押し入れからソフトボール用の金属バットをとりだし、息子の後頭部めがけて、一気に振り下ろした。その一撃で床に倒れ込んだ裕司の側頭部に、二度、金属バットを叩《たた》きつけた。頭蓋骨《ずがいこつ》陥没骨折と脳挫傷《のうざしょう》で、裕司は即死に近かった。

犯行を目撃した人間はいないものの、犯行直後、利光は、落ち着いた声で一一〇番通報している。

ただちに、捜査員が向かい、その日のうちに屋内の鑑識を終えた。翌日も日中を通して鑑識と聞き込みを行った結果、犯行現場に第三者がいた形跡は皆無であるとわかった。利光による犯行は動かしがたい事実なのだ。

「おまえ何年刑事やってるんだよ。新米みたいなこと抜かしやがって」

そう言った助川を浅井はにらみ返した。反論したくてうずうずしている顔付きだが、言葉が見つからないようだ。

助川がふっと力を抜くように、

「人格者といってもなぁ」

と言った。

「相談に乗ってもらっているような人物はいませんでしたか？」

ふたたび、坂元が訊《き》いた。

「調べは進めています。みんな口が重くて、まいりますよ」

浅井が答える。

稲生の親戚《しんせき》にも、裕司の暴力を知っている者はいた。アルコール依存症の治療を受けるための通院をすすめていた者もいる。しかし利光は裕司にその話を切り出せなかったようだ。

保護司仲間のあいだでも、稲生が息子に暴力をふるわれているのを知っている人間は少なからずいた。実を言えば、柴崎も噂《うわさ》は耳にしていたのだ。しかし、立場が立場だけに、警察に相談せよとアドバイスするわけにはいかなかった。

「学校関係者はどうですか？」

「そっちは生安の尾山《おやま》が回ってます。いまのところ、裕司の暴力について知っていた人間はいません」と浅井。

稲生が保護活動で受け持っていた対象者の七割は少年だ。学校関係者とのつながりは深いはずだが。

「浅井、保護活動の対象者全員に当たる気か？」

助川が訊いた。

「百人からいますよ。とても無理です」

「去年から今年にかけて、稲生は自分が受け持っている対象者を十人近く減らしているが、これはどう思う？」

助川が言うと浅井が目を剝《む》いた。「犯行への地ならしとお考えですか？」

「計画性があっての犯行なら、罪状は重くなると思うがな」

助川にしても、意見は口にするものの、どことなく積極的な捜査は望んでいないようにも見える。

「計画性はどうでしょうね。金属バットだって、二十年近く昔のだし」

坂元が言った。

浅井は困惑の体で柴崎を見やった。「代理、これまでなにか気がついたことなかったか？　防犯協会や保護司会で、しょっちゅう顔を合わせていたんだろう？」

「そうですね。月に一回くらいは会う機会がありましたが……」

柴崎が答えた。

「わたしも二度会っていますよ」坂元が言った。「先月の保護司会総会で一度。三月には区役所でも議員に紹介されました」

入室してからそれとなく注意しているが、きょう、坂元は香水をつけていないようだ。着任したてのころは、坂元に〝異性〟を意識して戸惑うこともあったが、いまではそれをほとんど感じない。

「就労支援協定の陳情のときでした」

柴崎がつけ足した。

保護司会では、足立区内に居住する保護観察中の人物で、素行のよい人物を一定期間、区が臨時職員として雇う協定の締結を区に求めているのだ。そういえば五月議会にかけると言っていたが、その後どうなっただろう。

「柴崎代理、稲生さんの愛犬はひと月前に死んだんですよね？」

坂元が思い出したように訊いてきた。

「はい。それがなにか？」

「何歳だったんですか？」

「知りませんが」

今回の事件と関係しているとでも、言いたいのだろうか。

「どっちにしろ、利光は、他者の介入を拒んでいた。それは間違いないな」

ず　せ　署　出

確認を求めるように助川が言った。

「そう見ていいかとは思いますが」と浅井。

「家族の不名誉って、考えていたんだろうなあ」

ぽつりと助川が洩《も》らした。

「だから介入を望まなかった？」

柴崎が訊いた。

「いや、望めなかったんでしょう」坂元はこれ以上話しても無意味だという感じで、
続けた。「浅井さん、製麺《せいめん》工場の操業はストップしたままですか？」

「明日から再開するそうです。実質的な運営は社員の守田がやっていたようですか
ら」

「しかし困ったものです」

そう言う坂元の視線が自分に向いているのに柴崎は気づいた。

犯行前の稲生の様子を知っているのは、おまえだけだと言わんばかりだ。

「そういえば、さっき運動場で稲生は妙なことを言っていましたが」

柴崎はとっさに口にしたが、三人の視線が集まるのを感じて後悔した。

「なにをだ？」

浅井が身を乗り出して訊いた。

「たいした話じゃありませんから」

「言ってください」

坂元にうながされ、柴崎は、明日あたり、二勾留《ふたこうりゅう》前の検調があるとつい伝えてしまったことを話し、それに反応した稲生の言葉を口にした。

「ろーかす、そう言ったんですか？」

坂元が背筋を伸ばすように言った。

「そう言ったと思います。クルマの名前かな」

坂元は浅井をふりかえった。「逮捕時に稲生のＤＮＡは採りましたね？」

口内粘膜を採ったが、それがどうしたというのだろう。

「ええ、応じました。採取キットを使ってしっかり。サンプルはＤＮＡ型データベースに登録済です。遺留照会から余罪、同一犯照会、すべて一致するものはありません」

かりに、一致するＤＮＡ型があれば、過去の犯罪記録と結びついて、いまごろ大騒動になっているはずだ。

「そのあと、べつのＤＮＡ鑑定を依頼していますか？」

ふたたび坂元は訊いた。

「いえ、証拠物件はそろっています。DNA鑑定は要りません。さきほども申し上げたとおり、新村さんからの指示は出ていません」

浅井の答えに坂元は納得いかない様子だった。

なぜDNA鑑定の話題に移ったのだろう、柴崎は戸惑いを覚えた。

柴崎の様子に気づいたらしく、坂元は柴崎に目くばせして、署長の机に戻った。

机上には、未決の稟議《りんぎ》書類に混じって、使い込まれたオックスフォードの英英辞典と英語の原書が積まれている。欧米の学者が書いた犯罪関係の専門書だ。机のうしろに置かれたスチール製の本棚から、坂元はDNA鑑定の専門書を引き抜き、柴崎に指で開いた頁《ページ》を示してソファに戻った。

STR法によるDNA鑑定の記述だ。カタカナでローカスとあり、特定の遺伝子が、どこの染色体にあるかを示す位置情報であると説明されている。

昇任試験の参考書を思い起こした。警察におけるDNA鑑定では、わずかな試料で正確な結果が得られるSTR法が使われているというぐらいで、細かい中身は忘れてしまっている。しかし、なぜ稲生は、小難しいDNA鑑定の言葉などを口にしたのだろうか。

ソファに戻ると、稲生は司法関係にくわしいので、DNA鑑定の件を口にしたのだろうと話し合っていた。ふと四月に行われた保護司会に出た際のことを思い出し、それについて話した。会場の隅で、稲生は地元の中学校の教頭と深刻そうな顔付きで話し込んでいたのだ。

「内緒話か？」

浅井が訊いた。

「そう見えましたが」

教頭の名前を伝えた。浅井はそれきり訊いてこなかった。

3

柴崎は三階の生活安全課に上がった。少年第二係長席だ。小太りな男が立ったまま、ファイルをめくっている。

声をかけると、尾山係長はそのままの姿勢でこちらを向いた。物珍しげな顔だ。髪を短く刈り上げている。四十代前半のベテラン警部補だ。

「なんです？」

柴崎は稲生の件について、聞き込み先を訊いた。

「学校関係者なら、先週、回り終えましたよ」

言うと、またファイルに目を落とした。

柴崎は横からファイルを閉じさせて、続き部屋になっている取調室に誘った。しぶしぶついてきた尾山を席につかせ、あらためて尋ねた。

「学校関係者といっても、うちで扱ってる子どもらの担当だけですけどね」尾山は言った。「稲生さんが担当する子どもらの教師や教頭とか。七、八人回ったかな」

「気になる点はなかった？」

「いやぁ、特には」

「なんでもいいから、教えてくださいよ」

「なにか、あったんですか？　うちの署員が絡《から》んでるの？」

疑い深そうに言った。

警務課の課長代理が捜査に首を突っ込んできているのだ。そう思われても仕方がない。柴崎は事件前から稲生とつながりがあり、仕事抜きで気にかかっていると正直に伝えた。刑事課長が疑念を抱いているとも告げた。

「そういえば、代理とも防犯の会合で何度か会いましたね」

ようやくうち解けてきた。これまで面と向かって、話す機会はなかったのだ。

「浅井課長がおかしいと思うのもわかりますね。保護司までやってた人が、あんなことやっちゃったんだから」

と尾山は続ける。

「でしょ？　こっちも他人事《ひとごと》じゃなくて」

「亡《な》くなった息子さんについて聞いてます？」

「裕司さん？　引きこもりで困っていたって、稲生さん本人が言っていたような覚えがありますが」

「ぼくも聞きましたよ。二年前に仙台から帰ってきてから、ずっとそうだったみたいで。マル害は腰痛《ようつう》持ちだったらしいですね。向こうでなにかあったのかな？」

「仙台で？　大手ゼネコンの下請けの建設会社で働いていたと聞いていますが」

「鉄骨の設計をしていたと思いますよ。それまでも東京の建設会社に勤めていたし。でも、どうしてそんな遠いところまで行ったんでしょうかね？　ご存じですか？」

「そのあたりは、わかりません」

「腰痛で仕事ができなくなって、引きこもり。それが高じて酒浸りになった。あげくに暴れたっていうことでしょうか」

「裕司さんは、一歩も外に出なかったんですかね？」

「犬の散歩とか家の手伝いとか、ちょこちょこやっていたと聞いてますよ」

そのあたりは従業員の参考人調書にも書かれていた。完全な引きこもりではなかったのだ。親ひとり子ひとり。母親は八年前に他界している。もしかして、稲生は家業を継げと口うるさく裕司に迫ったのではないか。

「四月の終わりだったかな。別件で保護観察官といっしょに稲生さんと会ったんですよ。そのとき稲生さんから聞いたんですけどね。二年ほど前、ひったくりや教師への暴行、あげくに暴走族入りして院送りになった子がいたそうなんですが、ひょっこり、その子が訪ねてきたそうなんです」

「稲生さんが受け持った子？」

「もちろん。半年くらい、つきっきりで面倒見たそうですよ。で、その子は先生にプレゼントがあるって言って、なに見せたと思います？」

「なんだろ」

「フォークリフトの運転免許ですよ。稲生さん、すごい、うれしそうに話していたけどなあ」

それはそうだろう。しかし、きょうは保護観察の話を聞きに来たわけではない。

柴崎はほかになにかないかと訊《き》いてみたが、尾山に思い当たることはなさそうだった。

「押収《おうしゅう》物件を見たらどうです？」尾山は言った。「保護司をしていた関係で、その手の報告書なんかをけっこう押収してあるみたいですよ」

「見てみます。課に持ってきてもらえますか？」

「え？　ぼくが持っていくの？」

捜査員でもない自分が証拠品保管庫の鍵《かぎ》を開けるのはなにかと面倒だ。ましてや、押収物件の精査など、大手を振って行えるはずがない。

細々《こまごま》とした書類仕事をすませ、三階にある小会議室に入ったのは午後三時を過ぎたところだった。証拠物件が詰めこまれた段ボール箱が四箱、長机の上に置かれている。

書類関係がほとんどだ。稲生の手による保護観察報告書が多い。稲生の身の回り品は、ひと箱におさめられてあった。

ショルダーバッグの中に、手帳が三冊と筆記用具や名刺入れ、それにカードケース。ふたつの大封筒に稲生宛《あ》ての手紙類が詰めこまれていた。メガネケースもいくつかある。その中から小ぶりなケースを開くと、ピンク色のフレームのメガネが入っていた。

そこそこ値の張りそうな女物だ。亡くなった細君の物だろうか。

手帳を広げた。日々の予定欄には、その日に会った保護観察対象者の名前が書き込まれている。去年の手帳には、ほぼ毎日、違った名前が記されていた。今年に入ってからは、空白の日が多くなっている。手紙は同じように保護観察対象者からのものがほとんどだった。プライベートや仕事上のものは少ない。

保護観察対象者からの手紙には、赤裸々な心情が綴《つづ》られていた。保護司として、すぐれた人物であったことがうかがわれる。息子殺しと結びつくような文章は見受けられなかった。

部下から電話が入った。公務中に交通事故を起こした巡査の件で、相手方の保険会社の人間が来訪したというものだった。時計を見ると当直時間に入っている。二時間以上、経《た》っていた。すぐ下りると伝えて、席を立った。

尾山から言われた高校生について確認しようと、もう一度、稲生の書いたファイルを開いた。その名前はすぐ見つかった。処遇計画表だ。狩野遥人《かのうはると》という少年で、去年の八月に作成したものだ。大谷田《おおやた》の都営団地住まい。余白の上のところに、稲生の字で、数字が書き込まれていた。

1338—

なんの数字なのだろう。数字のあとの—は、なにかべつの数字でも続くのか？

訪問日時の一番新しい欄に、四月三十日と記されてある。今年のものだ。この日に狩野は訪れたようだ。

また電話がかかってきた。同じ部下からだった。すぐ行くからと言って電話を切り、あわただしくファイルを閉じた。

4

翌日は出勤早々、留置場に顔を出した。風呂場《ふろば》を覗《のぞ》くと、開いたままの扉から三人の留置人が入っているのが見える。湯船に下半身だけ浸《つ》かっている稲生と目が合うと、稲生は軽く頭を下げて、おはようございますと言った。柴崎もあいさつを返した。

狭い脱衣場で待っていると稲生が出てきた。

「入ったばかりじゃないですか？　まだ時間がありますよ」

声をかけるが、答えずタオルで体を拭《ふ》いている。

監視についていた看守に、外してもらうよう告げ、湯船との仕切りを閉める。

「きょう、検調ですね。ちょっと長くなるかな」

「そうですね」

検事による取り調べが予定されている被疑者は、週二回設定されている風呂の一番目に入る。そうしないと、霞が関の東京地検に向かう乗り合いの護送バスに間に合わないからだ。帰りはたいてい夕方、取り調べが長引けば夜間になる。

「例の就労支援協定、昨日、区のほうに聞いてみたんですよ。保護司会と締結する方向にゆくみたいですよ」

稲生はタオルでぬぐう手を止めて、柴崎を一瞥《いちべつ》した。

「お宅の工場のほうも、きょうから動くみたいです」

「そうですか」

手早く下着を身につけながら、他人事《ひとごと》のように言った。

「昨夜は大変だったみたいですね。伊原が田辺にケンカをふっかけたりして」

覚せい剤で気が大きくなり、雑言を浴びせた田辺に、暴力団員の伊原は本気で怒りを剝《む》き出しにしているのだ。

「ふたりとも環境調整が足りない」

稲生は保護司独特の言い回しをした。犯歴がある人間の社会復帰を促す言葉だ。

「そうかもしれないですね。どちらも前科があるから、たぶん」

刑務所ですね。柴崎はそれから先の言葉を呑《の》み込んだ。

貸与しているスウェットの上下を身につけると、稲生は黒い瞳《ひとみ》で柴崎を覗きこんだ。

「稲生さんが担当している観察対象者の親御さんから電話がありましてね。谷岡徹《とおる》の」

「なにか？」

先週、オヤジ狩りをして少年院送りになった二十歳の男の母親から電話があったのだ。

「ああ、あいつの。お母さん？　なにか言ってましたか？」

言いながら、脱いだ自分の下着を折りたたみ、洗濯用のカゴに入れた。

「今度の件、稲生さんにとっては、のっぴきならない事情があったんだというようなことを言われましてね」

「また、おおげさな」

「でも、そうやって電話してくるんですから。よほど頼りにされていた証《あかし》ですよ」

「子どもらの親は、〝ぜんぶ、先生におまかせします〟って言うんですよ。腹が立つんだけど、気がつくとつい世話を焼いてしまう。なのに、裕司は……」

自嘲《じちょう》めいた口調で言うと、稲生は白髪頭をタオルでごしごし拭いた。

一昨日、稲生が書いた反省文を思い起こした。

非行少年の親たちの勝手な言いぐさに呆《あき》れ、憤《いきどお》りを感じつつも、更生の仕事にのめり込んだ。幼いころの裕司は、素直でやさしい心根の子どもだった。子育ては妻の美《み》沙子《さこ》にまかせておけばいい。工場の仕事に汗水たらしつつ犯罪者の更生に力を注ぐ父の背中を見てくれている。息子は、勝手にそう思い込んでいた。

赤の他人を更生させてきたことに自負はあった。しかし、自分の家庭はどうだったろうか。裕司が成長するにつれ、会話は少なくなっていった。彼の悩みに真剣に耳を傾けたことがあったか？　父親を必要としていたとき、気持ちだけでも寄り添う態度をとれていたか。私は息子に生きていくための力を与えてやれたのか。よその子どもの面倒は見ても、自分の子は放ったらかし。その結果、とうとう来るところまで来てしまった……。

読むのが辛《つら》い文章だった。

「裏なんてないですよ」

低い声で言うと、稲生は軽く会釈《えしやく》をしてスリッパを履き、風呂場を出ていった。待機していた看守とともに、去っていく小柄な体を見送った。

裕司について聞いてみたかったが、とりつくシマもなかった。

午前十一時。まわりの仕事を片づけてから柴崎は、制服からスーツに着替えた。公用車で、稲生の自宅がある青井に向かう。雨が降り出していた。

アパートが建ち並ぶ住宅街の一画からは、マスコミの姿も消えて、人通りも少なかった。工芸品店と軒を並べるようにモルタル造りの古い製麺《せいめん》工場が建っている。配送用の軽のワゴン車が置かれている駐車場の看板に、東京都学校給食会指定、稲生製麺所とある。

工場をはさんで、その反対側に屋根のついていない駐車場があり、セダンが停まっている。稲生のクルマだ。その横にコンクリート造りの古い一軒家。工場も自宅も、ところどころ壁にヒビが入っていて、年代を感じさせる。

工場一階のアルミサッシのドアの引き戸の内側に、麺をおさめるコンテナが高く積まれている。蛍光灯の明かりが灯《とも》っていた。少し開いた戸から覗きこむと、白い作業着を着た男がふたり働いていた。

柴崎は声をかけて中に入った。すぐ警察とわかったらしく、恰幅《かっぷく》のいい男がふりむいた。所属・身分を告げると、男は硬い表情のまま頭を下げた。

五十過ぎだろうか。守田《もりた》と胸のプレートにマジックで書いてある。稲生から工場の責任者として聞いている名前だ。柴崎は警察にいる彼の様子を手短に話し、従業員の状況を尋ねた。

「きょうは、注文の確認に来ただけなんです。麺は作りませんから」

守田は、ぼそぼそと言う。

「注文、入ってますか？　稲生さんも気にしていらっしゃいましたが」

「少し減ったけど、まだ、来てますから」

弁護士を通して、稲生から指示された工場の切り盛りについて話した。

経理は税理士事務所の応援を仰ぎ、受注のほうは、これまでどおり、学校給食中心でいく。ただし、いつ切られるかわからないので、加盟している都の製麺組合と相談するという。

「少しお伺いしたいことがあるのですが」

言いながら、柴崎は守田を工場の外に連れ出し、軽ワゴンのおさまっている駐車場で正対した。

「稲生さんが受け持っていた保護観察の人たち、あれから来てますか？」

やんわりと切り出す。

「来ていないと思いますけど」

「工場のほうに電話とか入りません？」

「先週はありましたが、今週に入ってからはないです」

「お困りのような方はいらっしゃいませんでしたか？」

「いえ。社長を心配して、電話をかけてきた人ばかりです」

柴崎が裕司の名前を出すと、守田は決まり悪そうに顔をそむけた。

「息子さん、配送とかなさっていたようですね？」

「たまにですが」

「ふだんは、ご自宅のほうに？」

「ほとんど。外に出るのは見かけませんでしたし」

「利光さんは、日中、工場にいらっしゃったと聞いていますけど、保護観察の人たちが訪ねてきたときは、ご自宅のほうで対応されていたんですか？」

「前はそうでしたが、最近は工場の二階です」

保護観察は面接にはじまり面接で終わると言われている。プライベートで話せる空間が確保されていればいいのだ。工場の二階には、休憩室と事務所以外に、空き部屋があるという。そこで面接をしていたのだろう。

「前というと？」

「裕司さんが帰ってくる前ですけど」

「仙台から？」

「はい」

「裕司さん、仙台では、建設会社に勤めていたと伺っていますけど、どんな様子だったんでしょうね？　なにか聞いてますか？」

「会社には出ていたみたいですけど、アパートの家賃は社長持ちだったみたいでしたし。仕送りとかも、なさっていたと思いますよ」

三十なかばの勤め人の息子に、仕送りまでしていた？

供述調書にはない。

「仙台には三年ぐらいいたと聞いていますが、帰省はなさっていましたか？」

「仙台にいたあいだは、一度も帰って来なかったですよ」

「三年間で一度も？」

「はい。みな、知っています」

割り切れない表情で守田は答えた。

「守田さんは、こちらに勤めて何年になりますか？」

「もう、十年かな」

「仙台に行く前の裕司さんの様子はどうでしたか？」

「毎日、四谷のほうの会社に通っていましたけど」

「建設会社ですよね」

「ええ。そこで設計の仕事をやっていました」

「そのころも、こちらの工場のほうはノータッチ？」

「休みのときなんかは、お父さんに言われて配送に回ったりしていましたよ。でも、わたしらとは、ほとんど口をきかなかったですね」

「あまり社交的ではない？」

「そうですね。お世辞にも、人付き合いがいいという感じではなかったですね。彼女もいなかったし。ああ、お母さんの言うことはよく聞いていたみたいですよ。お母さん子だったな。買い物にはいつも付き合ってもらってたし」

「東京の建設会社にいたのに、どうして仙台の別会社に移ったんでしょう？　理由はご存じですか？」

「知りません。渡り鳥が飛び立ったように、ある日、いなくなっていました」

「そうですか。仙台から帰ってきて、裕司さんは、腰痛《ようつう》で病院通いをされていたようですが、どうですか？　ご覧になっていて、辛《つら》そうでしたか？」

「何度か、クルマに乗って出かけるのは見ましたけどね。それより、社長のほうが……」

そこまで言うと、守田は食べ物が喉《のど》に詰まったような顔で、言葉を呑み込んだ。

「どうかしました？」

「名古屋のほうへ、よく出かけられていました」

「名古屋？　稲生さんが裕司さんを連れて？」

「いえ、おひとりで」

名古屋方面に親戚《しんせき》はいないはずだが。

「取引でもあったんですか？」

「うちは都内だけですから、ないです」

「保護観察の方で、名古屋と関係する人がいたとか？」

「違います。わたしらには言わなかったですけど、たぶんあれです」

守田はわかってくれ、という目つきで柴崎を見やった。

「裕司さんのこと？」

「何度か、電話を受けましてね。カウンセラーさんだと思いますよ」

カウンセラー？

「裕司さんのDVの件を相談していた？」

口の端を曲げつつ、守田はうなずいた。

都内にカウンセラーは星の数ほどいる。そもそも保護司という仕事も、カウンセラーと似た側面を有している。なのに、わざわざ名古屋まで出かけていったのか？

――家族の不名誉って、考えていたんだろうなあ。

助川が吐いた言葉を思い出した。

周囲が想像していた以上に、稲生は息子の暴力に悩んでいた。しかし、保護司を務めている体面上、近場の者に相談などできない。だから、名古屋まで足を運んで、悩みを聞いてもらっていたのか。

柴崎は飼っていた犬も、利光が散歩に連れていっていたのか訊《き》いてみた。

「ロック？　毎日、社長が綾瀬川の堤防沿いを、ひと回りしていましたけど」

「先月死んだようですけど、もう年齢《とし》だったんですか？」

「年齢と言えば年齢かもしれないですが。裕司さんが仙台に行った年から飼いはじめたから。毒、飲んで死んだみたいですけど」

「毒？」

つい、口が滑ったというような感じで、守田はうつむいた。

「なにを食べたんですか？」

「散歩の途中でなにか食べたらしいけど。くわしい話は知りませんよ。獣医から聞いただけだから」

守田の飼い猫もロックと同じ獣医にかかっていて、その獣医から聞いたという。

ふと、柴崎は、去年も管内で散歩中に毒物を摂取して死んだ犬がいたのを思い出した。それについて口にしてみると、守田も知っていた。

「あの、どうなんでしょうね。これからの裁判とか」

守田は上目遣いにこちらを見た。

稲生の量刑については、守田が最も気にしているところだろう。

「それはなんとも」

と、柴崎は答えるしかなかった。

稲生には人望がある。あちこちから減刑の嘆願書が出るだろう。裁判員たちの覚えもよくなって、裁判で正当防衛が認められれば、懲役五年、いや、三年というところか。いずれにしろ、執行猶予《ゆうよ》はつく。来年の二月あたりには、拘置所を出て、元の生活に戻れるかもしれない。

柴崎は必要な連絡先を訊き出して、クルマに乗り込んだ。雨脚が強くなっていた。

5

刑事課長の浅井があわただしく署長室に入っていった。すぐ柴崎も呼ばれた。副署長の助川が、あとをついてくる。

浅井は立ったまま、署長の机の前で報告をしていた。坂元は、ペンを握ったまま困惑した顔で聞いている。気持ちは手元の資料に八分、その残りが浅井といった案配だ。

「……落ちました。これでいけると思いますから」

「浅井、どうしたんだよ」

助川が声をかけると、

「稲生です、完落ちです」

と浅井は頰を赤く染めて言った。

「いまさらなに言ってんだ。とっくに、落ちているだろうが」

自分をさしおいて、直接、署長に上げるとは何事だと言わんばかりだ。

「ですから、最後のところですって」

「人格者だろうがなんだろうが、人間追いつめられたら、ついカッとなって見境がつかなくなるだろう。殴る蹴《け》るの暴力を受けていたんだぞ。新村さんだって正当防衛の線でいくと言ってるんだ。保護司だからって、色眼鏡で見るなよ」

息子の暴力について、利光は人に言えぬほど悩んでいた。限界に達していたのは間違いないのだ。なにより、犯行当時の状況は、ほぼ正当防衛であると示している。

「争いの理由がわかったんですよ」浅井は言うと柴崎の顔を見た。「代理のおかげだ。保護司会で利光が話し込んでいた教頭いただろ？」

四月にあった保護司会だ。月曜日に浅井に話したことらしい。

浅井が続ける。「皆川《みながわ》と言うんだが、裕司の中学校のときの担任だったんだよ」

「裕司の？」

柴崎が訊いた。

「犯行当日、裕司が卒業した中学校の同じクラスの連中が五、六人集まって飲んでいたらしいんだ。皆川も呼ばれたが、用事があって行けなかった。そこに裕司も呼ばれていたんだ」

「教頭が言ったんですか？」柴崎が言った。

「そうだ。裕司にも声をかけたらしい、と。でもやつは来なかったんだよ」

「夜ですか？」

「もちろん夜だ。六月二日の日曜日の夕方」

浅井は竹ノ塚駅前にあるチェーン店の飲み屋の名前を口にした。

「呼んだやつと会って、話を聞きました」浅井が坂元に言う。「丸山という男で、中学校のとき、裕司とつるんで遊ぶ仲でした。声をかけるにはかけたが、電話口で裕司は、まともにしゃべれなかったと言っています」

「もう家で飲んでいたんだな？」

助川が口をはさんだ。

「間違いありません。裕司の血液からは、高濃度のアルコールが検出されています」

浅井は手にした鑑定書を助川に突きつけた。

「丸山によれば、それでも、裕司は行くと言ってきかなかったそうです。無理して来なくていいぞと言ったのですが、すぐに行くから待ってろと」

電話を終えたあとの稲生家の様子が目に浮かんだ。

その電話を利光は聞いていたのではないか。へべれけに酔っぱらった息子が、友人に呼び出されて、呂律《ろれつ》のまわらない口調で、すぐ行くから待ってろと叫んでいるのを。

もしかしたら……。

「クルマで行く気だったのか？」

助川が言った。

「利光は先回りして、クルマのキーを隠したんです。それでキーを出せ、出さない、と押し問答になった。歩くことすらおぼつかない息子にクルマの運転など、させるわけにはいかなかった。罵声《ばせい》を浴びせかけられ、胸ぐらをつかまれて、顔をはたかれたと言っています。それでも、頑としてキーを渡さなかった。それに逆上して、裕司は猛然と暴れ出した。……そういう経緯なんですよ」

助川はなにも言わなかった。

報告をすませた浅井は、署長室を去っていった。ちょっとした嵐《あらし》が過ぎ去ったという表情をして、坂元は書き物に戻った。気がつけば、浅井が入室してから、一言も発していなかった。

柴崎は壁のカレンダーを見やった。六月十三日木曜日。

稲生利光が逮捕されて、一勾留《ひとこうりゅう》の最終日だ。

昨日から終日、稲生が取り調べを受けていた理由が呑《の》み込めた。事件の元になった争いが起きた原因を調べるため、浅井たちが、関係者の聞き込みに走り回っていたのだ。

利光にしたら、そこまで明らかにしてほしくはなかっただろう。正当防衛はさらに揺るぎないものになるだろうが、アルコール中毒であった事実が公《おおやけ》にされてしまう。手にかけたとはいえ、親は親。最後の一線で、息子の名誉を守りたかったに違いない。そういうことなのだ。

胸のつかえが取れたような気分だった。

午後九時半。柴崎は年三回行われる制服の支給準備や書類仕事でこの時間まで働いていた。稲生のことがずっと気にかかっており、帰り際《ぎわ》、留置事務室に赴いた。一日の仕事を終えて、五人の看守はくつろいだ感じだった。看守日誌に目を通し、当直主任の話を聞いてから留置場に入った。巡房している者もふたりいた。

留置人たちの話し声がする。消灯時間は午後の九時だが、この時間にはまだ眠りにつけないものがほとんどだ。大声で騒いだりしなければ、とくに注意はしない。

各房の四つある蛍光灯のうち、ひとつはついたままなので、横になっている四人の姿がよく見える。手前からふたつ目が稲生の房だ。扉に一番近い場所には暴力団員の伊原が横になっていた。房の中でも一番力のある人間の定位置だ。

顔を横に向けてその前を通った。伊原が稲生に話しかけているのが聞こえた。

「……先生、世話になったな。明日は押送《おうそう》だしな。いまのうちに礼を言っとく」

稲生は留置場に入っても、まだ先生と呼ばれている。

昨日、起訴が確定したので、明日東京拘置所に移送されるのだ。

「ここよりはいいんじゃないの？」

痴漢容疑で入っている山内の声だ。

「てめえは、黙ってろ。どうせ、あと二、三日で出るんだし」

初犯の山内は罰金刑ですむはずだ。

柴崎は房を回り込み、うしろ側の通路に入った。第二房の背後にある小窓から、中を覗《のぞ》きこむ。

「ここなんか、本は好きなときに読めるし、空調だってばっちりだ。向こうにくらべりゃ天国だ」

伊原が言う。

「東京拘置所ってエアコンがないんですか？」

おずおずと山内が訊いている。

「冷房はあるけど暖房はないよ」

稲生が低い声を発した。

「布団《ふとん》だって、ぺらぺらの布っ切れだ。……うるっせーなあ、田辺むこう向いてろ」

と伊原。

いちばん奥のトイレの手前に横たわる田辺が、伊原に背を向けるように寝返りを打った。覚せい剤がまだ抜けきらず、昼夜の区別なく奇声を発している。留置場は日の光が差し込まないからなおさら厄介だ。

稲生がむっくりと起き出したので、柴崎は頭を低くした。

田辺の頭のところまで来て、なにやら声をかけている。

「……夜だからな、おとなしくしてろよ。お茶飲むか」

「い、いらん」

うるさそうに田辺が手をはらうと、稲生はその頭にそっと手をのせ、なでつけた。

田辺はものを言わなくなった。

いつもと同じだなと柴崎は思った。この十日あまり、稲生は留置人のなだめ役を買って出ている。きょう、完落ちしたというが、昨日と様子はまったく変わっていないように見える。

——裏なんてないですよ。

火曜日の朝、風呂場《ふろば》で吐いた言葉がよみがえった。

裏というのは、諍《いさか》いのきっかけになった友人からの誘いを指していたのか。

ふと昨日、獣医のところで聞いてきた話を思い出した。

稲生の飼い犬が毒死した件だ。刑事課長の浅井に告げたところで、聞く耳を持たない。明日は自ら地検に出向いて、検事に報告してくると息巻いているのだ。署長と副署長の耳には入れておいたほうがいいのかもしれない。いや、助川だけでいいだろう。

6

「去年の犬の連続毒死事件には、どんな毒物が使われたんですか？」

署長席でペンを置くと、坂元が口を開いた。

「害虫駆除に使われるメソミルという農薬です」

結局、こうして自分も浅井と同じように署長に報告を上げているのだ。

「そのときは何頭、死んだのですか？」

「三頭でしたね」

うしろについていた助川が機嫌悪そうに言った。柴崎が署長に直接相談を持っていったためだ。

去年の夏、五反野《ごたんの》から小菅《こすげ》にかけて、散歩中の犬が毒入り煮干しを食べ、相次いで死んだ。稲生が飼っていた柴犬《しばいぬ》のロックも、散歩中に毒物と思われるものを食べて、けいれんを起こした。獣医に運び込んだときには、絶命寸前だった。大型連休中の五月一日だ。それについて伝えた。

「その獣医さんは、毒の入ったものを保健所に届け出たんですか？」

ふたたび坂元が訊《き》いた。

「ロックを運び込んだ獣医はべつです。症状から、毒死と判断したというんです」

柴崎は答える。

「当時、ほかに被害にあった犬はいませんよね？」

「おりません」

「去年の連続死の状況は？」

坂元が助川に訊いた。

「散歩コースにあたる住民から、家の前や庭に排泄《はいせつ》をさせたまま行ってしまうという苦情がけっこう出ていましてね。そのあたりに犯行の動機を求める声もありました。結局、犯人はわからずじまいでしたが。『子どもが口にでもしたら大惨事だ』と憤《いきどお》っていた住民もいましたけど」

「捜査はそれきり？」

助川は頭をかいた。「まあ、そうですね」

坂元は話が長くなると踏んだらしく席を離れ、ソファに腰を落ち着けた。

柴崎はその前に座ったが、助川は立ったままだ。

「毒入り煮干しが、どこかに残っていたのかなあ」と坂元。

「その可能性もあるかとは思いますが。どうですかね、副署長。念のため、もういっぺん、ロックの件を再捜査してみては」

柴崎が言うと、助川は目を丸くして、

「寝た子を起こすんじゃねえよ。ただでさえ、ペットのいざこざは多いんだ」

「ですが」

「ですがもへったくれもない。完落ちしているんだ。これ以上むだな捜査はせん」

「特別な事件だけにここは慎重にいかないと。毒を盛ったのがべつの人間だと仮定したら……」

柴崎は坂元の顔を覗きこんで言った。

「毒を盛ったのは、稲生さん、という可能性？」

坂元が小声で訊いた。

「万一の事態を思って言ったまでです」

柴崎は答える。

「稲生さんが飼い犬に毒を盛って、殺す意味がどこにありますか？」

「たとえば、今度のような事件が起きることを予想して」

「世話をする人間がいなくなるから、その前に殺したと？」

「その可能性も否定できないと思います」

「柴崎、おまえ妄想が過ぎるぞ」

黙って会話を聞いていた助川の声が降りかかった。

妄想？

大きな事件だ。万全を期したいだけなのに。

完落ちしたといっても、さして態度が変わらないのが気にかかる。

助川がもうその辺にしておけという感じで顎《あご》をしゃくると、坂元も席を立った。

「代理がそこまで言うなら、もう一度地域課長に相談してみてください」

離れ際に坂元が告げた。

「ありがとうございます。さっそく」

助川はぶ然とした顔で、壁にかかる絵をにらんでいた。坂元が持ち込んだドイツ人画家、ゲルハルト・リヒターの風景画だ。

その物流倉庫は草加市の工業団地の東部地区にあった。家庭用から業務用まで、幅広い分野で使われるティッシュやキッチンペーパーの工場に併設された巨大な倉庫だ。首都高速六号三郷《みさと》線を使い、綾瀬署からは二十分足らずで着いた。間口を広くとられた入り口から入り、トラックの横にクルマを停めて、その携帯に電話をかけた。

しばらくすると工場の二階に通じる階段から、髪の長い細身の男が下りてきた。

「狩野くん？」

と柴崎は声をかけた。

制服姿の男は、返事をする代わりに帽子を脱いで、また頭にかぶった。精悍《せいかん》な目つきをしていた。額にニキビの跡がある。処遇計画表にあった顔写真とは、だいぶ顔付きが変わっている。四月の終わりに稲生を訪ねて、フォークリフトの運転免許を見せた狩野遥人だ。痩《や》せて骨張っていた頬に肉がついているだけで、人相が違って見えた。

「悪かったね、急に呼び出したりして。いいかな、仕事のほうは」

柴崎が言うと狩野は高い声で、

「班長に言ってきましたから」

と警戒した表情で答えた。

「申し訳ない。すぐに帰るから。実はね、きみも世話になっていた稲生先生の件で、ちょっと聞きたいことがあってさ」

狩野は表情を変えず、黙ってこちらの様子を窺《うかが》っている。

「四月の終わりに稲生さんを訪ねたと思うけど、いつだったかな？」

「三十日ですよ」

処遇計画表に稲生が記した日だ。ひょっとしたら、同じ日に、稲生は例の奇妙な数字を書き込んだのかもしれない。気にかかる。帰署して、調べてみなくては。

「そのとき、稲生さんに変わったところはなかった？」

「さあ、特には」

「そう」柴崎は建物を見やった。「ここ、稲生さんの紹介だったよね？」

「ええ。フォークリフトの免許は、先生にすすめられていたんで」

「そうだったの。荷物をトラックに積んだり、そういう仕事？」

「フォークリフトじゃつまらないんで、大型トラックの免許も取ろうかなと思っています」

非行少年だったとは思えない口ぶりだ。

「稲生先生、あんなふうになって、きみも驚いたと思うけどさ。去年の夏から、稲生先生の家には、二週間にいっぺんの割合で行っていたよな？」

「そのくらいですかね」

「工場じゃなくて、家のほうに上がった日もあった？」

「いつも工場の二階でしたけど。ほかの人も、たいがいそこですよ」

「亡《な》くなった息子さんとは、きみも会ったことある？」

「ないですけど」

「そうか、なかったか」

柴崎が次の言葉を考えていると、狩野は沈んだ面持ちで口を開いた。

「先生はどんな具合ですか？」

「あまり話せないんだけど、こんな結果になってしまって、稲生さんも可哀想《かわいそう》だよ」

「息子さんの暴力って、そんなにひどかったんですか？」

「かなりだな」

狩野は顔をそらして、ため息をついた。

「ところでさ。稲生さんのところで飼っていた柴犬、知ってる？」

「ロックでしょ。知ってますよ。去年は何度も散歩に連れていったし」

犬の話になると、狩野はあどけない顔付きになった。

「死んだのは知ってるよね？」

「え、死んじゃったんですか？」

「五月はじめに」

毒を摂取して死んだとは言えなかった。

「そんな年齢《とし》じゃなかったのになぁ」

「何歳だったの？」

「先生も知らないですよ。じゃんけんで取った犬だから」

「じゃんけん？　なにそれ？」

「先生に訊いてませんか？　六年前に、荒川が台風で増水したじゃないですか。そのとき上から流れてきて、中州の木の枝に引っかかって、助かった犬」

そんな話は知らない。

「新聞に載って、引き取り手がふたり名乗りを上げて保健所に行ったそうです。そこでじゃんけんして、ロックをもらってきたんですって」

「そんなことがあったの。知らなかった。稲生先生なら、考えられるかもしれない」

「先生じゃなくて息子さんです」

「裕司さんが行ったの？」

「そうですよ。先生から聞きました」

「そうなんだ、裕司さんがね」

六年前と言えば、仙台に行く前ではないだろうか。

「六年前のいつ？」

「七月だったと思います」

やはりそうだ。仙台に行ったのは、その年の十一月だ。犬を飼いはじめて、三カ月足らずで、仙台に行ってしまった。なぜ、仙台に連れていかなかったのか。もっとも犬を飼いはじめた経緯がわかったところで、特に意味はない。

柴崎は仕方なく毒物を食べて死んだことを話した。

狩野は驚いた顔で柴崎を凝視した。

「毒？」

「そうだけど」

「すっごく賢い犬ですよ。エサだって、たくさんやっていたし。そこらへんに落ちているものを食べるなんてありえない。ヘンですよ毒で死ぬなんて」

柴崎は綾瀬署の管内で犬が連続で毒死した事件があったことをつけ足した。

「それって、関係ないと思うけどな」

狩野はさびしげな表情で横を向いた。

「どうしてそう思うの？」

「言ったとおりですよ。こんなことなら……高原《たかはら》さんに引き取られていたら、どっちも助かっていたのかもしれないのに」

いま、狩野は妙なことを口にした。どっちも助かっていた、とは誰のことを指しているのか。

柴崎は訊き返した。

「高原さんは犬を引き取るときに、息子さんがじゃんけんした相手だそうですよ。写真を見ましたけど、きれいな人でした」

「裕司さんから見せてもらったの？」

「新聞ですよ。殺されちゃったじゃないですか。その年に」

脳裏に鋭いトゲが刺さったような衝撃を感じた。

どういうことだ。

「すまない。その件は知らない。教えてほしい」

「王子の家政婦殺し。でっかく報道されたじゃないですか」

すーっと頭の先から血の気が引いた。

――王子の家政婦殺し？

稲生が留置場に入って以来、あちこちの房で話題になっていた事件ではないか。

柴崎は狩野が滔々《とうとう》としゃべるのに耳を傾けるしかなかった。

7

月曜日。稲生が勾留《こうりゅう》されて十四日目。

北区王子六丁目のワンルームマンションに住んでいた高原友香《ともか》三十二歳の殺害死体が見つかったのは、いまから六年前の十月十四日だ。押し入れの布団《ふとん》の中に、あお向けで寝かされていた。絞殺《こうさつ》され、死後三、四日経過していた。家事代行業スタッフとして会社に所属していた。

水色のブラウスに紺のスカート姿。十日午後七時ごろ、派遣先の家を出たときと同じ服装をしていた。室内には、財布と携帯電話が入ったバッグが残されており、カード類は残っていたが財布に現金はなかった。室内は整然としていた。

十四日は、顧客の家に出向く予定だったが、時間になっても現れないとの連絡が会社に入った。友香本人の携帯もつながらず、不審に思った上司が警官とともにマンシヨンを訪ねて死体が見つかった。犯人はいまだ見つかっていない——。

事件の概要が記された捜査資料から目をはずし、柴崎はまわりの様子を窺った。坂元の横に座る助川と目が合った。

「これと稲生のヤマが、どう関係しているというんだ？」

予想していたとおりの質問が出たので、柴崎は、狩野から聞いたことをもう一度、口にした。留置場内で、この事件がたびたび話題になっていたことも。

「高原友香は亡くなった裕司と面識がありました。毒死した犬の件もありますし」

柴崎は言った。

「まるで稲生裕司が犯人のような口ぶりですね」

坂元は、ふだんよりも険しい表情で柴崎をにらんだ。

「そうは言っていません。ただ、状況が状況ですから」

「留置場内で、王子の事件が話題になっていたようですが、稲生のいる第二房では、そういう報告はないですね」

坂元が言った。

「それはこの際、おいといてください。王子の事件直後、裕司は唐突に東京を離れて仙台の建設会社に移っています。あまりに急ですし、向こうで仕事はろくにしていなかったようなんです」

「なあ代理、裕司は友香を殺して、仙台まで高飛びしたって言いたいのか？」

　刑事課長の浅井が言った。

「高飛びと言うほどの距離ではないかもしれませんが、東京に居づらくなったのはたしかではないでしょうか？」

　坂元は、ソファに背中をあずけ、判断のしようがないという顔で浅井を見ている。

「王子署はなんと言っていますか？」

「くわしい話を聞いてきました」浅井が答える。「マル害は最上階の四階に住んでいて、物盗《ものと》りがロープを使って屋上から侵入したような形跡もあるし、知り合いを招き入れたと見られるふしもあるそうです。物盗り、怨恨《えんこん》の両面から捜査していますが、指紋もふくめた遺留品が極端に少なくて、ホシの目星はまったくついていないような感じです」

「ほかにあやしいヤツはいないのか？」

「重要参考人をぜんぶ潰《つぶ》して、捜査はふりだしに戻ってしまったらしくて。一課もお手上げのようです」

「ひょっとして、捜査線上に稲生裕司も上がっていた？」

坂元が訊《き》く。

浅井は、柴崎を一瞥《いちべつ》してから、署長を向いて深くうなずいた。

「捜査本部も、犬を引き取りに行ったときに、稲生裕司と出会っていたことは把握しています。新聞にも載ったくらいですから。友香の携帯には裕司との通話記録も残っています」

柴崎は身を乗り出した。「やっぱり付き合っていたんですね？」

「参考人止まりだ。友香が住んでいたワンルームマンションは木造アパートに毛が生えた程度のものだから、防犯カメラは設置されていない。付近の防犯カメラや住民への聞き込みでも、裕司の姿は確認できていない。携帯の通話記録も、七月と八月に二度、九月に入ってからは一度だけだ。代理、考えてもみろ。ふたりが出会ったのは七月だろ。たった三カ月で殺すようなところまでいくと思うか？」

浅井が答える。

「電話したといっても、犬はどうしていますか、っていうぐらいだろ」

助川が口をはさんだ。

そうだろうか。知り合ってすぐなら、そうたびたび、電話をかけることはないのではないか。メールするのも、憚《はばか》られたかもしれない。

「犯行当日の稲生裕司のアリバイは？」

　柴崎が訊いた。

「ある。宇都宮の工事現場に出張中だよ。設計変更があって、現場の事務所に詰めていた」

「東京には戻っていないんですか？」

「戻ってない。代理、どうしてまた、狩野のところになんか行く気になったんだ？」

　少年第二係の尾山係長から狩野について教えられたいきさつを話した。

　話しながら、一週間前、稲生の件で額を寄せて話し合ったときの会話を思い出した。あのとき、浅井はきょうの柴崎と同じように事件について疑念を抱いていた。しかし、いま浅井の中で事件は終結しているように見える。坂元も助川も同様だ。

　やはり、自分の思い過ごしだろうか。一度狩野を呼び出して、じかにその口から、話を聞かせてみるというのはどうだろう。そのとき、脳裏にふと、よみがえってきた。一週間前のあのとき、坂元が見せてくれたＤＮＡ鑑定の本に書かれていた記述だ。

　柴崎は坂元にことわって、その本を改めて本棚から抜き取り、該当頁《ページ》を開いた。

　ＳＴＲ法に関するところだ。その数字が、目にとまった。

　１３３８―

文章だけでなく表中にも同じ数字がある。親子や兄弟といった近親関係の鑑定を行うときに使われるローカス、つまり、遺伝子の位置情報のひとつという解説がなされている。

狩野の処遇計画表の余白。

あそこに書き込まれた数字と同じだ。

本に書かれている文章に目を通しながらソファに戻ると、坂元は一区切り着いたという感じで、柴崎を見やった。

「どうかしましたか？」

「代理、いまからＤＮＡ鑑定のお勉強かよ。ずれてるなぁ」

柴崎が手にしている本を見て、助川が冷やかすように言った。

「浅井課長、証拠品保管庫から、利光が書いた処遇計画表の入った箱を持ってくるよう、係員にお伝え願えませんか？」

突然の申し出に浅井は、目を丸くして柴崎を見上げた。

「ここで、証拠調べなんてできんぞ」

「お願いします」

一礼して頼むと、しぶしぶ浅井は、受話器を取り上げて刑事課に電話を入れた。

五分ほどして、刑事課の係員が証拠の詰まった箱を運んできた。

その中から、背表紙に処遇計画表とあるファイルをとりだし、狩野について書かれた頁を開いた。余白に書き込まれた数字を示し、それが書かれたと思われる日について説明を始めた。

「１３８……たしかに、稲生利光の筆跡ですが、どうかしましたか？」

坂元が、理解に苦しむ顔付きでこちらを見た。

柴崎はＤＮＡ鑑定の本を机に載せ、その頁を開いたまま、ＤＮＡを使った親子鑑定について説明した。

「Ｄ２Ｓ１３３８……親子鑑定のときに使う遺伝子の場所を示すローカスですね」坂元は表を指しながら続ける。「これ以外にも、十四カ所のローカスを調べて、その結果により、親子であるか否《いな》か鑑定するわけです。ごくわずかな試料があれば、正確な鑑定ができるんです。でも、どうして柴崎代理は稲生が親子鑑定を念頭に置いて、この数字を書き込んだと考えているんですか？」

柴崎は、稲生利光の携帯の通話記録を広げ、四月三十日のところを示した。

岡田法律事務所。横浜市の市外局番だ。

この日、利光が架電したのはここだけだ。

「法律事務所になんの用があるんだよ？」

助川が口をはさむ。

「いまどきの法律事務所は、ＤＮＡによる親子鑑定を引き受けるんですよ」

柴崎が答える。

「問い合わせたのか？」

「ええ。利光は、親子鑑定の依頼をしています」

「ほんとうか？」

浅井が身を乗り出した。

「電話で確認しています。まだ記録自体は取り寄せられてはいませんが、間違いなくしています」

「じゃ、この数字は電話で話していたときに、稲生が書き込んだわけ？」

坂元が訊いた。

「稲生は岡田法律事務所に所属する内村弁護士から、親子鑑定のくわしい説明を受けています。そのときのメモが、この１３３８―です」

「親子鑑定って、利光と裕司のか？」と助川。

「違います。電話したのは利光ですが、法律事務所側には親子の名前で依頼しています。阿部博《あべひろし》と阿部容子《ようこ》という偽名で」

「父と娘？　鑑定で使った試料はなんですか？」

坂元が訊いた。

柴崎は、利光のショルダーバッグの中から、そのメガネケースをとりだし、収まっていたメガネを披露した。ピンクのフレームの女性用メガネだ。

「子ども——娘のほうの試料はたぶんこれです」

助川がメガネをつまんで、とりだしそうになったので、とめた。

「ツルやブリッジに皮膚片が付着していますからね。それが試料？」と坂元。

「そうです。事務所側はこれを使ったと言っています」

「裕司の母親のものじゃないのか？」

浅井が訊いた。

「母親のメガネはふたつ押収《おうしゅう》されていますが、どちらも老眼鏡です。でも、これは比較的最近作られたフレームで、ごく弱い近眼のレンズです。母親は近視ではありませんでした」

「いったい誰のだよ？」

呆《あき》れたように助川が言った。

柴崎がその名を告げると、三人は驚いた顔を見合わせた。

8

六月二十一日金曜日。勾留《こうりゅう》十八日目。

署の裏手の駐車場にそのセダンが滑り込んでくると、柴崎の目の前で停まった。ドアが開くと、看守にはさまれて、腰縄をつけられた稲生が出てきた。地検の取り調べが長時間にわたり、単独で帰ってきたのだ。

遅くなりましたね、と柴崎は声をかけ、先に立って庁舎に入った。

留置場の重い扉を抜けてもらい、右手にある面会室の中に通した。

ガラスの仕切り板の前にある棚に、弁当とお茶が用意されている。午後九時の消灯時間が過ぎているため、房では食べられないのだ。

鶏肉《とりにく》の素焼きとごぼうの煮付け、それに白米とお新香というメニューだ。留置事務室の電子レンジで温めてあるが、これくらいなら便宜供与には当たらないだろう。

看守に外に出るように命じ、ふたりだけになった。手錠をはずしてやり、腰縄を握りしめてから、横に並んでパイプ椅子《いす》に腰かけた。

食べはじめた稲生の顔がガラス窓に反射して映る。

疲れているようだが、食欲はある。大丈夫だろう。

合間を見て、地検の取り調べについて訊いてみた。

待ち時間が長くて、こたえるという。

食べ終えて、お茶をすすりだしたとき、柴崎はロックの件を口にしてみた。

稲生の顔が、ふっと翳《かげ》った。

「長く可愛《かわい》がられてきたから、辛《つら》かったでしょう？」

「そうですね。五、六年になりますから」

辛そうに言った。

犬は後回しにしよう。時間がない。本題に入らなければ。

稲生が受け持っていた狩野遥人の名前を口にした。

すると稲生は、口にもっていこうとした湯飲み茶碗《ぢゃわん》を途中で止めた。

「四月の終わり、稲生さんのお宅に狩野くんが訪ねてきましたよね。フォークリフトの運転免許を見せてくれたそうじゃないですか？」

稲生は茶碗を持ったまま、戸惑いとともに、はにかむような笑みを浮かべた。

これは正式な取り調べではない。看守と留置人のたわいのない会話だと受けとってもらいたかった。

「ええ、来ましたよ」

稲生が答えてくれたので、柴崎は胸をなで下ろした。これからが肝心なところだ。

「ずいぶん、うれしかったでしょう。でも、稲生さん」一呼吸置いてから続ける。

「狩野くんが帰ったあと、反動を感じたんじゃありませんか？　長いこと抱えていた悩みが疼《うず》いたと言うべきかもしれません。それで、決意を固めた。これ以上、先延ばしにはできない。そう思って、法律事務所に親子鑑定を依頼する電話をかけた」

稲生は、柴崎が語りかけた言葉の中身を頭の中で吟味するように、ゆっくりと湯飲み茶碗を棚に置いた。

「連休明けの五月七日、女性用のメガネと吸い殻を二本携えて、あなたは横浜にある岡田法律事務所を訪ねた。ＤＮＡによる親子鑑定をしてもらうために」

ふところから押収したメガネの写った写真をとりだして見せた。

一瞥《いちべつ》した稲生は柴崎の横顔をふりかえり、消え入るような声で「はい」と言った。

柴崎は、深くうなずいた。

「結果が送られてきたのは六月一日の土曜日。親子に間違いないという判定だった」

ガラス窓に映る白髪頭が、ぐらりと揺れた。

「六年間、ずっと抱いてきた疑念が解けた。あなたの想像は的中していた。そうでしたね？」

稲生の黒く小さい目が、ガラスに映る自分の顔をにらみつけている。

「メガネは六年前の九月二十日、高原友香さんが上野のメガネ専門店で購入したものです。フレームとレンズ込みで七万五千円の品を四万そこそこで買っている」

高原の名を口にしたとき、ぴくっと稲生の肩が動くのが見てとれた。

この前日、裕司は友香の携帯に電話をかけている。デートの約束をしたのだ。

上野のメガネ専門店を紹介すると言って。

「六年前の七月五日。犬を引き取るために出向いた保健所で、裕司さんは友香さんと出会った。犬は裕司さんが引き取ることになったが、その月末、友香さんのほうから裕司さんに、犬は元気ですかと電話がかかってきた。自分に対する好意もふくまれていると裕司さんは受けとったようだ。そのあと、裕司さんのほうから誘うようになり、友香さんも拒まなかった。何度か、犬の様子を見にご自宅のほうへ、友香さんは見えたようですね？」

「一度会ったかな」

「そのとき彼女は、自分がかけていたメガネは、息子さんの紹介してくれた店で安く購入できたとあなたに伝えたのではありませんか？」

稲生は否定しなかった。

「デートと言っても、せいぜいペットショップへ行くぐらいなもので、映画や食事さえともにしなかったし、本格的な男女のつきあいまで発展することはなかったようですね。ただ、最近、近視が進んでメガネの度が合わなくなったと友香さんが言ったことが記憶に残っていて、裕司さんは従兄《いとこ》が勤めるメガネ屋はセンスのいいものを置いているし、値引きしてくれるから行ってみませんかと誘ったようです」

「だったかもしれません」

「タバコ好きのあなたにとって、留置場は辛いところだ。ほかの留置人だって同じです。しゃべって気を紛らわすくらいしかない。長いこと、食らい込んでいる川名なんか、とくにそうだ。やつは王子近辺でも、いくつかヤマを踏んでいたのを吹聴《ふいちょう》していた。稲生さん、あなたも小耳にはさみましたよね。ひょっとして、川名は王子の家政婦殺しについても、警察の動きやらなにやらから、知っているのではないかと思って、あなたはつい口を滑らせた。家政婦殺しの犯人の目星はついているのかと。それがあっという間に留置場に広がっていったんですよ。ご存じでしたか？」

「あっ……」

稲生は面食らった顔で洩《も》らすと、視線を泳がせた。

「あなたが岡田法律事務所に持ち込んだタバコの吸い殻は、友香さんの父親の雅之《まさゆき》さんが吸ったものです。事件以降、雅之さんは、やめていたタバコを、また吸いはじめた。お住まいになっている向島のご自宅から最寄り駅まで、通勤のときには必ず途中のコンビニの前で吸っていた。それをあなたは拾ってきた。雅之さんの自宅を調べるくらい、簡単だったはずだ」

驚きが波紋のように稲生の顔に広がっていくのを柴崎は見つめた。

「六年前の十月十日、友香さんが亡《な》くなった当日、息子の裕司さんがメガネを持ち帰ってきた。あなたはそれを、偶然見つけてしまった。そうですね？」

「かくすようにしていたんで……」

震えが走った。ガラスに映る男が真相を口にしたのだ。

「裕司さんは、宇都宮の工事現場から、その日、半日だけ抜け出して王子へ出かけた。捜査本部は、裕司さんが申し出たアリバイを鵜呑《うの》みにした。当時の工事現場にいた人から、くわしい話を聞きました。裕司さんは、工事現場の事務所では仕事ができないと言って、たびたび、泊まっていたビジネスホテルで仕事をしていたそうです。この日も、ホテルで仕事をすると言い残して現場から離れました」

「……の、ようです」

「このメガネ、裕司さんは友香さんのアパートに残しておきたくなかった。いや、決して残せなかった。彼女のアパートから、持ち帰るしかなかったんだ。そうですね？」

稲生はかすかにうなずいた。

「裕司さんは、この日、はじめて彼女のアパートを訪れたんですよね？　アパートの部屋にいた時間も、ごくわずかだった。部屋の中のものにも、ほとんどさわっていなかった。それでも彼女の首を絞めて殺してから、帰るとき、ハンカチで自分の指紋をぬぐい取るのは忘れなかった。窃盗犯の仕業に見せかける工作をする冷静さもあった……裕司さんは彼女に性急なお付き合いを強いたんじゃないですか？　あの日、拒まれて、つい、カッとなってしまった」

稲生は肩をすぼめ、つぶやくように言った。「女との付き合い方がわからないって、悩んでた。押しの一手で行くしかないとか……」

「彼女を殺した直後、息子さんは激しく動揺していたはずです。ご自宅にあった彼女のメガネを見たとき、あなたは息子さんが彼女を殺したのではないかと疑いを持った。以来、折にふれてそれとなく尋ねた。息子さんははっきりとは否定しなかった」

裕司の様子を思い出したように、稲生は唾《つば》をのみこんだ。

「この写真のメガネから採ったＤＮＡは、捜査本部が保存している友香さんのＤＮＡと一致しました。法律事務所が鑑定した吸い殻のＤＮＡも、雅之さんのＤＮＡと一致しています。裕司さんの犯行のまぎれもない証拠です」

柴崎が言うのを聞きながら、稲生は深々と頭《こうべ》を垂れた。

「こうなってほしくないと、あなたは祈っていた。しかし、最悪の判定結果が出てしまった。丸一日、あなたは揺れに揺れた。これまでの二十年間の保護司活動が重くのしかかってきましたよね？　出会った観察対象者の顔が裕司さんに重なった。よりによって、どうして自分の息子が人様の命を奪ってしまったのか」

ゆるせない。その五文字が稲生の心に焼き付いたのだろう。

そして、二十時間後、裕司から暴力をふるわれたとき、その思いが一気に爆発した——。

稲生は理解に苦しむとでもいった顔で柴崎を見つめた。

まだシラを切るつもりなのか。

「……見られたんですよ」

ぽつりと稲生は洩らした。

意味がつかめなかった。

「鑑定結果の通知を裕司さんが目にした？」

ふたたび柴崎が訊《き》くと、稲生はうなずいた。

顔をはたかれたような衝撃を感じた。

そのとき、裕司は、父親が自分を殺人犯として疑っていたと知った。その真相を入手していたことも。それで、憤怒《ふんぬ》に火がついたのだ。あの晩の暴力は、それが原因だったのだ。激しく、手のつけられない暴力だったはずだ。殺されてしまうと感じるほどの。やはり、正当防衛だったのか。

柴崎は息を殺して、稲生を見つめた。

こちらの興奮を察知されただろうか。これは正式な取り調べではない。

気楽にいけ。そう言い聞かせる。

気休めに、稲生がこのまま面会室から出て、留置場から解き放たれる姿を想像してみた。

亡くなった裕司は、被疑者死亡のまま書類送検される。

稲生利光は犯人隠避の罪で再逮捕。裕司への正当防衛が認められるかどうかは微妙な判断になるだろう。計画性が疑われるからだ。執行猶予《ゆうよ》は付かず、十年近い刑務所生活が待っているかもしれない。

事情が事情だけに、情状がある程度は酌量されるだろうか。裁判員は、殺人を犯した息子を自らの手で裁いた親に対して、なにを思うだろうか。保護司であったことを重く見れば、心証は悪いほうへ傾く。

姉に送った手紙は本心だっただろう。だが、留置場で毎日ノートに綴《つづ》っていた反省文はどうか。司法制度を熟知した者の計算ずくの行為ではなかったか。

いずれにしろ、目の離せない裁判員裁判になるだろう。

動悸《どうき》がおさまってきた。まだ犬について話していないのに気づいた。

「ロック」柴崎は言った。「毒物を食べて、苦しんだでしょう?」

稲生は眉間《みけん》にしわを寄せ、いぶかしげな顔で柴崎を見やった。

「去年も、ご近所で毒物を食べて死んだ犬がいましたが、ご存じでしたか?」柴崎は続ける。

「犬を殺した犯人、まだ捕まらないんでしょ?」

真顔で稲生は訊いてくる。

「いえ、目星はついているんですよ。うちの地域課に調べさせました。なかなか、証拠が見つからなくて。おまけに半年前、被疑者が引っ越してしまって」

「そうだったんですか」

他人《ひと》事《ごと》のように言われて、つい柴崎は頭に血が上った。

「でもロックは、そいつに盛られたわけじゃない。稲生さん、あなたが殺したんですよね？」

稲生は穴の開くほど柴崎を見つめた。

　ここまできて、とぼける気か。

「どうしてあなたが、愛犬に毒を盛ったのか、わかりませんでした。ロックさえいなかったら――この犬が川に流されて来なかったら、息子さんが人を殺すような事態にはならなかった。どろどろした憎しみが湧《わ》き出てきた。もう一日たりとも、飼ってはおけない。そう思って農薬を買いに走った。違いますか？」

　ようやく合点がいったように、稲生はうっすらと笑みを浮かべた。

「ガンだったんですよ、ロック」

「えっ？」

「いい獣医にかかっていたんです。危篤《きとく》だったから、仕方なく近所の藪《やぶ》医者へ連れていったんですけどね」

「でも、毒死したと……」

「あの獣医、そんなこと言いましたね」

「症状を診て、毒死だと？」

「ろくに診《み》もしないでね。そんな事件が続いてたから」稲生はふっと壁を見やった。

「毒でもよかったなあ」

稲生のつぶやきが、柴崎の中にとどまった。

毒を盛って殺してもよかった、というように聞こえたのだ。ロックではなく……息子に。

夜の王

1

「同じ銘柄のようだし、このうちのどれが一致しないのですか？」

署長の坂元が机に置かれたものを見ながら困惑した顔で訊《き》いた。

証拠保管用のビニール袋がふたつ。どちらにも、同じ銘柄のタバコの吸い殻が入っている。坂元から見て、右手の袋には三本、左手の袋に一本だ。

三本の吸い殻が入ったビニール袋に貼《は》られたラベルの事件名は〝東綾瀬老女強盗傷害事件〟。採取年月日は、いまから九年前の三月六日。この日、事件が発生した住宅の現場から採取されたことを示している。

「こっちです」

刑事課長の浅井が一本だけ入ったほうのビニール袋をボールペンの先で指した。ラベルは貼られていないが、同じときに現場から採取されたものであることに変わりはない。区別するために、今回べつの袋に収められただけだ。

両方のビニール袋に入っている吸い殻には、四本ともセブンスターの刻印が入っている。そろってフィルターの根本から五ミリほど先のところまで吸われていた。足で踏みつけたらしく、全体が平たい。フィルターを噛《か》んで吸う癖があるようで、どの吸い殻のフィルターにも、端から一センチほどのところに、うっすらと歯の跡が残っている。四本とも、同一人物の吸い殻のように見受けられる。

「もう一度訊きますが、鑑定の誤りではないのですか？」

「いえ、四本とも再度、科捜研で血液型から鑑定し直してもらいました。血液型はいずれもB型ですが、DNA鑑定の結果、この一本だけ別人の吸った吸い殻だとわかりました」

「その別人というのが光岡吉弘《みつおかよしひろ》？」

「そうです。DNAデータベースで一致しました」

「九年前、吸い殻のDNA鑑定はしなかったのですね？」

「していません」

遺留品のDNA鑑定が盛んに行われるようになったのは、最近だ。当時はいまのように、遺留品をすべてDNA鑑定に回しはしなかったのだ。

坂元はさじを投げるように背もたれに体をあずけた。

柴崎はたまらず、口を開いた。「被害にあった家の者の吸い殻が混じっていた可能性はないんですか？」

「当時は七十歳になる老婆《ろうば》がひとりで住んでいただけですから。こちらにタバコを吸う習慣はありません」

浅井が言う。

「吸い殻があった場所は？」

坂元が訊いた。

「一階和室の掃き出し窓の外の地面です。焼き破りで侵入する際、犯人が吸ったものと思われます」

浅井は当時の捜査報告書にはさまれたアルバムを開いて見せた。

コンクリートの地面に落ちているタバコの吸い殻を上から撮った写真だ。一メートル四方の中に、四本が散らばっている。

柴崎はその写真とビニール袋に入ったタバコの吸い殻を見比べた。潰《つぶ》れた感じやフィルターについた歯形など、すべてそっくりだ。

「どうして吸い殻がこんなところに落ちていたんですか？」

坂元が気を取り直すように訊いた。

「侵入した窓は引き違い窓になっていて、錠前部分をドライバーでこじ開けるようにした痕《あと》が残っています。結局、うまくいかず、焼き破りで開けたようですが」

「慣れていなかったので、時間がかかってしまい、そのあいだに吸ったのかしら？」

「その可能性が高いと思います。ブロック塀で囲われていて、外からは見えませんし。ふたりのうち、ひとりはこの場所で見張りをしていたのかもしれません」

「共犯になりますか？」

「少なくとも、一本だけべつの吸い殻が交じっていた件の説明にはなります」

「その被害者はご存命ですか？」

「いえ、二年前に亡《な》くなっております。家は取り壊されまして、現在は建売住宅が三棟建っておりますが」

柴崎は天を仰いだ。確かめようがないではないか。

大谷田《おおやた》の道路沿いにある閉店作業中のファミリーレストランに男が押し入ったのは五日前の七月十八日木曜日の午前三時半。ガソリンの入った霧吹きを店員にかけた。火をつけるぞと脅し、売上金の三十四万円を奪った。店から出たとき、追いかけてきた店長の右足をナイフで刺し走って逃げた。ただちに非常線が張られた。当夜の当直責任者である城田《しろた》係長の機転が功を奏し、四時間後に区立郷土博物館敷地内に潜んでいた竹之内勲《たけのうちいさお》三十九歳が逮捕された。竹之内に前歴はない。管内の南花畑《みなみはなはた》のアパートでひとり暮らしだ。

竹之内の指紋を自動指紋識別システム（ＡＦＩＳ）で照合したところ、九年前の三月六日、管内の東綾瀬で発生した老女強盗傷害事件の現場に残された指紋と一致した。事件は未解決になっており、竹之内による犯行である線が浮上した。

ひとり住まいの老女宅に押し入り、現金と商品券を盗み、気づいた老女に重傷を負わせて逃げた悪質な犯行だ。貴金属類には手をつけていなかった。

今回念のため、東綾瀬の事件で現場に残された四本の吸い殻をＤＮＡ鑑定したところ、三本は竹之内のＤＮＡと一致したが、残りの一本からは異なるＤＮＡが検出された。去年、亀有《かめあり》のコンビニ強盗事件で逮捕された光岡吉弘のＤＮＡと同一のものであると判明したのだ。

「光岡が九年前の事件の共犯者と見ていいわけですか？」

ふたたび坂元が訊いた。

「現段階では、そうとしか思えません」

浅井が答える。

「当時、現場に光岡の指紋は残っていなかった？」

「ありません」

三十五歳になる光岡吉弘が亀有でコンビニ強盗を働いたのは、去年の一月十五日だ。ナイフをかざして店員を脅し、金を奪っていった。同店の防犯カメラの映像が決め手となり、その一週間後にスピード逮捕された。逮捕直後、指紋が採取され、ＤＮＡも警察庁のデータベースに登録された。そのあと、光岡は弁護士を通じて店側に被害を弁済し、示談が成立した。初犯だったせいもあり、去年の六月に行われた公判では、執行猶予《ゆうよ》のついた懲役三年の刑が言い渡され、即日釈放されている。

「九年前の被害者はホシを見ていない？」

坂元が訊いた。

「見ていません。二階で寝ていて、侵入当初は気づきませんでした。ホシが金品を物色している物音を聞きつけて、一階に下りたとき、後頭部を殴られて昏倒《こんとう》しました。犯人の姿は見ずじまいです」と浅井。

柴崎はあらためてビニール袋に収まった吸い殻を見た。

「四本とも同じ人物が吸ったように見えますが」

「フィルターを嚙んで吸う連中は結構いるし」

浅井の歯切れは悪かった。

それまで黙っていた副署長の助川が口を開いた。「押し入った家にいるんだぞ。ふたりとも初犯としたら、緊張してがちがちだ。歯を食いしばっていたんだろうな」

坂元が納得したような顔で、

「だから、タバコの吸い殻を残したままいってしまった？」

「おれたちは捕まらないぞという、ヘンな自信があったのかもしれないですね」

浅井がつけ加える。

「舐《な》められたもんだな」

助川が不機嫌そうに言った。

「あとから吸い殻を残していったのに気づいて、ふたりとも、数年間なりを潜めていたという可能性も考えられます」

柴崎は言った。反論はない。

しかし、捜査の手が及ばなかったので、去年、光岡がふたたび、悪事に手を染めた。

それから先週、今度は竹之内の番だ。

「取り調べでＤＮＡの件を竹之内に当てましたか？」

坂元は訊いた。

「ふだん吸ってるタバコの銘柄は聞き出しました。セブンスターです。それ以外は、まださすがに。なんらかの確証が得られた段階で当てようと思っていますが」

「九年前の事件だぞ。マル害も死んじまってるし、どうやる気だ？」

助川は不服そうに言った。

浅井は返答につまった。

「しかし、焼き破りか」

助川がひとりごちた。

ライターなどでガラスを焼いて熱し、そこに水をかけてひびを入れ、鍵《かぎ》を開けて侵入する。多少時間はかかるが、音も立てないで破られてしまう厄介な手口だ。

「光岡はいつ引っぱる気だ？」

助川が訊いた。

「いや、それは……」

浅井が口を濁す。

「やつを引っぱって、叩《たた》くしかないだろう」

それは無理ではないか。任意で取り調べをするとしても、吸い殻一本の証拠だけで九年前の犯行を自供にもっていけるだろうか。

それにしても、助川はまったく引く気がないようだ。よほど確信があるのだろうか。

「副署長、ちょっとよろしいでしょうか」柴崎は言った。「今回、竹之内は初犯で捕まりましたが、この九年間のあいだに余罪を犯しているように思えるのですが」

窃盗という犯罪には常習性がある。九年のあいだ一度も捕まらないというほうが不思議だ。

「うまく立ち回ってきたんじゃないか」と浅井。

「わたしも気になります」坂元が言った。「この九年間に余罪がないかどうか、もう一度調べてみてもらえませんか」

「やってみます。ただ、六町《ろくちょう》のハローハットのヤマで手一杯で……」

二週間前、カー用品店の駐車場で起きた集団暴行事件で、被害者は意識不明の重体のままだ。主犯格の男の交友関係を洗い出す作業に追われている。

「それはそれだろ。鑑識資料をもう一度精査し直せ。手口からも洗ってみろ」

助川がきつい口調で言う。

「念入りにお願いします。光岡吉弘の所在はわかっていますか?」

坂元が訊いた。

「はい、花畑の都営アパート住まいです。一昨日、本人の姿を確認しております」

浅井が答える。

「ずっと都営アパート住まいだったんですか？」

「いえ、住民票によると三年前に夫婦で入居するまでは近くの借家住まいだったようです。その後離婚して、いまはひとり住まいです。九年前の住所はまだ確認できておりません」

浅井が答える。

「亀有で光岡が犯したコンビニ強盗事件の詳細はわかっていますか？」

ふたたび坂元が訊《き》く。

「まだ電話で問い合わせただけです。光岡のアパートには、とりあえず、うちの人間をふたり、張りつけていますが」と浅井。

「城田にやらせているんだろうな？」

助川に訊かれて、浅井は意外そうな顔でふりかえった。

「いえ、強行犯捜査係の人間を回していますが」

「城田にやらせろ。もとはと言えば、やつが引っぱってきたネタなんだから」

不機嫌そうに言う。

城田は刑事課の記録係の係長だ。ふだんは直接捜査にタッチしない。

無茶な理屈だと柴崎は思ったが、口をはさまなかった。城田と助川の仲を知っているからだ。助川はひどく城田を嫌っている。

「いずれにしろ、光岡の事件の情報は必要ですね」坂元が言った。「この件は三十一日までに解決しておいてください。いいですね？」

七月三十一日には本部による月例監察が控えている。今回は、刑事課と地域課が対象だ。証拠品の保管について、きっちりと調べられるはずだ。そのとき不備が見つかれば、署長の責任になる。

「ということだ。たのむぞ浅井」

助川が腰を浮かせながら言った。浅井に続いて、早々に署長室をあとにする。柴崎も出て行こうとすると、署長に呼び止められた。坂元は署長室のドアを閉めてこちらに向き直った。

「いまの件、代理はどう思いますか？」

「光岡の任意同行ですか？」

「できると思いますか？」

「理由ならつけられると思いますが、取り調べで落とす材料がありませんし」

「ほんとうに光岡が共犯者なのかしら……」

「調べるとしたら、九年前のアリバイを確認するしかないと思います」

ほとんど絶望的に思えるのだが。

「しかし、困りました」

解決できないまま月例監察を迎えれば、どうなるか。

月例監察は、上半期分の業務を対象にして毎年七月に行われる。今年の監察の重点項目は証拠品保管であるとすでに通知されてきているのだ。例年にもまして、細かな点検を受けるのは目に見えている。

綾瀬警察署の署長名で、科捜研宛《あて》に四本の吸い殻の鑑定嘱託書を提出してある。それらもすべて、監察の席では、提示しなくてはならない。監察官が見過ごしてくれればよいが、鑑定嘱託書と原本の突き合わせを命じられたら申し開きはできない。

「城田係長を副署長はお嫌いのようですね」坂元は言った。「竹之内逮捕の功労者なのに」

「その件は、またべつの機会に」

坂元はうなずいた。「光岡の捜査を城田係長にまかせるには懸念《けねん》があります。決して無理はしないよう、柴崎代理、あなたも側面から城田係長のアシストをしてもらえますか？　場合によっては、副署長には通さないで、わたしに随時報告を上げてください」

難しい要求だったが、署長命令なので従わざるを得ない。

坂元が新署長として着任して五カ月。幹部たちの気質は呑《の》み込んでいるはずだが、助川という堅物があいだに入るので神経を使うのだろう。城田係長のアシストをしているのがわかれば、助川の怒りはこちらにも向く。うまくやらねばと思ったが、どこから手をつけてよいのか分らず、即答できなかった。まずは、亀有署に問い合わせて、光岡の事件資料を入手すべきか。

柴崎は一礼すると署長室をあとにした。

2

翌日。

午後七時過ぎ、柴崎は花畑にある都営アパートに赴いた。スーパーマーケットのある棟の駐車場にクルマを置き、パンや飲み物を買い込む。歩いて信号をひとつ越え、四棟ある棟のうち一番手前の棟の二階に上り、その部屋をノックした。

警戒するような険しい目をした男が顔をのぞかせた。刑事課記録係の城田克佳《かつよし》係長だ。細身の体に紺のジャージとグレーのTシャツ、裸足《はだし》だ。癖のある髪を短く刈り上げ、和紙のような脂気《あぶらけ》のない顔色をしている。

空き部屋を監視拠点として確保しただけに家財道具ひとつない。がらんとした空間だった。台所の窓は開けてあるが、冷房はなくむっとする暑さだ。

持参した袋から、よく冷えた緑茶のペットボトルを差し出すと、城田は助かりますと言って受け取り、窓際《まどぎわ》に戻った。十センチほど開けた窓の向こうに、都営アパートのべつの棟が見える。緑地帯をはさんで三十メートルほどの距離だ。

「あそこ」

ぶっきらぼうにつぶやくと、城田は窓際に体を寄せ、身を低くして、一階の端の道路際の部屋を指した。光岡吉弘の部屋のようだ。玄関が見え、その右手にある居間の窓が全開になっている。

「もう帰っているんですか？」

「三十分前に」

光岡は東六月町《ひがしろくがっちょう》に事務所があるハウスクリーニング店でアルバイトをしている。

「通勤はバスで？」

「朝八時半出勤、帰りはいつもこの時間」

その行き帰りと自宅にいるあいだの行動確認を城田が受け持っているらしかった。署にいるのは日中だけだ。

「張り込みはきょうで二日目ですね？」

柴崎は居間の隅に畳んだ布団《ふとん》を見やった。その上にあるビニール袋の中身が透けて見える。薬だ。高脂血症の城田が飲むコレステロールをおさえるものだろう。

「誰か訪ねてきたり、夜、出歩くことはありましたか？」

「いまのところないね」

「とりあえず、仕事に就いているいまは、問題ないというところでしょうか」

「わからんぞ、あの手の男は」

身体《からだ》に似合わず、城田は低く太い声を洩《も》らした。

この九月で五十七歳になる。強行犯刑事一筋のベテラン中のベテラン。朝は始発、帰宅は終電という生活を続けて三十年。下戸《げこ》のため、たまに早く帰ると、ノートを広げて、捜査状況を書きとめる作業に精を出していると聞く。聞き込み相手や証言内容、被疑者の供述とその裏付け。そして、残る捜査項目など。昇任試験の勉強をする時間がないといって、警部補どまりだが、その城田が輝くのが当直の夜だ。

所轄《しょかつ》の当直では、各課から人員が集められるが、チームの責任者に捜査経験のない上司がつく日がある。現場保存からはじまり初動捜査やマスコミ対応など、城田はてきぱきと上司に指示を出す。おかげで無事にすんだと〝警部〟たちに感謝され、一目も二目もおかれる存在になった。つけられたあだ名は〝夜の王〟。

ふだんも一から十まで取り仕切る癖があり、それが似た気質を持つ副署長の助川の癇《かん》にたびたび障《さわ》った。一昨年の四月、長いあいだ勤め上げていた強行犯係の係長から、記録係の係長へと課内異動させられたのだ。

以来ふたりの仲は、凍りついた。といっても、二階級も上の助川の一方的な勝ち戦なのだが。

柴崎は先週、城田が宿直だった夜、竹之内を逮捕した際の状況について訊いた。区立郷土博物館の敷地の中に潜んでいたのがどうしてわかったのか、不思議に思っていたのだ。博物館は高い壁に囲まれていて中は見えない。

「展示解説のボランティアの家に聞き込みに行かせただけだよ」

ぼそりと答えた。

「先週の木曜は閉館日だったじゃないですか」

それに、逮捕したのは通常の開館時間より前の午前七時だ。

博物館の敷地は江戸時代さながら、ぐるりと生け垣で取り囲まれている。博物館本《ほん》屋《おく》は、さらに二メートル近い壁で囲まれた中にある。竹之内はその中に潜んでいたのだ。

「朝方、博物館の近所を散歩するのがいる」

「博物館の敷地を歩いている不審人物を見た人がいたわけですね？」

ボランティアだから、並の人間より博物館に対する意識は高いのだろう。

「正門横の蔵を見上げていた男がいた。ひと回りしたあとも、そいつは同じ場所にいた」

当日は休館日の立て札も正門にかかげられていたはずだ。情報を元に捜査員が動いた。その結果、早期の身柄確保につながったのだ。

「副署長はなにか？」

城田から疑い深そうに訊かれて、柴崎はしばらく沈黙した。

警務課の課長代理が、一係員の張り込み先に現れるのは普通ではない。それを城田は気にしているのだ。副署長の差し金と思われても仕方がない。署長命令であるのを口にするわけにもいかなかった。

「なにも言ってませんよ。人手が足りないときは相身互《あいみ》いです。尾行でもなんでもしますから、遠慮なく申しつけてください」

城田は警戒を解く様子もなく、

「竹之内はなにか吐きましたか？」

と訊いた。

「いや、なにも。明日にでも、ポリグラフをやるとかですが」

「ポリを？　九年前の件、当てたの？」

「当てたと言ってます」

「まさか、こっちのは当ててないよね」

光岡吉弘との共犯関係についてだ。

「それはないと思いますよ」

どうだろうかという顔付きで、城田は向かいのアパートを見やった。

「それで、やつは認めたんですか？」

「否認しているらしいです」

「やっぱり。どうせ吐かないんだろうけど」

柴崎も同感だった。指紋が残っているとはいえ、ほかの物証はない。盗みに入って家人に暴力をふるったという証拠にはならないのだ。

「九年前の光岡の住所、わかりましたか？」

城田が訊いた。

「この前に住んでいた借家だと思いますよ」

柴崎は、亀有署の警務課経由で取り寄せた光岡の事件資料を渡した。といっても、わずか三枚の紙切れだ。九年前の住所の記載はない。

柴崎はあらためて部屋を見渡した。引き戸のところにビニール袋があった。タバコの吸い殻が入っている。

「光岡の吸ったものですか？」

柴崎が訊くと、城田は資料に目をあてたまま、うなずいた。

ビニール袋を手にとってみると、メビウスの吸い殻だった。セブンスターではない。銘柄を変えたのだろうか。

そう呟《つぶや》いてみたが城田の耳には届かないようだった。

九年もたっているのだから、嗜好《しこう》が変わってもおかしくないかもしれない。

資料を読み終えた城田が、柴崎に返して寄こした。

「せっぱ詰まっていたようだ」

城田が言った。

「行き当たりばったりみたいです」

光岡吉弘はもともと小心なくせに飽きっぽい性格で、転職をくり返していた。工事現場の交通整理のアルバイトのとき、軽い接触事故に巻きこまれて、足の指を骨折した。それを根に持って仲間とケンカになり、アルバイト先をクビになった。コンビニ強盗を働いたとき、所持金は二千円足らずしかなかった。マスクで顔をおおい、自宅の果物ナイフで店員を脅しただけのお粗末な犯行。足を引きずりながら逃げる光岡の姿は、あちこちの防犯カメラの映像に残っていた。コンビニの防犯カメラに残された顔写真による聞き込みで勤務先が割れて、犯人として特定されたのだ。

「竹之内との接点はなさそうだな」

ぽつりと城田は洩らした。

「同じ花畑在住だし、小学校が同じですよ」

「四つ年齢《とし》が離れているからね。結婚した女がこの近くに借りていた家に転がり込んでいたようだし」

といっても、ここの団地は足立区の北端にあたり、南花畑在住の竹之内のアパートとは一キロ近く離れている。バスの路線も違う。勤務先にも、重なるところはない。だからといって、つながりがないとは言い切れないと柴崎は思った。あらためて向かいのアパートを見下ろした。

ちょうど光岡の部屋の窓が閉められた。冷房を効かせるのだろうか。

「九年前というと、あいつは二十六歳。金回りが悪かったんでしょうか？」

「もしそうなら、去年と同じようなことをしでかすんじゃないかな」

そうかもしれない。窃盗のような、まどろっこしい手段はとらず、金のある場所に押し入っていた可能性はある。

そのときドアをノックする音がした。柴崎は城田を制して立ち上がると、玄関のドアを開いた。骨張った大男が突っ立っていた。油を引いたように顔が汗で濡《ぬ》れて光っている。

男は柴崎の頭越しに中を覗《のぞ》きこんだ。

こっちだと言う城田の声がして、さっさと上がっていった。

中身のたっぷりつまったビニール袋を下げている。

「強行犯の那須《なす》です」

城田が言った。

知っている。柔道の稽古《けいこ》でひときわ目立つ那須雄介《ゆうすけ》巡査。刑事課の若手。城田が記録係に移る前の部下だ。

「いいのか、松原を追い込んでいるんだろう」

松原はハローハットのヤマの主犯と目されており、来週中にも逮捕の予定が組まれている。

「大丈夫ですよ、大勢で張り込んでますから」

城田に訊《き》かれても、那須はさばさばした感じで、ビニール袋から水のペットボトルや弁当専門店の弁当やらをとりだして床に並べた。袋にはまだ菓子パンや栄養ドリンクが残っている。

那須は、柴崎の存在を意に介さず、鶏《とり》ごぼう弁当を城田の前に置き、自分はヒレかつ丼《どん》のふたを開けて、がつがつと食べはじめた。城田は相変わらず光岡の部屋をじっと見つめている。

「食べたら交代します」

言いながら那須は、丼《どんぶり》をかきこむ。柔道の有段者らしく、耳たぶが広がってかなり潰《つぶ》れている。ギョウザ耳だ。

「ゆっくり食え。夏の夜は長いんだから」

「今晩は帰って寝てください。そうそう、光岡の昔の住所、わかりましたよ」

そう言った那須を城田はふりかえった。「九年前のか？」

「もちろん。流山《ながれやま》にある母方の実家住まいです。その近所にある建築資材屋で働いていました」

「流山か……」

「こっちには、来ていなかったかもしれませんよ」

意外だった。九年前の東綾瀬のヤマに、加担していなかったのだろうか。

那須は集団暴行事件の捜査もそっちのけで、九年前の事件の掘り起こしに走り回っていたようだ。

「那須さん」柴崎は言った。「竹之内との接点はなにか見つかりましたか？　小学校はこっちですよね？」

「小学校の五年のとき、一家で流山へ移ってます。それからあとは、こっちとは無関係のようです」

城田はなにも言わず、外を見ている。

今晩の張り込みにつきあうのだろう。自分の出る幕はなさそうだ。居心地の悪さを感じながら、柴崎は三十度を超える部屋の中で肉を頬張る那須を見ていた。

3

「……事件番号15、証拠品ナンバー1、バタフライナイフ」

証拠物件保存簿を手に刑事課の課長代理が読み上げる。

「はいっ、1番、バタフライナイフ」

盗犯係第二係長が床から該当する証拠物件を取り上げて、柴崎のいる方向にかざす。

道場の板の間には、証拠品保管庫から引き出された証拠品が広げられている。乾燥大麻が入ったビニール袋、ワイセツＤＶＤ、はては凶器とされた包丁のたぐいまで散らばっており、足の踏み場もない。

昼休みをはさみ、証拠品の点検作業がはじまってから二時間近く過ぎている。それでもまだ半分以上残っていた。来週行われる月例監察に向けての点検作業だ。去年の倍以上の時間をかけて丁寧に行われている。

通常は事務仕事を行っている時間帯だが、光岡の一件もあり、署長の坂元とともに道場に上がってきたのだ。副署長の助川は来なかった。

「本来なら月に一度はこうして、やらないといけないのですね」

坂元が言った。

「規則ではそうなっていますが」

柴崎はそこまで言うと、刑事課長の浅井をふりかえった。

浅井は聞こえないふりを装《よそお》い、点検作業に見入っている。

警視庁では昨年度から証拠品にバーコードをふるというルールを定め、コンピューターによる一元管理へ移行した。証拠品はすべて、本部のコンピューターに登録されているのだ。

柴崎は浅井に、昨日、城田の張り込み先に出向いたことを告げた。

「ほう、それはご苦労だった」

横で聞いていた署長がなにも言わないので、浅井はいぶかしげな顔で坂元の横顔を見やった。署長命令で柴崎が動いているのを察知したらしく、浅井は点検作業に目を戻した。

坂元はふたりから離れて、証拠品のあいだを縫うように歩きだした。

「城田係長は課にいますか？」

柴崎は浅井に訊いた。昨晩は自宅に帰り、きょうは通常通り出署している。そもそも記録係長なのだから、ここで率先して点検作業に加わるべきだが。

「統計が忙しいとかだ」

それはうそだろう。助川と顔を合わせるのが恐ろしいから現れないのだ。

柴崎は昨晩の張り込みで気づいた点について話した。

「メビウスに変えたって？」

聞き終えた浅井は言った。

「そのようです。しかし、暑くて参りましたよ」

「光岡は動かなかったんだろ？」

「夕飯のあとは、冷房を効かせて一晩中寝ていたようです」

「朝までつきあったんじゃないのか？」

「途中で那須が来て、帰ってくれといわれて。彼、ハローハットのヤマにかかりきりなんじゃないんですか？」

「そうだな。共犯《レツ》が三人いるところまではわかったから」

「いいんですか？」

「あいつが志願したからさ」

それだけで許可するものだろうか。

「体はでかいが、ちょっとここ、弱いだろ」浅井は人さし指を自分の頭にあてた。

「心意気だけで突っ走るところがあってさ。ここにきて、松原の件で空回りされるのも恐《こわ》いしな」

戦力外だから、軽い事案にふりむけたといわんばかりの口ぶりだ。

「きょうも行ってくれるのか？」

浅井は心配げな感じで言った。

「帰りにのぞいてみますよ」

「すまんな。そういや代理、午前の聞き込みでひとつ出た。竹之内は、半年前に青井のホームセンターで、バーナー付きライターを買ってるぞ」

バーナー付きライターと聞いて、柴崎は東綾瀬老女強盗傷害事件を思い起こした。九年前の事件では、焼き破りで侵入したのだ。

「臭《にお》いますね。手口は照会してますか？」

「やってる。一昔前は、よく中国人が使った手口だけどな。連中は家中を荒らしまくるだろう。それに一軒家は狙《ねら》わない」

「東綾瀬のヤマは日本人？」

現金と商品券を盗んでいただけで、家の中は荒らされていなかった。

「のはずだ。老人のひとり住まい狙い、足のつきやすい宝石時計類には手をつけない。

その条件で絞ってみた。竹之内以外に都内でその手口を使うやつは五人いる」

柴崎はおっと、声を上げた。「その中に竹之内の共犯者がいる？」

「いまのところわからん。ほぼ全員、単独犯のようだ」

外国人と違って、日本人の窃盗犯は単独犯が多いのだ。

「ひとり、竹之内が勤めていた建設会社の社長宅に押し込んだのがいる。五年前に。小野《おの》清吉《せいきち》っていう六十過ぎの爺《じじい》だ」

「そのヤマ、ひょっとして竹之内が手引きしたんですか？」

「なんともいえない。小野はだいぶ前に足を洗ったようだがな。船橋に住んでる。焼き破りの手口がそっくりそのままだ」

「そっちも聞き込みに？」

「行かせてる。小野のヤマの洗い出しもだ。案外竹之内っていうのは、玄人《くろうと》かもしれんぞ」

素人《しろうと》然とした光岡とはかなり、隔たりがあるのかもしれない。

だからといって、ふたりに関係がないとは言い切れない。

「監察まで、あと一週間です。光岡の件、なんとかしないと」

「わかってる」

証拠品保管の最終的な責任は、それぞれの担当課長にある。月例監察で被疑者と一致しない吸い殻が見つかってしまった場合、まず浅井が処分を食らうのだ。

「今週中に結果が出なかったら、来週早々にでも、任意で光岡を引っぱる」

浅井が語気を強める。

「そうですか」

その手段を取らざるを得ないとは思っていた。ほんの数日では、竹之内の過去の窃盗事件の捜査は完了しないはずだ。光岡が吐いてくれればいいのだが。

午後七時、ふたたび光岡の監視拠点を訪れた。城田が先着していた。昨夜から張り込みを続けている那須によれば昨晩、光岡は一度も外に出なかったという。那須が買い込んできた弁当をふたりが食べはじめたので、柴崎は申し出て、窓に張りついた。冷房を効かせるために、光岡の部屋の窓は閉じられていた。夕食でも食べているのか、窓ガラスにテレビ画面が反射している。

やがて玄関のドアが開いて光岡が姿を現した。

「出ました。尾行します」

柴崎は言うとそこを離れ、あわただしく靴をはいた。

城田の止める声を背中で聞き流し、一階に降り立った。

「代理、いいから」

目の前の道路を短パンにランニングシャツ姿の光岡が横切っていった。なにも持っていない。路線バスの終点の方角へ歩いていく。五十メートルほど離れて、うしろに張りついた。曇天で日は沈み、街灯の明かりがともっている。

バスの終点にある切り返しスペースから、団地内にあるスーパーマーケットに入った。柴崎はべつの入り口から店の中に入り、光岡を探す。

レジの横にあるタバコの自動販売機の前に立っていた。ポケットに手を突っ込んで小銭を取り出し、投入口に金を入れるのを見て、柴崎は野菜売り場を進みレジに近づいた。

成人識別カードをかざし、銘柄のボタンを押すのを見守る。おやっと思った。光岡は落ちてきたタバコを取りだして店を出て行った。

自動販売機にとりついて、光岡が押したボタンを確認した。

セブンスターだ。メビウスではない。

光岡は来たときと同じような道をたどり、自分の部屋に帰っていった。

柴崎は監視拠点に戻り、その行動について話した。

城田は平然とした顔で、「ああ、一昨日《おととい》も買ったね。ころころ銘柄が変わる」と答えた。那須は柴崎に向き直ろうともせず、押し黙ったまま、いかつい背中を丸めるように光岡の部屋を見下ろしていた。

4

金曜日は、来週に迫った月例監察にむけて、各課から上がってきた資料に目を通す作業に追われた。交通事故月報の計数間違いや遺失物一覧の誤記載などを見つけるたびにそれぞれ担当の課に出向いた。担当者とやりとりしているうちに五時を過ぎてしまった。夕方からは、署長、副署長ともども、綾瀬駅前で未成年者飲酒防止の街頭キャンペーンに立った。坂元を専用車で官舎に送り届ける途中で、竹之内のことを訊《き》かれるまで、吸い殻の件は頭から消えていた。

土曜日の日程を確認するため、副署長とともに官舎に入った。

明日も引き続き、未成年者飲酒防止の街頭キャンペーンを行うのだ。場所は五反野《ごたんの》駅前商店街と東京武道館の二カ所。武道館ではジュニアスポーツアジア交流大会が予定されており、開会と同じ時刻に、地元の防犯協会の委員や区議会議員とともにチラシを配布する。応接室でその打ち合わせを十五分ほどですませると、坂元が署から持ち帰ってきた監察関係のファイルを広げたので、運転手役の巡査部長を別室で控えさせた。

「前回の総合監察では、竹の塚署が部門賞をふたつ取ったのですね」

坂元が興味深げに言った。

今年の一月二十九日に行われた総合監察について、表彰の記憶はなかった。柴崎は坂元が開いている頁《ページ》に目をやった。交通部長賞と警務部長賞のふたつをとっているようだ。

総合監察は、警視庁の一〇二署すべてを対象に、毎年一月に行われる。通常の業務における過去一年間分の業務監察と逮捕術や行進を披露する術科監察のふたつだ。その結果を基にして、二月上旬に署ごとの団体賞の表彰が行われるのだ。最上位が警視総監賞。その次が部門賞に当たる各部長賞だ。

「たしか、竹の塚署では交通事故死が二割減でしたから」

と柴崎は思い出すかぎりを口にした。警務部長賞を取った理由は覚えていない。逮捕術で派手な動きでも見せたのだろう。

「うちが取ったのは、四年前に一度だけですか。しかも方面本部長賞」

ランクがいちばん下の賞だ。

「賞を取るには、コツがいりますから」助川が言った。「各所轄《しょかつ》の事故統計から犯罪統計、薬物統計。チェック項目はすべて監察が把握していますからね。うちも同じ数字を頭に入れて重点的に攻める箇所を見つければ、目立ちますよ」

「副署長はどのあたりが狙い目だと思われますか？」

「そうですね」助川はちらりと柴崎を見た。「どのへんだ？」

「うちの場合、身柄措置そのものが多いのはご承知のはずです。犯罪予防に力を入れないと好結果には結びつかないと思います」

逮捕件数自体が多い。平たく言えば治安が悪いのだ。

「やっぱりそれですか」

坂元が言う。

数字に現れているのだから仕方がない。

「去年の総合監察は、刑事部門が重点対象ではなかったですよね」

坂元が訊いた。

「そうでした。警備と生活安全を主にやられましたが？」

柴崎は答える。

「城田係長も参加していますね。それから、巡査の那須さんも？」

監察を受けた報告書には、各課の課長名に交じって、ふたりの名前も入っていた。

ほかの課は管理職が参加しただけだが、刑事課は、かなりの大人数で対応したようだ。

「あいつ、こんなところにまでしゃしゃり出てやがったのか」助川は呆《あき》れたように言うと、「先に帰らせていただきます」と言い残し、官舎を出て行った。

城田の名前が出たとたんの変わりように、坂元も驚いたようだった。

あらためて坂元から城田と助川の間柄について訊かれた。

「副署長は城田係長の指揮能力を疑問視しているようです」

柴崎は取り繕うように言った。

「城田係長が強行犯係の係長だったとき、副署長の指示に従わないことがよくあったと聞いていますがほんとうですか？」

「たぶん、そうだったんだろうと推察します。城田係長を飛び越えて、直接部下に指示するときもあったみたいですから」

「大人げない気がしますが」

「そうですね」

しかし事実なのだから仕方がない。

「那須さんは城田係長の味方だったんでしょうね」

「そのはずです」

「柴崎代理、城田係長の周辺を一度、調べてもらえますか？」

「わかりました。やってみたほうがいいかもしれません」

応じてみたものの、どうすればよいのか、わからなかった。

「ところで、竹之内の捜査は進んでいるんですか？」坂元が訊いた。「きょうも遅くまで取り調べをするみたいですけど」

連日、取り調べは夜の十時過ぎまで行われているのだ。

「小野清吉の件ですか？　知りませんが」

柴崎は言った。

「署を出る前、電話で浅井さんから報告がありました。きょう、小野に当たったそうです」

「で、なにか？」

竹之内に関するものが出たのだろうか。

「のらりくらり、かわされたみたいですね。とっくに足を洗ったんだから、迷惑だとか。現役のときだって子分なんていなかったと言っているらしいです」

「そうですか、やっぱり」

もっと叩《たた》くしかないだろう。

「実際問題、代理はどうお考えですか？　九年前のヤマは竹之内と光岡の共犯だったんでしょうか」

「どちらとも言えません。かりにふたりとも単独犯だったとしたら、どうかなと思ったりしていまして」

「同じ日、別々の時間帯に押し入った？　単独犯なら掃き出し窓を狙うのは常道ですから、吸い殻が近い場所に落ちていたという説明はつきますが」

「同じ窃盗犯だったとしても、竹之内のほうがかなり上手《うわて》だと思います」

「焼き破りをやるような手合いですからね」

「ええ。一方の光岡は手荒い手段をとったかもしれません。侵入した窓の錠前のところに、ドライバーでこじ開けるようにした痕《あと》が残っていたじゃないですか」

「ありました。こじ破りですね？　そっちが光岡？　でも、結局、うまくいかなかった」

柴崎は相づちを打った。

坂元が続ける。「光岡は苛々《いらいら》してタバコを吸って、あきらめて帰っていった。そのあと、竹之内がやって来て、何本かタバコを吸いながら焼き破りで開けた。夜だから吸い殻が落ちているのもわからなかっただろうし……」

「どちらにしても、成功したのは竹之内のほうですね」

「かりにふたりが知り合いだったとしたら、近くで会って、情報交換でもしたんでしょうか。あの家は年寄りがひとりで住んでいるだけだとか、そういったことを」

「そこまではなんとも」

「月例監察までもう五日しかありません」

そう、来週の水曜日に迫っている。

「あの吸い殻、白黒つけばいいのですが」

「監察から指摘される可能性は、五分五分だと思います」

「わたしは八分の割合で、突き合わせを命じられると思います。鑑定嘱託書は新しいですから」

そのとおりだと思った。

「竹之内と光岡の調べに関して、現時点でやるべきことはやっています。ですから当日は堂々と……」

坂元は柴崎の弁をさえぎるように言った。「竹之内はいいと思います。おそらくクロでしょう。でも光岡はどう？　どうして亀有なんかでコンビニ強盗を働いたのかしら」

「川向こうですが、当時働いていたところの近くですし」

亀有署の管轄は中川をはさんで真東だ。綾瀬署と隣り合っている。

「うちの担当は亀有署に出向きましたか？」

そういう話は聞いていない。柴崎も亀有署の警務課を通じて、ごく簡単な捜査資料をもらっただけなのだ。

柴崎は浅井の携帯に電話を入れ、それについて確かめた。初犯なので特別な調べを行わず、亀有署に出向いて事情を聞いたりはしなかったという。そのことを坂元に伝えた。

「ちょっと気になりませんか？」

坂元が言った。

「月曜日に亀有署に行ってみましょうか？」

「そうしてみてください」

5

環七を走り、亀有署までわずか十分で着いた。警務課に入ると副署長の出迎えを受けた。思っていたとおり、女性署長さんはどうですかと訊かれた。男と変わりませんよと返しておく。警務課の課長代理に別室へ案内された。柴崎が警視庁本部の総務部企画課出身であり、部下の拳銃自殺《けんじゅう》の責を負わされる形で綾瀬署へ左遷《させん》されたのは知れ渡っており、それなりに丁寧な扱いを受けた。却《かえ》って居心地が悪かった。

課長代理と雑談を交わしつつも、半年でも一年でも早く、本部に返り咲かなくてはならないという気分にさせられた。

いっこうに相手は現れなかった。二十分ほどたち、あらためて課長代理が席を立って呼びに行くと、ようやくふたりが顔を出した。

刑事課長と担当の強行犯係長だ。簡単に用向きを話したが、ふたりの表情は硬いままだ。専務の刑事ならばともかく、警務課の課長代理がコンビニ強盗の件でわざわざ問い合わせに来たのだ。無理はない。

「実を言いますと、いま、うちの保護司会で光岡吉弘が話題になっておりまして」と柴崎は口にしてみた。

長袖《ながそで》の青シャツを着て、髪をきっちりとかしこんだ刑事課長が、

「初犯でしょ。保護司の手を焼かせるほどではないんじゃないの」

と牽制《けんせい》するように言う。

「示談も成立しているし、釈放になったんだから」

坊主頭《ぼうずあたま》の強行犯係長がつけ足す。

「そうなんですがね。そのあと、うちの管轄の保護司がかなり走り回ったようなんです。来月、うちの管内の保護司総会があるんですが、その保護司が事例発表とからしくて、くわしい話を聞いて来てくれと頼まれたものですから」

苦しい言い訳をすると、係長は刑事課長と顔を見合わせ、肘《ひじ》の下に置いた捜査ファイルを開けて、中身をぱらぱらとめくりだした。該当する部分をこちら側に向けて差し出す。

柴崎はおもむろにファイルと向き合った。供述調書にざっと目を通してから、参考人調書に移る。時間がかかりそうだ。流山出身という記述はどこにもない。それについて触れると係長が、

「流山出身なの？」

とつぶやいた。

「結婚した女がたまたま、うちの管轄に住んでいたようなんですよ」

「その女が借りていた家に住んでたんだよね？」

「そのはずです」

言いながら資料をめくる。竹之内の名前は出てこなかった。

「タタキにしちゃ、線の細い男だったな」

刑事課長が言うと、係長もうなずいた。供述調書にはどこにも余罪について触れられていない。

「やはり初犯だったんですよね？」

あらためて柴崎は訊《き》いた。

「どう見ても初犯だな。防犯カメラに映像が残っているが、金を受けとってから、小さく会釈《えしやく》しやがったぞ」刑事課長が言った。「怒鳴りつけられたら、なにも盗《と》らずに退散する口だ」

話を聞きながら資料に目を通す。小野清吉の名前はおろか、関連する建設会社も出てこない。

「そういや、逮捕したとき、そっちに世話になったんじゃないの？」

係長が思い出したように言ったので、柴崎は資料から顔を上げた。

「あの、逮捕時、光岡をうちで留置したということですか？」

「そうじゃなかったっけ？　逮捕は去年の一月二十二日でしょ。十五日の犯行からホシが割れた五日後だ。花畑の団地に光岡がいるのを見つけて、丸一日行確（行動確認）してから、その夜にパクったと思ったけど」

「その晩はうちに留置したんですか？」

「そうだったはずですよ。去年の年明けって、正月や成人式でうちの管内の若いのがけっこう暴れてさ。そのころ、うちの留置場は満員だったんですよ。だから、二晩、お世話になったんじゃない？」

手元の資料をめくった。勾留《こうりゅう》請求書の写しを見つけた。

逮捕時に勾留請求した場所は綾瀬警察署となっていた。亀有警察署の勾留はその二日後だ。逮捕後四十八時間以内なら、勾留場所を変えられる。二十二日と二十三日は亀有署の留置場は満員だったのだ。

意外だった。光岡が逮捕時にうちの署にいたとは。

しかし、と柴崎は思い返した。それがどうしたというのだろう。綾瀬署に留置されていたとしても、それ自体に意味はない。だが、気になる話ではあった。

資料を閉じ、礼を言うと、ふたりはそれを持って部屋から出て行った。

亀有署の警務課の課長代理が、「いまので、いいんですか？」と訊いてきた。

ひととおり資料には目を通すことができた。気になる箇所はない。

そのとき携帯が鳴った。刑事課長の浅井からだった。会議室を出て、オンボタンを押す。

「亀有署に行ってるんだって？」

「はい。来ています」

管轄《かんかつ》外の刑事課を柴崎が訪ねているのを知っているようだ。

「光岡が消えたぞ」

「えっ！」

「任同（任意同行）するため、勤務先の手前で待っていたんだ。いつまでたっても現れん。アパートにも戻ってこない」

「昨日は？」

「城田と那須が張り込んでいた。ふだんと変わりないらしかったんだが」

「でも、どうして消えたりなんか」

「竹之内が逮捕されたからだろう」

竹之内による十八日の犯行は、その週の終わりにマスコミで報道された。光岡が知っていてもおかしくない。ここ数日様子を見たが、いよいよ自分がパクられる番だと思って逃げたのだろうか。やはり九年前の強盗の共犯だったのかもしれない。

柴崎は挨拶《あいさつ》をすませて早々に亀有署をあとにした。


刑事課のドアを開くと、外回りから呼び戻された刑事たちで騒然としていた。警察無線が飛び交っている。その輪の中心で、記録係長の城田が矢継ぎ早に指示を出し、光岡の立ち回り先を口にしていた。那須が隅でウロウロしている。流山にも捜査員を送り込むようだ。城田の指令は的確で堂に入っていた。

〈こちら綾瀬5、日光街道で自転車を漕《こ》ぐ、光岡らしき目撃情報あり〉

「ただちに急行、結果を知らせろ」

城田はマイクに向かって怒鳴り声を上げた。

〈了解、急行します〉

心配げな顔で城田のうしろに張りついている浅井と目が合うと、あちらから歩み寄ってきた。

「光岡はバスに乗ったんですか？」

柴崎は浅井に訊いた。

「わからん。自転車に乗っていったかもしれん」

初耳だ。

「自転車を持っていたんですか？」

「やつが住んでいるアパートで、朝方、自転車が一台、盗難に遭ってる」

柴崎は城田に目をやりながら、

「城田係長は昨夜、ずっと張り込みを？」

「いや、午前零時で帰ったそうだ。那須といっしょに」

深夜から今朝方にかけて、光岡はアパートを出たのか。

首筋がひやりとした。もしかして、おれの尾行に気づいた？

無線を通じて、地域課の係員に発破をかける城田の声が響く。

そのとき、刑事課の扉が開いて副署長の助川が顔を覗《のぞ》かせた。

それに気づいた城田が、ぴたりと口を閉じた。

警察無線の交信音だけがざわざわと広がる。

助川の小柄な体が城田の席に近づくのを柴崎は息を呑《の》んで見つめた。

「誰の命令だ」

ドスのきいた声を助川が発した。

「いえ」

城田はそれだけ返すのが精一杯だった。

「署をあげて、一般人を追いかけるような命令を誰が出した？」

城田は正面を向いたまま固まっている。

助川は浅井の名前を呼んだ。浅井はすぐ助川の横まで来た。

「配備を解除しろ。いますぐ」

浅井が命令どおり動き出すのを見届けてから、刑事課を出て行った。

柴崎もそれに続いた。階段を下る助川のあとにつく。

「亀有署に行ってきたんだろ？」

前を向いたまま助川に訊かれた。

「はい」

と答えるしかなかった。

「署長が待ってるぞ」

柴崎は警務課から署長室に入り、亀有署で訊いてきたことを報告した。助川は同席しなかった。

「光岡をうちで預かっていたって、ほんとうですか？」

署長席に座る坂元に訊かれた。

「まだ未確認ですが、そう聞きました。これから確認してきますので」

「ほかの情報はありませんでしたか？」

「特には」

坂元が手元の稟議書《りんぎしょ》に目を戻したので、柴崎は軽く会釈をして署長室をあとにした。

その足で留置事務室に入った。キャビネットから、去年の被留置者名簿をとりだして、めくる。

去年の一月二十二日と二十三日の二日間、たしかに、光岡吉弘はここに留置されていた。正確に言えば、二十二日の夜から二十四日の朝まで。柴崎が着任する以前だ。わずか二日間だったし、取り調べも亀有署の刑事が行ったので、浅井も城田も、覚えていなかったのだ。念のために留置係長の土屋に訊いてみたが、こちらも同様だった。

柴崎は壁時計を見た。午前十一時を回っていた。月例監察に向けての仕事が残っている。部下に作らせた警務課の提出書類に、まだ目を通せていないのだ。それより、光岡が気にかかる。わずか二日間とはいえ、光岡は、うちの署に留置されていたのだ。それと、タバコの吸い殻に因果関係はあるのだろうか。柴崎は紙コップにお茶を入れ、空いた席に腰かけた。

　現在、留置施設全体は禁煙になっているが、去年まではそうではなかった。留置人たちが、朝、運動場でタバコを吸うのは許されていたのだ。当時はこの留置事務室で留置人向けのタバコを常にストックしていた。セブンスターも。

　光岡も取り調べの前後にタバコを買うなり、ほかの留置人から分けてもらうなりして、タバコを吸ったはずだ。そのときにセブンスターを吸い、そのうちの一本が証拠品に紛れ込んだ？　だとしても、いつどこで？　誰によって？

　亀有署で目を通した光岡の事件記録を思い起こした。食いつめたうえで突発的に起こした犯罪行為。取り調べは四日で終わっている。光岡は反省しきりで弁護士を通じた示談もとんとん拍子に進んだ。

　ふいに先週の木曜日、道場で行った証拠物件点検のひとこまが頭に浮かんだ。本来なら、率先して点検作業を行わなければならない立場にある城田係長が姿を見せなかった。その理由は？

　柴崎は目にとまった看守に、刑事課に出向いて去年の事件記録簿を持ってくるように命令した。戻ってきた看守から、分厚いファイルを受けとる。昨年の一月に刑事課で扱った事件を見ていく。正月早々、事務所荒らしが二件とマンション侵入が一件。

暴力団の身分を隠してマンションの賃貸契約を結んだことによる詐欺《さぎ》容疑と強姦《ごうかん》未遂事件が続いたあと、一月十五日に光岡によるコンビニ強盗事件が起きている。そのあとも、窃盗事件が続き、脱法ドラッグ事案と殺人未遂事件が連続発生している。

メモ用紙に事件名と担当者を書きつけて、記録簿を戻してくるように命じた。柴崎は留置事務室を出て、三階にある生活安全課に寄り、課長から鍵《かぎ》を借り受けて、同じ階にある証拠品保管庫に入った。

鉄製のキャビネットは、事件名のラベルが張られた段ボール箱ですき間なく埋まっている。課ごとに置かれる位置が決まっており、刑事課は一番奥の壁とそのひとつ手前の棚を占領していた。

メモを見ながら、昨年の一月に起きた事件に関する証拠品の段ボールを調べた。欠けているものはない。入り口に備え付けてある証拠物件出納表や引継簿を調べた。去年の一月、保管庫に出入りした係員を回数の多い順にメモしていった。それをすませてから、警務課の自席に戻った。

カレンダーを眺める。月例監察は明後日の水曜日だ。残された時間はきょうの午後と明日一日のみ。そのあいだに、どうやりくりするか。時間との勝負だと思った。

五時半を過ぎて当直態勢に入った。それぞれの課から三、四名ずつ起番《おきばん》の係員が下りてきて、警務課の所定の席につくのを柴崎は見守った。頭の薄い、太り気味の男が上席に着いた。柴崎のメモにある刑事課の銃器薬物対策係の野呂《のろ》係長だ。

六時過ぎ、署長と副署長が退署していった。余裕はなかった。夏休みに入っているから、未成年者たちがいつ事件を引き起こすかわからない。昨日も荒川緑地で集団暴行事件があったのだ。

トイレに立った野呂係長のあとを追った。用をすませたあと、別室に呼び込んで、去年の一月はじめに起きた事件名を口にした。脱法ドラッグ事案だ。

野呂はしばらく考えたあと、ああ、指定薬物の検出まで苦労しましたけど、どうかしましたかと胡散臭《うさんくさ》そうに訊いてきた。

「事件そのものではなくて、証拠品保管庫の件です」

そう口にすると、野呂はまた、いぶかしげに柴崎を見やった。

柴崎は続けて訊いた。思い当たる節はないようだ。内緒で同じ事件を担当した部下に、訊いてもらえないかと頼んだ。月例監察のことがあるので、野呂は心やすく引き受けてくれた。

十五分ほどして野呂係長は柴崎の前にやって来た。

「ないようですね」

「そうですか。わかりました」

離れ際《ぎわ》、野呂がひとりの名前を口にした。同じ銃器薬物対策係の係員のものだ。

「そいつが、似たようなことを言っていたみたいですよ」

それだけ言うと、野呂は何事もなかったような顔で席についた。

6

火曜日は午前中から刑事課の動きがあわただしかった。竹之内が九年前の事件につき、うたいはじめたのだ。小野清吉の名前も出ているらしかった。前科四犯の小野は、若いころから関東一円でひとり住まいの老人宅専門の侵入犯だった。十年前は、江戸川区を根城にして、城東地区周辺を荒らしまくっていた。そのとき、何度か複数で押し入った事件があり、それに竹之内が加担していたらしいのだ。その裏付けのため、捜査員らは江戸川区内の三署に出張っている。

昼前、刑事課長の浅井が署長室に入っていった。柴崎も呼ばれて署長室に入った。浅井が立ったまま、署長席で報告している。「東綾瀬のヤマ、入りの時間を竹之内がうたいました」

　柴崎は驚いて、浅井の言葉を持った。

「何時ですか？」

　坂元が訊《き》いた。

「午前一時過ぎ。入りと出の経路も細かく吐いています。鑑識が室内で採った下足痕《ゲソこん》とほぼ一致します」

「複数犯ではないのですか？」

「東綾瀬のヤマに限っては、単独犯行の線が濃厚です」

「そうですか……」

　では、あのタバコの吸い殻は、どう説明するべきだろうか。

〝共犯者〟はいたのか、いないのか。一刻も早く、確かめなくてはならない。

「那須の様子はどうですか？」

　柴崎は浅井に訊いた。

「おとなしくしてるよ」

　それだけ聞くと柴崎は、三階の生活安全課に上がった。課長から鍵を借りて、証拠品保管庫に向かう。保管庫の中に入り、備え付けの内線電話で刑事課の城田係長を呼び出した。

相手を待つあいだ、柴崎は、昨晩、野呂係長の部下から聞いた話を思い起こした。ノックはなく、いきなりドアが開いて、スーツ姿の城田係長が顔を覗かせた。ドアの横でうなずくと、城田は細身の体を保管庫の中に滑り込ませた。相変わらず用心深げな顔だ。

「忙しいところ、すみませんでした」

柴崎が声をかけると、城田はかしこまった感じでうなずいた。

城田は部屋に自分と柴崎しかいないのを確認してから、「明日のことで？」と口を開いた。

「それもありますが、明日の監察の重点項目はご存じですね？」

だからこうして呼んだのだろうという顔付きで、

「知っていますが」

と城田は答えた。

「刑事課の監察対象はなんですか？」

「ここにあるものでしょう」

馬鹿《ばか》にされたような感じで、城田は証拠品のつまった棚を見やった。

「城田係長、明日はあなたにも同席してもらいます」

言いながら柴崎は奥に向かって進んだ。突きあたり右端の棚の前に立ち、最下段にある年季の入った古い段ボール箱を指しながらふりかえる。

〝東綾瀬老女強盗傷害事件〟のラベルが貼《は》られてある箱だ。

無表情を装《よそお》っていると感じた。

「このヤマがあったとき、城田係長、あなたは向島署でしたね」

城田は、なにを言いたいのかという顔付きで、

「それがなにか？」

「竹之内がうたいはじめています」

柴崎が言うと、すぐ城田は返事をした。「知ってますよ。横で取り調べしてるんだから」

筒抜けだとばかりに言う。

「小野清吉について聞いていますか？」

「竹之内の師匠格の泥棒でしょ」

「竹之内は焼き破りの手口を小野から教わったようですが」

「それがどうかしましたか？」

「九年前のこのヤマ、城田係長はどう思います？　単独犯だと？」

城田は呆《あき》れたような顔で、柴崎をにらみつけた。

「警務課のあなたが先週からずっとこの件で動き回っている。いったい、どうしたんです？　たった一本の吸い殻ごときで監察を恐れる必要があるのですか？」

柴崎は城田の目を見返した。「もう一度答えてください。証拠品としては、竹之内と光岡の吸い殻が保管されている。このふたりによる犯行だと考えますか？」

城田はいい加減にしてくれと言わんばかりに、

「ほかにないですよ」

「それを確かめるために、あなたは先週末、光岡宅の近くで寝ずの番をしていたわけですよね？」

「命令だ。しょうがないでしょ」

怒りをこめて城田は言い捨てた。

「でも確かめる前に、光岡に逃げられてしまった。城田係長、あなた、日曜日に光岡と会ってなんと言いましたか？」

「どういう意味だ？」

「おまえに疑いがかかっているから、当分消えろとか」

城田は目を見開き、憤怒《ふんぬ》の色をにじませた。

「マル対に逃げろだって？　あんた、どうかしてるぞ」

城田は吐き捨てるように言った。

「ですからもう時間がないんです。明日の今ごろは監察を相手にしている時間だ。それまでにと思っているんですよ。ご協力願えませんか？」

柴崎は言い聞かせるように言った。

「協力するって？」

「正直に話してください」

「だからなにを？」

「あなたは監察が恐《こわ》くないですか？」

「怯《おび》えてるのは、あんたらだろう」

「監察にそんな言い訳は通用しない。ちなみに明日は、署長命令であなたと那須に参加させますよ」

表情が強《こわ》ばった。

「那須を？」

「彼は去年の一月の総合監察にも顔を出していますよね。監察の雰囲気を肌で感じたいからと言って志願したと浅井課長から聞いています」

「それがどうした？」

「今度は傍聴ではなくて、対監察の戦力になってもらうつもりでいます。といっても、このヤマに限定してですが」

柴崎が段ボールを突きながら言うと、城田はいぶかしげな顔で構えた。

「去年の一月二十二日と二十三日の二日間、光岡がうちの留置場にいたのはご存じですね？」

「去年の一月？　いや、知らない」

とぼけるのも堂々としていると感じた。

「訊き方が悪かったみたいですね。当時は気がつかなかったが、いまはご存じか――そう訊くべきでした」

「なにを言いたい？」

「ほかはともかく、那須の性格からして、総合監察の席に参加したいというのはちょっと考えられない。その点に早く気づくべきでした」

「だから、なんなんだ」

「でもあなたは違う。刑事課の記録係長として、証拠品管理をまかされていますから。

ご覧のように大量にあります。ひとりで事前に点検するのは大変だからと言って那須をあてがわれましたよね」

「手伝ったから、那須だって監察の席にいたかったんだろう」

「いや彼はあくまで、総合監察のための下準備の要員ですよ。監察の質疑応答に参加する立場にはありません。でも、一月二十九日の総合監察当日、那須には参加せざるを得なかった事情がある。この吸い殻の件を見届けるためにです。噛《か》みくだいて言えば、この吸い殻が監察の目にとまるかどうかハラハラしながら見守っていたというべきでしょうか」

「いったい、なにをあんたは……」

表情は崩れ、額に脂汗《あぶらあせ》がにじみ出ている。

「結局、当日は証拠品保管について議題にも上りませんでしたけどね」

「ああ……」

「総合監察が差し迫った一月下旬、あなたは監察に提出する統計の書類作りで手一杯だった。証拠品の点検は那須にまかせていましたか?」

「そうだったかもしれないが」

構えるように言う。

事件捜査は得意だが、慣れない書類仕事で青息吐息だったのだ。

「総合監察の直前、一月の二十三日の夕方。証拠品保管庫にいた那須から、あなたは電話で呼び出された。そして、吸い殻の入ったこのヤマの証拠品袋を見せられた」

城田は青ざめた表情で、固まったように動かなくなった。

「ラベルには四本の吸い殻と書かれていたが、実際の中身は三本しか入っていなかった。那須は保管庫にあったほかの段ボールを開けて中身を調べたり、刑事課に戻って人に訊いたりしたが、どうしても残りの一本が見つからない。それで泡を食って那須はあなたを呼び出した。そうですね？」

城田は答えなかった。

「その時点で浅井課長に報告すれば、問題は起きなかった。タバコの吸い殻を一本紛失したと、始末書一枚書けばすんだはずだったんですよ。ちがいますか？　でも、あなたはそれができなかった。目の前では那須がおろおろしているし。ふとその考えがあなたの頭によぎった。このヤマは去年の一月の時点で、時効が二年を切っている。二十九日の総合監察さえ乗り切れば、なんとかなるとあなたは考えたんだ」

薄氷を踏み破るのを恐れるように、城田はじっとして聞き耳を立てていた。

「このヤマのホシは捕まらん。おれにまかせろ——そうあなたは那須に言ったそうじゃないですか。その日、那須が帰ったあと、あなたは署の裏手にあるゴミ捨て場から、ビニール袋にあった三本と似たセブンスターの吸い殻を一本拾ってきた。その吸い殻にピンセットを使って歯形をつけ、三本とうり二つになるように細工をしてビニール袋の中に入れた。まさか、それが光岡が吸ったタバコの吸い殻だとは思いもしなかった」

城田の顔が土色に変わっていくのを柴崎は見つめた。

「那須が……そう言ったのか？」

城田は弱々しくつぶやいた。

「この部屋に、当時ひんぱんに出入りしていた捜査員がいた。彼はここで那須がタバコの吸い殻を探しておろおろしているのを目撃していたんですよ。きょうの朝、寮を出たところで那須に直当《じか》たりしました」

「あいつ、ぜんぶ？」

心に穴を開けられたような頼りなさで城田は訊いた。

「洗いざらい。この七月十八日に逮捕された竹之内の指紋が九年前のこのヤマの指紋と一致したと聞いたときのあなたの驚きは、痛いほどわかります。おまけに今回の月例監察で、証拠品が重点項目になっているとわかって、生きた心地がしなかったですよね？　問題はそこからです。九年前のヤマで光岡が犯行に加わった証拠になる吸い殻が出てきたわけですから。あわてふためいたはずだ。下手をすると、無実の人間を逮捕することになりかねない。でも、去年の一月に吸い殻を捏造《ねつぞう》したなんて口が裂けても言えない。光岡が任意同行されてしまっては困る。あなたと那須はなんとしてもそれを阻止しなければならなかった。そうですよね？」

城田はきつく拳《こぶし》を作り、うなだれた。

「あなたはそのためにできる限りの工作をした。那須に九年前の光岡の住まいや生活状況を調べさせて、竹之内とは無関係であるのを強調した。実際の張り込みでは、光岡が吸うタバコをメビウスと見せかける偽装工作もした。九年前の東綾瀬のヤマで、光岡が共犯ではないと印象づけるために。あやうくわたしも騙《だま》されてしまうところだった。でも竹之内は九年前のヤマについて自供する様子をまったく見せなかった。監察の日が迫っているから、上層部はとうとう光岡の任意同行を決めた。あなたはすぐそれを察知して、彼を遠ざけた。今度の月例監察が終わるまで、どこかに身を隠させておけばいい、そう考えて。甘いとしか言いようがない。どうして、こんなことをしてしまったんですか？」

城田は肩を落とし、消え入るような声で言った。「ふ、紛失したなんて、言えなかった」

「でも、申告していれば、これほどの騒ぎにはならなかった」

城田は救いを求めるような目で柴崎を見つめた。

「副署長の顔が浮かんで――」

そこまで言うのがせいぜいのようだった。

助川が恐ろしかったのか？　証拠品保管ミスの責任を問いつめられると思ったのか？

城田の心の底が見えてきたような気がした。副署長に紛失を報告すれば、どのような叱責《しっせき》を受けるかわからない。叱責を受けるよりは、証拠を捏造した方がましと考えたのか……。それほどまでに思いつめていたのか。

柴崎は言葉を失った。

悄然《しょうぜん》とした面持ちで保管庫を出て行く城田を見守るしかなかった。


柴崎が報告する途中で助川はソファを離れ、署長室の入り口近くの壁にかかるゲルハルト・リヒターの風景画と対した。

報告を終えると、坂元は確認を求めるような目で浅井を見やった。「こうなる前になにか手立てはなかったのでしょうか？」

浅井は助川を気にしながら、

「折り合いがあまりよくないのは、わかっていたんですが」

と小声で言った。

気が急《せ》いていた。感傷的な話をしている余裕はなかった。

「署長、いずれにしても時間がありません。どういたしましょうか？」

坂元は困惑した顔で浅井をふりかえった。

警察の存在意義についてなら、どんな抽象論でも打ち負かせる頭脳を持っているはずだが、所轄《しょかつ》の細々《こまごま》とした内情については、浅井や助川にかなうはずがない。いまこそ一介の警察職員たる自分たちの決断にかかっている。柴崎はそう思い、膝頭《ひざがしら》を強く握りしめたが、対処すべき方法は、そういくつも見当たらなかった。

「明日の監察官は、どんな方かご存じですか？」

坂元が落ち着きを取り戻したように訊《き》いた。

「総合監察と同じメンバーのはずですが」

浅井が答える。

「証拠品をひとつずつ点検するんですか？」

「これまで受けたほかの署では、そこまではやらなかったと」

「では、今回の吸い殻も確認しない？」

「九割方、そう思いますが」

いずれにせよ、見つかったときはただではすまないと柴崎は思った。そうなれば、署ぐるみで証拠品の捏造を隠ぺいしたことになる。いや、この程度のことは多かれ少なかれどの署でも、起こりうることではないか。

浅井がとうとうその一言を放った。「握りますか？」

耳に痛かった。

坂元は表情ひとつ変えず、その言葉を軽く受け流した。

そして、

「光岡の任意同行はともかく、えん罪の入り口を作ってしまったのはたしかです」

と冷静に告げた。

それに続く言葉を思うと、空恐ろしいものを感じた。同時に、城田の無念の表情がよみがえった。ここは押し返さなくてはならない。柴崎は女署長の顔を正面から見すえた。

「時間軸を一年半さかのぼって考えてみてはいかがでしょうか？」

坂元は、柴崎の顔をまじまじと見つめた。

「総合監察の前にという意味ですか？」

「はい。ただし、事実は事実として報告を受ける。そのあとは、しかるべき処置をする。そういう意味です」

「ふたりから吸い殻を紛失したという報告を受けて、始末書を書かせろ、ということですね？」

柴崎はうなずいた。そうしておけば、万が一、明日の監察で吸い殻の件が知れても、釈明できる。監察としても深く追及してこないはずだ。

坂元は押し黙ると、顎《あご》に手をあててしばらく考えにふけった。

長い時間に感じた。助川は相変わらず立ったまま、絵とにらみ合っている。

坂元は踏ん切りをつけるように、息をひとつ吐き、おもむろに切り出した。

「今回の事件は、われわれ、権力を持つ側の人間が陥りやすい陥穽《かんせい》だと思います。厳正に処置をしなければ、同じ過《あやま》ちがくり返される可能性は否定できません」

柴崎はうすい刃物で背中をなでられたような戦慄《せんりつ》を覚えた。

「城田克佳。那須雄介。両名を証拠隠滅罪で刑事立件する手続きをとってください」

場が凍りついた。助川が、ぱっとふりかえる。

返す言葉が見つからなかった。とるべき手段がなにもない。見えない力で後ろ手に縛られたような気がした。一度下された判断が、くつがえされることはないと感じた。浅井の顔から血の気がみるみる引いてゆく。署長に目を移す。

坂元は唇を引き結んだまま、それ以上、一言も発さなかった。

出署せず

1

「矢口《やぐち》さんの件、その後、進展がありましたか？」

署長の坂元真紀が語気を強めて言った。ワントーン濃いファンデーションの上に、うっすらと汗がにじんでいる。

「当時の捜査資料は読み返してみました。これといった点はありませんでしたが」

むっつり顔で浅井刑事課長が答える。夏痩《なつや》せしていて、声に張りがない。

「読み返しただけですか？」

オーバー気味に引いたリップラインを動かして、坂元が訊《き》き返す。

「ほかに手立てがありますか？　あればお聞きしたいものですな」

浅井が軽く受け流すように答える。

「関係者に再度、当たろうという気はないのですか？」

「五年前の事案ですよ。いまさら、誰に当たると言うんです」

「人に当たると申し上げたのは、たとえばの話です。行方不明になった前後の状況を検証するとか、いくらでもやり方はあるはずです」

「それなら生安に戻していただけませんか？　ろくに更新もしていないようですが」

浅井が横にいる生活安全課長の八木《やぎ》の顔を見て言った。

「たまたま連絡が取れなかったというだけですから」

八木はでっぷりした腹を揺すりながら弁解する。

行方不明の届け出は生活安全課の受け持ちで、年に一回の電話確認が必要なのだ。

「過去は過去です。事件性があると判断して刑事課に移管した以上、責任を持って調べるのが当然ではないですか」

「お言葉ですが、管内で年間どれくらいの行方不明者が出ているかご存じですか？百人ですよ、百人。いちいち捜査していては、いくら人手があっても足りません」

浅井が答える。

「ケースバイケースで考えるべきです。矢口昌美《まさみ》の場合、特別な事情があると思いませんか？」

「行方不明になる人間は、なにかしら事情を抱えているものです」

坂元は額に降りかかったほつれ毛を払いながら、救いを求めるような目で、副署長の助川を見やった。

助川は短く刈り上げた髪に手をやり、困った顔をしてみせた。

柴崎は坂元が自分を見たのに気づいて、反射的に口を開いた。「若い女性の行方不明が少ないのは事実ですが、親御《おやご》さんのお気持ちもあるでしょうから、慎重に進めたほうがよいと思えるのですが」

衣料関係販売員の矢口昌美三十二歳の行方がわからなくなったのは、いまから五年前の十月四日土曜日。父親が出した家出人捜索願にもとづいて捜査が行われたが、事件性はないと判断されて捜査は終わっている。

ところが今年の五月以降、退職した父親の矢口隆史《たかし》がたびたび署を訪れて再捜査を申し立てるようになった。八月に入り、綾瀬駅前でビラを配りはじめているという情報が坂元に届いたので、刑事課にもう一度、洗い直すように指示をしたのだ。しかし、浅井が率いる刑事課としては、再捜査をする意向など毛ほどもないのが本音だった。

どちらつかずの柴崎の答えに軽く首を振ると、坂元は苛々《いらいら》をつのらせた顔で浅井をにらみつけた。

「健康でなんの問題もなかった女性が、突然、行方をくらますことなど珍しくないと言うのですか？」

「少し冷静になっていただけませんか」浅井が応じた。「父親が捜索願を出したのは翌月ですよ。薄々、娘が出奔《しゅっぽん》する機会を狙《ねら》っていたと承知していたはずです」

「勤務先の都合で、奥さんとふたりして大阪に赴任していたから提出が遅れたんです。ほかになんの理由もありません」

「娘がいなくなったのに、ひと月もほったらかしにしておく親など、どこにいますか？　だいいち、行方不明になったあとにも、本人から、どうか捜さないでくださいというメールが届いているんですよ」

そう言うと浅井は捜査報告書をぞんざいに放り出した。

「それをもって自発的な蒸発とは言い切れません」と坂元。

かみ合わない議論に柴崎は閉口した。どちらの言い分も理解できる。

きょうは八月十九日。浅井にしても、月曜日早々の訓授が終わったばかりで、すぐ坂元から署長室に呼び上げられたのだ。

七月に行われた月例監察がらみで、浅井の配下にある刑事課の係員二名が証拠品を捏造《ねつぞう》したことが発覚した。坂元は署員の反対を押し切る形で立件し、ふたりは依願退職に追い込まれた。そして、証拠隠滅罪で在宅のまま起訴されたのが先週の十五日の木曜日。

そこまでやる必要はなかったと大方の署員は見ていた。綱紀粛正を通り越した、キャリア署長による派手なパフォーマンスではないかと。そのせいで、署内の空気は重くかつ、ぎすぎすしている。

本来なら副署長の助川があいだに入り、調整する立場にあるのだが、証拠品の捏造事件の原因が助川自身にあるため、署長への具申ひとつできない状態にある。

これから先を思うと、息が詰まるような重苦しいものを覚えるのだ。おまけにきょうは、九月三日付の人事異動の発令日だ。今回の異動を機会に、署長の坂元は、署内全般の人員配置を見直すよう柴崎に命令を下している。人事ファイルに目を通し、各課の課長と相談しながら少しでも適性を見て配置しなくてはならない。猫の手も借りたいほど忙しくなるのは目に見えている。とうに終わった事案にかまけているヒマはない。それに、矢口の件はともかく、きょうの本題は別にあるのだ。

ばつの悪そうな顔で捜査報告書をめくっていた助川が口を開いた。

「先月から、運転免許証の更新期間だったな」

坂元が助川を見やり、あとに続く言葉を待った。

「あ、矢口昌美本人が生きていれば、免許の更新をするかなと思いまして」

昌美の誕生日は八月六日。ゴールド免許だから、九月六日まで免許証の更新ができるのだ。

「それまで、様子を見るということですか？」

理解できないというふうに、坂元が訊いた。

「余裕を見て、もう少し先まで」

八木が続ける。

「来月の三十日まで待つ？　冗談じゃないわ」

坂元が呆《あき》れたふうに言うのを柴崎は見つめた。いつまでも、この話題ばかりを引き延ばせない。柴崎は意を決して、座に向かった。

「署長、とりあえず今月いっぱいは、様子を見るということでいかがでしょうか？」

月末まで、十日あまりある。

反論するそぶりを見せたので、柴崎はすかさず言葉をつなげた。「盗犯第三係の植《うえ》野《の》厚宏《あつひろ》の件ですが、監察の処分が出たようです」

突然、〝監察〟という言葉とともに部下の名前が出て、浅井は驚きと戸惑いの入りまじった表情を見せた。

「代理、監察がどうしたって？」

おどおどした口調で訊いてくる。

「迫田《さこた》峯夫《みねお》の取り調べについてです」

浅井はそのことかという感じで、「小突いたとかいうあれか？　言いがかりだぞ」

と言った。

「非公式ですが、弁護士が事実確認を求めてきています」

柴崎は言った。

迫田は連続ひったくり容疑で逮捕された二十五歳の男で、植野が取り調べを担当している。

「まさか、認めるんじゃないだろうな？」

浅井が訊いた。

「それはのちほど。実際にあったかどうかは、明日、監察が本人に確認するはずです」

柴崎が答える。

「本部に呼び上げか？」

「そうなるはずです」

浅井は二の句も継げないという顔で署長をにらみつけた。

直接の管理者たる浅井の頭越しに監察と示し合わせたあげくに、部下を処分するというのだ。へたをすれば、特別公務員暴行陵虐《りようぎやく》容疑で懲戒免職まで追い込まれる。あってはならないことだ。

しかもそれだけではないのだ。それをいま口にしてしまえば、自分は署員全員を敵に回してしまう。しかし、ほかならぬ署長命令に柴崎は逆らうことができなかった。

坂元が小さくうなずいたのを確認してから、ふたたび口を開いた。

「浅井課長、それに加えて……」柴崎はわきの下から汗が噴き出るのを感じた。「植野には独身寮の寮費を横領している疑いもあります」

浅井は狐《きつね》につままれたような顔でにらみ返した。

「寮長の彼が寮の共益費を集金しているのはご存じかと思いますが」

浅井は信じられないという顔のままうなずく。「……植野は認めているのか？」

「その模様です」

柴崎が答える。

「どれくらいだ？」

浅井が訊き返す。

「六月に二万円ほど、寮費の通帳から引き出していると聞いています」

「たったの二万？　急に金が入り用になって、借りただけじゃないのか？」

「本人はパチンコ代に使ったと言っているようです。戻された形跡はありません」

「だから、戻し忘れたんだって」

浅井は一歩も引かない感じでたたみかけてくる。

「金額の多い少ないを言っているのではありません。横領行為そのものが問題なのです。当面、謹慎処分とします」

きっぱりと坂元が言った。

浅井はじろりと柴崎に流し目をくれた。「誰がチクった？」

凶悪犯と長年対峙《たいじ》してきたその顔に、真実を見抜く力がみなぎっていた。

思わず、寮生のあいだを回って自分が仕入れてきたネタです、と洩《も》らしそうになった。その情報を元に監察が裏を取ったのだ。

「浅井課長、これは決まったことです。迫田の件について、至急、植野巡査部長の代役を立ててください」

浅井の顔が酒気を帯びたみたいに、ぱっと赤らんだ。「ちょっと待っていただけませんか」

「用件は申し渡しました」

「このやり方はとうてい納得できません」

一歩も引かない感じで浅井は言った。

「納得していただかなくてもけっこうです。決定済みの事柄ですから」

「……いや、違う」

「彼はきょう非番ですが、明日から本部の監察で事情聴取を受けることになります。出署はしません。そのつもりでいるように。矢口昌美の捜査を全力で行ってください」

冷たく言い放った坂元の顔には、鉄の仮面が貼《は》りついているように見えた。

弁明を封じられた浅井は、煮えたぎるような怒気を隠そうともせず、膝《ひざ》の上に載せた拳《こぶし》を固く握りしめた。全身で息をひとつ大きく吸って吐くと、なにを言ってもむだだと言わんばかりにすっくと立ち上がり、挨拶《あいさつ》もしないで署長室から出ていった。それに負けじと坂元が毅然《きぜん》と席を立ち、自席に戻っていく。その背中を見ながら八木が早々に退散する。

副署長の助川も、悩ましげな顔で署長室を出て行こうとしていた。柴崎は事後の対処もあり、このタイミングで退出すべきかどうか迷っていた。

最も気になるのは、弁護士の対応だ。取り調べの際の暴力が事実であるなら、大事《おおごと》になりかねない。横領だけなら内部の処分ですむが、暴力が発覚してしまえば特別公務員暴行陵虐容疑で捜査をする必要が生じる。監察は、いや坂元は本当にそこまでやるのか……。柴崎は目の前にあるカレンダーを見た。九月は目の前に迫っている。

2

柴崎は浅井を追いかけるように刑事課のある二階に上った。憤懣《ふんまん》の収まりきらない様子の刑事課長にひったくり犯の取調官の交代について打診し、ようやく答えを得てから、警務課に舞い戻った。助川に報告してから署長室に再び入る。

「とりあえず、了解してもらいました」

柴崎が息を継ぎながら言うと、坂元は山のように積まれた稟議《りんぎ》書《しょ》の中から顔を上げた。

「代役は決まったのですね？」

「今日中には決めるそうです」

坂元は不服そうに鼻の穴をふくらませて、「仕方がないでしょう」とつぶやき、「迫田の捜査は進んでいるのですか？」と質問してきた。

「そこまで訊《き》いていませんが」

「マル害はふたりいたはずですよね？　被害届《タレ》は一枚しか上がってきていないと思いましたが」

「あ、そうですか」

逮捕容疑は二件のひったくり事案で、被害者がふたりいたのは覚えているが、被害届までは見ていない。六月末に綾瀬駅西口の路上で主婦を襲ったのが一件目。防犯カメラに迫田と似た人物が映っていたのが決め手になった。二件目は二週間前の土曜日。現場《げんじょう》は綾瀬駅から三キロ離れた団地内にあるスーパーの駐車場。こちらの被害者は男性のはずだが。

「逮捕して一週間もたつのに、肝心の被害届が出ていないというのでは話になりません。もしそうでしたら、ただちに被害届を取ってくるように伝えてください」

「承知しました。弁護士の件はいかが致しましょうか？」

「それは明日の尋問が終わってからにしましょう」

稟議書に目を落とし、事務的な口調で言った。

柴崎は署長室を出てから、もう一度、刑事課に上がった。

署長の意向を伝えると、浅井は涼しげな顔で、「そういや、出てねえな」と答えた。

「大至急本人と会って、もらってきてくれませんか？」

明日は監察が植野本人に尋問するのだ。彼が担当している事件の被害届が出ていないことが露見すれば、植野に対する心証はさらに悪くなる。

部下がさらに不利な立場に追い込まれるというのに、浅井にはつゆほども悪びれた様子がない。机の上で両肘《りょうひじ》をつき、組んだ手の上に顎《あご》を乗せてこちらを見上げた。

「もらえるもんなら、とっくにもらってるだろ」

意外な態度を取った浅井に面食らった。

「どういうことですか？」

「ガイシャは前歯を一本、へし折られて血まみれになっていたというのに、タレなんぞ出すかと息巻いてる」

柴崎はますます理解に苦しんだ。

「傷害事件ではないですか」

単純な強盗なら刑期は五年程度だが、傷害が加われば刑期は重くなる。

「こっちだってそうもっていきたいのは山々だよ。でも本人が出さねえと言ってるんだから、しょうがねえじゃねえか」

「そこを言い聞かせて取ってくるのが警察じゃないですか」

「植野なら、やってたかもしれねえがな」

署長命令による告発をまだ根に持っている口ぶりだ。

「彼ならやれるとはどういう意味ですか？」

「植野は南部《なんぶ》のヤマに的を絞って取り調べていたからな。タレが出ている山名千鶴《やまなちづる》のほうはそっちのけで」

傷害がからんでいるからだろうか。

「迫田のほうだって、南部からタレが出ていないのは、弁護士を通じて知っている」

浅井は続ける。「だから、知らぬ存ぜぬで押し通しているんだ」

「それで興奮して手を出したということですか？」

「立ち会いに訊いてみなよ。詳しい中身は知らない」

取り調べに立ち会っているもうひとりの刑事に訊いてみても、同じ答えが返ってくるだけだろう。しかし、これで引き下がるわけにはいかない。

「医師の診断書をもらってくるぐらいは最低限やっとくべきじゃないですか」

「あいにく、歯医者にさえ行ってない」

「目撃者の証言があれば裏がとれるはずです」

「捜査報告書を読んでねえな。目撃者は七十五の婆《ばあ》さんだぜ。おまけに宵闇《よいやみ》の犯行だから、ホシもろくに見てないんだよ」にやりと浅井は不敵な笑みをこぼした。「もっとも、植野は植野で、相手から『どうせ被害届を出しても、犯人なんか見つかるわけがない』って一言で切り捨てられたみたいだぜ」

柴崎は返事に窮した。

「どうだ、代理。おまえが取ってきてみちゃどうだ？」

「わたしがですか？」

警務課長代理たる自分が、ひったくり犯の被害者の自宅を訪ねて被害届を取ってくる？　そんな話は聞いたことがない。

「ああ。最近じゃ、頼みもしないのに事件に首を突っ込んでくるようになったし」

この一年は、事件捜査に携わる機会が増えた。しかしそれは、署員の不祥事がらみなどで、やむをえず手伝っただけだ。警務のテリトリーを若干越えたケースもあったかもしれないが、基本は職務の延長上にあると思っている。しかしそう考えてみると、今回も似たようなものだった。署内の雑務は、警務課が引き受けざるをえないが、その雑務の範疇《はんちゅう》にあると言えなくもない。柴崎が返事をしないうちに、浅井は部下に捜査報告書のコピーをさせはじめている。

それにしても、いったい、いつまで、御用聞きのような仕事を押しつけられるのか。

次第に屈辱感が頭をもたげてくる。所轄署《しょかつしょ》にいれば、こんな瑣末《さまつ》な事案にふりまわされ続けるのは目に見えている。半年でも一年でも早く、本部に復帰しなければいけない。柴崎は奥歯を嚙《か》みしめると、浅井から捜査報告書の写しを受け取り、刑事課をあとにした。

午前中は人事異動発令のために待機するかたわらで、たまっていた書類仕事をこなさなくてはならなかった。午後一時になって、ようやく本部から異動の発令があり、電話の応対やら署内の調整に忙殺されて、柴崎が署を出たのは午後四時を回っていた。

捜査用のセダンで環七を東に向かった。大谷田の陸橋手前で中川公園を回り込むように住宅街に入る。緑が濃い。

これから会う人物の顔を柴崎は頭に描いた。署には南部周三《しゅうぞう》の顔写真はない。わかるのは住所と名前だけだ。

冷房が効きはじめたころ、カーナビの指示に従いクルマを停めた。丈の高い雑草がびっしり生えている空き地の横だ。コンクリートブロック塀に囲まれた切妻式の古い一軒家が目の前にある。モルタル壁の二階建て。ずんどうな縦長の家だ。ブロック塀の上に、さらにトタン板を回して外から目隠しをしている。そこに一メートル間隔で鉄棒を立てて、有刺鉄線が張り巡らしてあった。塀の内側はまったく見えない。異様な外観だ。

七十一歳になるひとり住まいの老人宅。迫田のひったくり被害にあった人物の家だ。

エンジンを止めてクルマから降りる。下水処理施設のある森のほうから、ミンミンゼミの声が焼けたアスファルト道路の上を渡ってくる。

雨一滴降らない天気なのに、湿り気を帯びたブロック塀には黒ずんだ苔《こけ》が一面に張りついている。玄関まで歩いてみた。二メートルほどの高さの鉄製の門扉《もんぴ》がぴったりと閉じられている。右手の門柱に南部と書かれた古い表札がかかっていた。そこから伸びた鉄棒の上に、監視カメラが取り付けられ、レンズが真下を窺《うかが》っていた。その横にある車庫のシャッターは下ろされ、さらにアコーディオン式の扉が引かれている。

監視カメラの死角に立ち、つま先立ちになって中を覗《のぞ》きこんだ。閉めきられた二階の窓にはめられた面格子《めんごうし》が鈍く光っているだけで、それ以外はまったく見えない。

門扉の支柱にあるインターホンに顔を近づけ、ボタンを押した。家の奥でチャイムが鳴る気配がしたが、応答はない。ボタンを押したまま、「南部さん、いらっしゃいますか？」と声を張り上げてみる。

耳を澄ませると冷房のファンの音がわずかに伝わってくる。在宅しているのは間違いないようだ。ここまで来て会わずに帰るのも癪《しゃく》な気がして、ブロック塀のまわりをぐるっと歩いてみた。いたるところに、ペットボトルやコンビニ弁当のカラ容器が落ちている。家の側面のブロック塀は一段高くなっており、そこにも有刺鉄線が張られていた。裏手にある勝手口のドアの上にも監視カメラが外を向いてにらみをきかせている。

被害届を取れるものなら取ってきてみろと冷笑していた浅井の心根が読めてきた。面会すら容易でないようだ。

柴崎は背広を脱いで、道の先を見た。ノコギリ研磨の看板を出した家がある。機械音に引かれるように、サッシドアを開けると、中年の男が火花を散らしながらノコギリを研いでいた。

柴崎は警察手帳を見せ、「あちらの南部さん、お宅にいらっしゃいませんかね」と声をかけた。

男は汗みどろの顔をちらっと向けただけで作業に戻った。話せる雰囲気ではない。

さらに道の先に、「塩」の看板をぶらさげた古いよろず屋がある。その前を通りかかるようにして庇《ひさし》の奥を覗きこむと、五十がらみの女の顔が薄暗い棚の奥に浮かんだ。店に入り警察手帳を見せて、さっきと同じ言葉を使った。

「いると思いますよー」

女は缶コーヒーの並んだ冷蔵庫の上に両手を乗せて、だるそうに言った。

「とは思うんですけどね。インターホンを押しても、お返事がなくて」

「開きませんでした？」

「あの門ですか？」

女は薄笑いを浮かべたまま、柴崎を見つめた。開かずの門であるのをわかっていて、こちらを試している様子が窺われた。

「電話してみます？」

「わかりますか。お願いします」

柴崎は女が口にした電話番号を携帯電話に打ち込んで、礼を言った。

南部は携帯も持っていないようなのだ。

柴崎は立ち去るふうを装《よそお》って、「南部さん、散歩とか、出ていらっしゃるときはありますか？」と訊いた。

「あまり見ないですねー」女は南部に用がある他人に対して、いつも同じセリフを吐くのだろうと想像できる感じで続ける。「宅配も家の外に出ずに受けとっておられますよ」

赤の他人がいくらインターホンを押しても会ってくれないかもしれない。警察と名乗ればさらに難しくなるだろう。

「塀や門、いつごろから、あんなふうになりました?」

「ここ三年ぐらいかなあ。区の訪問介護の人も最近は見えなくなったわねぇ」

軽く頭を下げて外に出ると、店の駄菓子コーナーにいた男の子が、柴崎のまわりをぐるぐる回りながらついてきた。小学校の低学年だろう。

「あのおうちのじっちゃんねえ、サル飼ってんだよ、サル」口のまわりにソーダ菓子のかけらを張りつけたまま、男の子の視線は南部の家に向けられていた。「エサ取りで、公園にセミを捕まえに行くんだよ」

「ぼく、見たことあるの?」

「あさ、あさ、ね」

「朝来れば会えるのかな」

男の子はなにも答えず、南部の家とは反対方向へ駆けだしていった。噂話《うわさばなし》の類《たぐい》に違いない。

いったん南部の家を通り過ぎてから、電話をかけてみた。呼び出し音が延々と鳴った。十五回鳴らしたところで切り、もう一度かけたが同じだった。

民家のあいだを歩いて住民を探した。そうしているあいだも頻繁に署から電話が入ってくる。すべて異動の件だった。少しでも秀《ひい》でた人材を得んがため、各課の課長からの名指しの要請だ。

洗濯物を取り込んでいた主婦を見つけて、南部について訊いた。家の近くを歩くと中から突然怒鳴られたりしたから近づかないようにしている、という返事が返ってきた。それからも、目についた人間に訊いてまわった。

似たような話が多い。イタズラでゴミを放り込む者がいる。死んだ犬や猫の死体を投げ込む輩《やから》さえいるらしい。その反撃として、南部は月に一度の割合で家のまわりに消臭剤をまいたりする。ゴミ出しを注意すると、大声でわめきちらされるから生きた心地がしない、などという高齢者もいた。

中川交番に立ち寄ったが、思った通り、南部宅の巡回連絡カードは白紙のままだった。

南部が迫田に襲われたのは、自宅からほど近い大谷田団地の中にあるスーパーマーケットの駐車場だ。食料品の買い出しにやってきたところを狙《ねら》われたのだ。襲ったあと、迫田はクルマに乗り込んで去っていった。騒ぎに気づいて、飛び出してきた男性店員がナンバーを覚えていて、警察に通報した。

そのときの店員に会って話を聞いてみた。ひどい怪我《けが》を負っていたので、救急車を呼びますかと尋ねたところ、「余計なお世話だ」と一喝された。警察の事情聴取にも応じず、帰ってしまったのだという。

奇妙に思えるのは、襲われたこの場所だった。ひったくり犯の迫田は綾瀬駅近くのアパートにひとり住まいだ。日払いで日当が受け取れる人材派遣会社に勤務していて、ふだんは電車通勤している。買い物もほとんど綾瀬駅前のスーパーマーケットですませているはずなのに、どうしてこの日に限って、三キロも離れた、しかも品数の少ない団地内のスーパーを訪れたのだろう。

柴崎は迫田の写真を見せて、「以前にも、見かけたことはありますか?」と訊《き》いた。

「見たことありません」と店員は即座に答えた。「ごらんのとおり、うちは近場の得意客だけですから、見かけない若い男が来たらすぐわかりますよ」

「南部さんは得意客といえますか?」

「そうですね。週一のペースでみえるんじゃないかな」

「来る日は決まっているとか？」

「や、ないですね。来ると必ず肉やら野菜やらをごっそり買っていかれますけど」

「ゴミをお宅に投げ込む人もいるって聞いたけど本当ですか？」

「僕はたまたま近くに住んでいるので、よく聞いてますよ。あんな家だから、面白がってやる奴《やつ》がいるんです。南部さんご本人もイタズラされて困るってこぼしてましたけど」

「なにか、トラブルでも抱えていたんですかね？」

「さあ、どうでしょうね。そういえば、近所の人の話ですけど」店員はいぶかしげな顔で続けた。「ここ最近、よく、あの家を訪ねてくる人がいるみたいなんですよ」

「男性？」

「ええ。制服みたいなものを着た四十過ぎぐらいの方らしいですけどね」

「どれくらいの時間帯ですか？」

「夕方とか言ってました」

いまぐらいだろうか。

「その方、家の中に、入って行くんですか？」

「さあ」

柴崎は店員に礼を言って、クルマを置いてある場所まで戻った。念のためにデジカメで南部邸を撮影しておく。ミンミンゼミに代わって、ヒグラシの声がひときわ、かまびすしくなっていた。

3

署に戻る途中で綾瀬駅に回ってみた。夕方のラッシュを迎えて、駅前は混み合っていた。西出口にある階段の下で、ビラ配りをしている細身の男が目にとまった。クルマを路肩に寄せてブレーキを踏む。

男は引きつったような顔で目星をつけた客にビラを押しつけていた。半白髪、広い額に油のような汗を浮かせている。矢口昌美の父親の隆史だ。ビラには五年前に行方不明になった自分の娘の写真が印刷されているはずである。

矢口隆史は六十三歳。この三月まで、大手食品会社の大阪工場で管理職をしていた。退職まで二年残して地元の綾瀬に戻ってきたのだ。保塚町《ほづかちょう》にある持ち家に住んでいる。

ビラを渡された男が目の前を横切ったところでビラを丸めて捨てた。柴崎はそれを拾いあげてクルマに戻った。ビラのしわを伸ばして折りたたみ、ポケットに入れる。

署に向かっているあいだ南部のことを考えた。

ひったくりを目撃した老女によれば、南部がスーパーに入る直前、男が駆けよってきて下げていたトートバッグをもぎ取ろうとした。南部はそれを放さずもみ合いになって男に殴り倒された。そのあげくに、トートバッグは奪われたという。

駆けつけた警官によれば、トートバッグには三万円ほど入った財布が入っていたらしかった。わかっているのはそこまでで、被害届を出さない以上、正確な被害額もわからないままだった。

ひったくり事件の被害届一枚取って来れない自分がつくづく情けなかった。刑事課長の浅井のあざ笑う顔が浮かぶ。こうなったのもすべてあの女署長のせいだと思わずにはいられなかった。どうして、あそこまで意地を張り通すのか。来年春の異動で早々に所轄署《しょかつしょ》を去るための布石だろうか。

キャリアだから、自分とは異なる選択肢をいくつも有しているはずだ。うらやましいものだと思いながらクルマを署の裏手に停める。やり場のない怒りが湧《わ》いてきた。

当直時間帯に入っており、署の中は静まりかえっていた。二階の刑事課に入ると、意思が通じたみたいに、課長席に座っていた浅井と目が合った。外回りに出ていた刑事たちの尖《とが》った視線が柴崎に突き刺さる。

三人連続して仲間に懲戒処分を食らわした張本人——。

どの顔もそう言いたげだった。

それ以上踏み入ることができず、浅井に目くばせをして廊下に戻った。

たっぷり時間を取った末に、ようやく姿を現わした。

「出られると思ったんだがな」と浅井は言った。

今度の九月異動で飛ばされると思っていたようだ。

坂元がストップをかけたからにほかならない。

「高森さんは出ますよ」

交通課長の高森は、東村山警察署へ異動するのだ。

「おれも、さっさと追い払ってもらいたいもんだが」

「いま、浅井さんに出て行かれたら困ります」

柴崎は被害届が取れずに終わったと話した。案の定、薄ら笑いを浮かべながら、

「本当に行くとは思わなかったな」と心にもない台詞《せりふ》を返された。

柴崎は苛立《いらだ》ちを抑えつつ、植野はどうしているか尋ねた。

「寮でおとなしくしてるよ」

「明日の呼び上げは、本人に知らせましたか？」

「とりあえず出署しないで、寮に待機しろと伝えてある」

「わかりました」

奇妙なことに柴崎の頭に浮かんだのは、依願退職に向けて一式そろえる書類のもろもろだった。

「署にある私物ぐらいは柴崎、おまえが運んでやれよ」

「そのときが参りましたら、考えましょう」

「冷たいじゃないか、おまえ」浅井は柴崎をにらんだ。「実際問題、もう少しなんとかならんのか？」

「と申しますと？」

浅井はわだかまりの解けない顔で、

「現場を知らねえ、キャリアのお姫さまなんだ。署員がいくら監察に呼ばれたからといって、少しぐらい助太刀をしてやってもよさそうなものじゃないか」

取調室での暴力や些細《ささい》な額の横領など、さほど重大な問題ではないと言いたげだった。その気持ちはわからなくはないのだが。

「そのようにお伝えしておきますから」

「そうじゃなくて、おまえから署長に頼んでくれんか。一度、植野から話を聞いてもらえないかと」

「……弁明を聞く機会をもうけろというのですか？」

「弁明なんて言ってない。植野から直接話を聞いてほしいという意味だ」

伝えるぐらいならいいだろう。話し合った結果、坂元の印象が変われば監察に意見を具申するかもしれない。それを見越しての依頼だ。

「承知しました。それより、迫田はなにか吐きましたか？」

「吐くってなにを？　取り調べなんて、もうとっくに終わってるぞ」

「どういうことですか？」

「山名千鶴のひったくり容疑の取り調べは、先週で終わっている」

南部より先だって行われた主婦に対する犯行だ。

「南部の事案はどうする気ですか？」

「タレが出ていない現状で、どうやって叩《たた》くんだよ」

「話が違います」柴崎は言葉を荒らげた。「植野は南部に対する犯行を認めなかったから、迫田に暴力をふるったんじゃないですか」

「つい、いましがた弁護士が来て、その件についてちくちく触れてきた。取調官を代えると言ったら、それは認めたも同然ですねと言われたぞ。署長には電話で報告しておいたからよ、あとは好きにしてくれ」

浅井は憂《うれ》い顔《がお》のまま、刑事課に入っていった。

梯子《はしご》をはずされたような気分で、警務課に戻った。副署長席は空席だ。ぴったり閉じられた署長室のドアをノックすると、返事があった。

坂元は署長席で英語の原書を開いており、訳出に余念がなかった。歩み寄り南部について報告し、南部の家の写真が収まったデジカメを渡すと、しばらく見入った。

「要塞《ようさい》みたい」と言いながら、デジカメを戻した。

「どういたしましょうか？」

柴崎の質問に坂元はぽかんとした表情を見せた。

「どうってなにがです？」

「南部の被害届です。もし、このまま出なかった場合は、どうしますか？」

「柴崎代理。悪質な犯罪が行われたのですよ。見て見ぬふりができますか？」

「いま申し上げたとおり、本人には会えません。刑事課の担当を送り込むべきです」

「こちらでやると浅井課長にはお答えしてあります。明日もう一度お願いします」

いいえ、無理です……そう、こぼしそうになったのをかろうじて呑《の》みこんだ。

「それはいいのですが」柴崎は言葉を濁らせた。「迫田の弁護士がきょう来たそうですが、なにか？」

「植野巡査部長の暴力について抗議してきたようですね。公表も辞さないと言っているみたいですよ」

他人事《ひとごと》のように言われ、柴崎は心臓に矢を突き立てられたように驚いた。

「それで……よいのですか」

「植野巡査部長については、監察が本人から事情聴取を行っており、近いうちに結論が出ると伝えておきました」

「懲戒処分が決定したのですか？」

減給処分、あるいは本部長訓戒あたりだろうか。

「存じません。それは監察が決めます」

「懲戒処分はともかく、特別公務員暴行陵虐《りょうぎゃく》容疑の対応はどうしますか？　弁護士はそこを突いてくるはずです」

「その話も出たようですね。ついては、処分保留で、手を打ちませんかときたとか。まったく、見くびられたものです」軽く背を伸ばして、坂元は続ける。「公表するしないはそちら様の自由です。うちとしては粛々と捜査を進めるだけですと伝えるよう指示しました」

含みを持った言い方に柴崎は続く言葉を待った。

「山名千鶴のひったくり事案はあくまで容疑段階です。被害届を引っ込めてもらうのは不可能ではありません。弁護士には今月いっぱい、待ってもらうように、浅井さんには電話で伝えておきました」

柴崎は、坂元の言葉の意味をしばらく吟味してから、

「ひったくり事件そのものをなかったとする作戦ですか？　それでも弁護士が、特別公務員暴行陵虐容疑の訴えを引っこめるとは限らないと思いますが」

「ですからそれは相手様の判断です」

「万一、相手が呑んだ場合、迫田は処分保留で釈放となりますが」

「その可能性は排除できませんね」

「いや待ってください」本末転倒だと思った。「あんな粗暴な男が、なんの罰も受けないで無罪放免になることこそ、あってはならないと思いますが」

迫田が無罪放免となっても、植野巡査部長の内部処分にあたっては、特別公務員暴行陵虐容疑がペナルティーとして加味されるはずだ。

「では、今週じゅうに、南部から被害届を提出させれば、捜査は続行できるのです

か？」

「そうなれば、続けざるをえないでしょう」

取り調べにおける暴力はともかく、凶悪な犯罪者を処分保留で釈放するなど、断じてあってはならない。

なんとしても被害届を取ってこなければ。

「ひとつわからないことがあるのですが」坂元が言った。「植野巡査部長は、若いわりに冷静で、取り調べでも暴言を吐くような人ではなかったと聞いていますが」

「はい、そう聞いています。寮長までやっていますから、それなりの人望もあります」

植野は三十二歳。仕事の上では分別盛りの年代だ。

「ほかの係員が消化しやすいように、有給休暇も率先して取っていますよね。士気高揚委員会の席でも積極的に発言していますし、わりと今風にさばけていた印象がありましたが。南部の件にしても、被疑者の迫田は、相手を殴り倒して怪我《けが》を負わせたのですから、悪質には違いありません。ですが、植野巡査部長が暴力をふるいたくなるほど質《たち》が悪い男だったのでしょうか？」

「どうでしょうか……」

士気高揚委員会は職員の福利厚生や業務の省力化などを話し合う署内の会で、植野は刑事課の委員だ。生き生きした表情で語っている姿が目に焼き付いている。

「生活安全課にいたんですよね？」

「五年前です。防犯係に籍を置いていました」柴崎は植野の職歴表を思い起こした。

「成績も優秀でしたから、刑事課への異動希望はすんなり通っていたはずです」

「惜しい人材でした」

あっさりと切り捨てた坂元に、柴崎は臆《おく》するものを感じた。処理を誤れば、自分も植野の二の舞にならないとは限らない。

しかしここで引き下がれない。たとえ監察から聴取を受ける署員であっても、同じ職場で働く仲間に変わりはない。署長ではなく、ほかの人間の目もある。浅井から頼まれた件について丁寧な口調で具申した。

「植野さんと会って、わたしが直接話を聞くのですか？」

坂元は言った。

「浅井刑事課長も是非にと申しております」

「それはそうでしょうけど、監察の取り調べもあるし」

「この程度の事案であれば、長くて二、三日の取り調べで終わります。そのあとではいかがでしょう？」

監察の処分が下るのは早くてもひと月かかる。あわてる必要はない。

坂元はしばらく思案したあと、

「来週に入ってからでもいいですね？」

「もちろん、かまいません」

「いいでしょう。来週の金曜日に一度だけ、ということで」

「承知しました」

柴崎は気を取り直して、綾瀬駅前で矢口隆史が配っていたビラを見せた。

連絡先の携帯番号と昌美の顔と立ち姿のスナップ写真がカラー印刷されている。細面で目が大きく勝ち気そうな顔だ。えくぼを浮かべ、白い前歯を見せてほほえんでいる。その下には同じときに撮られたであろう全身の写真。店内商品20％ＯＦＦの看板の横で、腰を右にくねらせている。頭の上で両手を交差させ、親指と小指を突きだしたポーズだ。七分丈のデニムパンツに赤い靴下。オレンジのＴシャツにヒョウ柄のパーカを羽織っている。

坂元は一瞥《いちべつ》をくれただけで、言った。

「警らから、聞いていています」

「矢口昌美さんの行方不明事案について、ブンヤが動き出すという噂《うわさ》もあります」柴崎が言った。「植野巡査部長の暴力事案とからめて、マスコミが父親を担《かつ》ぎ出したら、まずいと思いますが、どう処置いたしますか？」

「行方不明事案については今朝話したとおりです。うちとしては、やましいところなどひとつもありません。植野巡査部長の件も先ほども申し上げたとおり、粛々と事案の解決を目指すだけです。ついては——よろしいですね？」

「タ……被害届の件ですか？」

「今週いっぱいでお願いしますよ」

坂元はそう言うと、何事もなかったように原書に目を戻した。

4

春の大規模な人事異動に比べ、夏に異動する人員は少ない。ただし、今回は署長の坂元により署内での人員配置が大幅に見直されたため、それにともなう処理がばかにならない量にふくれあがっていた。部下とともに連日残業を続けていたので、南部の家に出向く時間は取れなかった。代わりに、半日に一度は南部の家に電話を入れてみたが出る気配はなかった。

木曜日になって、監察の取り調べから解放された植野巡査部長を独身寮に訪ねて、退寮の手続きを取った。これからは松戸にある実家で有給休暇を利用する自宅待機に移る。

ジャージに身を包んだ固太りの体は、どことなく動きが鈍い。

ふと思い出し、迫田はなぜ自宅から三キロも離れたスーパーマーケットに出向いたのか訊《き》いてみた。植野は冷めた表情で、「あのおっさんの家には金が埋まっているとか、がめつく金をためこんでるとか、そんな話を聞きつけたようです」

「おっさんて、南部か？」

「へんてこな家でしょ。ネットに写真がアップされていたみたいですけど」

「出くわしたんじゃなくて、迫田は南部を付《つ》け狙《ねら》っていたということか？」

「どうでしょうね」

つい、言い過ぎたという感じで植野は口をつぐんだ。それ以上なにを訊いても、刈り上げたばかりの頭をこすりながら、不機嫌そうに生返事をするだけだった。自宅待機になってからの処分についても質問してこなかった。

柴崎は一度署長と会って、思うところを話してみるかと訊いた。

沈んでいた植野の顔がぱっと明るくなった。

「会ってもらえるんですか？」

「来週にでも署長は時間を設けると言っている」

「わかりました。日時が決まったらご連絡ください」

うれしげな顔で応《こた》えた植野と別れて署に戻った。

刑事課から南部の被害届が出たという報告もなく、坂元の催促もあって、その日の夕方、署を出て南部の家に向かった。

夕日を浴びた家は、いっそう人を拒む堅牢《けんろう》なものに映った。警察を名乗り、インターホンを何度押しても、応答はなかった。その場で電話を入れてみるが、出るはずもない。顔見知りになったよろず屋の女主人に話を聞いたが、特段変わりはなかった。

ふと柴崎は、行方不明になっている矢口昌美が行方不明になる前、クルマを乗り捨てていた駐車場がこの近くにあったのを思い出した。

重い足取りでクルマに戻り、エンジンをかけたそのとき、南部宅の鉄扉《てつぴ》の前に佇《たたず》んでいる男に気づいた。

スーパーマーケットの店員が夕方になると訪ねてくる制服姿の男がいると言っていたのを思い出した。あの男がそうかもしれない。猫背気味で紺色の半袖《はんそで》シャツを着ている。

柴崎はエンジンを切り、しばらく様子を見守った。

中肉中背。四十過ぎだろうか。

男はインターホンを押してはうつむき、しばらくして、また押してはうつむきを繰り返している。柴崎の上をゆく粘り方だ。なにがなんでも会わなければならないという意思が感じられる。瑣末《さまつ》な用事で訪ねているようには見えなかった。

クルマから降りて、後方から男に近づいた。シャツの裾《すそ》にゴムが入っている安手の制服だ。ヒールの高い黒の革靴をはいている。

「南部さんにご用ですか？」

柴崎が尋ねると、男は陰気そうな奥目でにらんできた。

「えっと、お宅さんは……」

寝癖がついた白髪交じりの髪は、どことなく脂《あぶら》っぽい。

制服の胸元に、〃マルコー運輸〃のロゴマークが刺繍《ししゅう》されている。

聞いたことがある会社だ。環七沿いの加平インター近くに、そこそこ立派な社屋を構えている。

柴崎は、とぼけたふうを装《よそお》って、門の向こう側に建つ二階を見上げた。「わたしも南部さんに用があるんですけどね。会えなくて困ってるんですよ」

「ああそう」

男は努めて無関係を装い、その場を離れようとした。

「失礼ですけどお宅さんは、マルコーの方ですか？」

「そうですけど」と迷惑げな顔で足を踏み出した。

柴崎はその前に立ちふさがった。

「入れてもらえるように、ふたりで頑張ってみませんか？」

それでも無視して立ち去ろうとするので、

「警察のものです」

と声をかけた。

男は虚をつかれたようにあわてて、柴崎をふりかえった。子供のように目を丸くしている。その変わりように不自然なものを感じながら、

「用向きを聞かせていただけませんか？」

と呼びかけると、男は取り繕うように曖昧《あいまい》な笑みを浮かべた。

「あ、あのですね、わたし、甥《おい》なんですよ」

「南部さんの？」

「えっと、お袋が南部の姉にあたりまして」

「南部さんはご親戚《しんせき》の方とも会わないんですか？」

「それはないと思うんですけど」

男は視線をはずし、しゃがれた声で言った。

「何度も来ていらっしゃる？」

「はあ、まあ、いろいろあったみたいですから」

「ひったくりに遭われたのがご心配で？」

「まあ、そんな噂が耳に入ったものですから。どうしてるかなあと思いまして」

甥ならば当然気になるだろう。しかし、どうして南部に会えないのだろうか。

「お近くにお住まいですか？」

「西新井です」

隣接する署の管轄《かんかつ》だ。

「お名前を伺っていませんでしたけど」

「あ、こやまと申します」

「小さいに山？」

「古いに山のほうで」

「南部さんは携帯はお持ちですかね？　ご自宅のほうに電話を入れても、一向に出ていただけなくて困っているんですよ」

「そうですか、出ると思うんですけど」

「ちょっとかけてもらえます？」

「や、携帯はクルマに置いてきてしまって。では失礼します」

あたふたとお辞儀をして立ち去ろうとする古山に、

「よろしければ、お時間をいただけませんか？」

と声をかけた。

古山はしきりと頭をかきながら、「まだ仕事が残っているんですよ」と迷惑そうだった。

柴崎は、強引に押し切る形で、近くの空き地に停めてあった古山の車に乗り込んだ。環七沿いにあるファミリーレストランに誘ったが、かたくなに拒否された。代わりに、クルマのエンジンをかけ、冷房を目一杯効かせている。古山は自分の携帯で南部の家に電話をかけていたが応答はなかった。

「おかしいな」

きょうだけは特別、出ないという感じで古山は首を振った。ふだんはつながるような口ぶりだ。名刺を貰《もら》い受ける。

「南部さんはひとり住まいですよね？」

　柴崎は訊いた。

「はい」

「奥さんはいらっしゃらないのですか？」

「交通事故で二十年前に亡《な》くなりまして」

「お子さんはいらっしゃいません？」

「はい、おりませんが」

　クルマに入ると、なおさら丁重な受け答えになった。やはり、警官が苦手なようだ。

「古山さんのお母さんは、南部さんのお宅には行かないんですか？」

「もう八十だもので。満足に歩けないし施設に入っているものですから。ときどき、わたしが行くだけです」

「南部さんは七十一歳と伺っていますけど、お体のほうは大丈夫でしょうか？」

「はあ、甲状腺《こうじょうせん》ガンらしくて」

　古山はあっさりと洩《も》らした。

「……いまはお仕事はしていないわけですよね？」

「していないです」

南部は年金暮らしか。区の民主委員が訪問しないのかと尋ねると、門前払いですと古山は答えた。

柴崎は南部の仕事について訊いてみた。

「最後は警備員をしていたはずですけど」

「おやめになったのはいつですか？」

「四年か五年前でした」

それ以降、ずっとひきこもり状態というわけか。

五十代で妻に先立たれ、ガンに追い打ちをかけられた。そのせいで、人を避けるようになり家を要塞《ようさい》化したのだろうか。それで、あそこまで、人間はかたくなになってしまうものだろうか？

「ひったくりに遭ったのは、どちらからお聞きになりました？」

「はあ、話はいろんなところから入るものですから」

どことなく言いづらそうに答える。

「どんな内容ですか？」

「あちこちから、電話が入りまして。この春にも筋向かいの家で飼ってる犬がうるさいと言って、鉄棒を持って怒鳴りこんだとかで。菓子折持って謝りに参りました」

「そのときは南部さんと会ったんですね？」

「会って、よく言い聞かせてくれと頼まれたものですから」

「ひょっとして、古山さんもそれ以来会っていない？」

「実を申しますと……その通りでして」

柴崎は目の前にいる男の真意をつかみかねた。ひったくりに遭ったのを心配して訪ねてきたというわりに、叔父のほうにも落ち度があるような言い方をする。

「柵《さく》とか監視カメラとか、南部さんのお宅があんなふうになったのはいつごろからですか？」

「ここ二、三年というところでしょうか」

「質《たち》の悪いイタズラだと思いますが、ネットに南部さんのお宅の写真が出回っているような噂《うわさ》を聞きました。ご存じですか？」

古山はこめかみの筋を浮き立たせながら、

「あんなような有様ですから、物好きをひきつけるんじゃないかと思うんですよ」

「なにか特別なご事情があったんですか？」

「退職してからずっと家におりましてね。ひとり住まいのうえに大の酒好きで、酒量が増えたんではないかと心配しているんですよ」

　古山はため息まじりに言う。

「それでゴミとかを投げ入れられるようになったんですか？」

「家の中も似たようなもので。貧乏性でものを捨てられないから、どんどん家ん中に溜《た》め込んじゃって」

　またしても叔父の悪癖を口にする古山に、柴崎は困惑した。ほうっておけば、このまま悪口を延々と聞かされるかもしれない。

「南部さんて、どんな方なんですか？」

「昔は人懐《ひとなつ》っこかったですよ。釣り好きで仲間とよく呑《の》んでたし。釣ってきた魚をさばいて、仲間を呼んでふるまったりとか」

「それがいまではまったく人と会わないんですね？　どうして、そうなったんですか？」

「無言電話とか、たびたび来るようになったとからしくて。交番に相談に行ったと聞いたことがあります。でも、相手にされなかったらしくて。それでどうも警察のことが……」

「嫌いになった？」

言い過ぎたとばかり古山は肩をすくめ、申し訳なさそうに頭をかいた。「あの、叔父にどのようなご用がおありなんですか？」

怪我《けが》まで負わされているのに被害届を出してくれないので、警察としても困っていると話した。

古山はようやく納得したふうに、

「そうですか。被害届、出していないんですか」

「なんとか会えないものでしょうかね？」

「いま申し上げた通り頑固者ですからね。でも……なんとか協力しないといけないかな」

それまでの丁重な物腰は影を潜めた。やや迷惑げな感じながら古山はそう言った。

「是非お願いしますよ」

「あまりお役に立てないかもしれませんが」そう言うと、古山はむっつりした顔で柴崎を窺《うかが》った。「あの、よろしいでしょうか？　社に戻らないとまずいんで」

柴崎は礼を言い、クルマから降りると、走り去るクルマを見送った。

5

防災の日を前にして、警務課の仕事は多忙を極めた。その週はまたたく間に過ぎ去った。古山からの連絡はない。大手五紙の連名で、矢口昌美の行方不明事案について、綾瀬署に記者会見の要請があったのは、八月最終週の木曜日だった。来《きた》る九月一日の防災の日の訓練スケジュールについての最後の打ち合わせの席上、署長の坂元が矢口隆史の動静について幹部に問いただした。

「ここ二日ほど、綾瀬駅前のビラ配りはやめているようです」

柴崎は答えた。

「昨日は西新井駅前でやっていたそうですよ」坂元が言った。「困ったなあ。なんとかやめて頂けないものですか。警務部長から早く対処しろと言われているし」

上層部からいくら火消しを催促されたところで、ビラ配りは止められないだろう。

「今週になってから、署に矢口は来ていないんじゃなかったか？」

助川が柴崎に訊《き》いた。

「むだだと思って、あきらめたのかもしれません」

柴崎は答える。

「だからって、西新井署にでもねじこまれたら、それこそこっちの立場がないじゃないですか」と坂元。

「向こうでは受け付けませんて」

気休めに助川が言う。

「点数取りに話ぐらいは聞きますよ」

「ガス抜きのつもりで、好きにさせておきましょう。反応がなくなれば、自然とやめますって」

「マスコミにはどう説明します？　五年前に捜査はし尽くしたので、いまさらなにも出てこないとでも？　そんな言い訳は通用しませんよ」

坂元は引く気がない。

「捜査を再開し、鋭意進めていると言っておけばいいんですよ」助川が続ける。「会見の席で、わたしが言います。署長は黙って横にいてくだされぱいいですから」

「副署長ではなくて、浅井さんに言ってもらうのが筋です」

助川は弱った顔で柴崎を見てから坂元に視線を戻した。「それはどうかな」

「矢口昌美の捜査は進んでいるんですか？　まったく報告が上がってきませんが」

「それなりにやっているんじゃないですか」

坂元は疑い深げな顔で助川を覗《のぞ》きこんだ。「刑事課の捜査員は、浅井さんから、サボタージュを促されていると耳にしていますが」

言われて助川は目をつり上げた。

「誰が言ったんです？」

「わたしなりに刑事課の情報が入ってくるルートはあります」

日頃から目をかけている女性刑事あたりからだろうか。

助川との話し合いはむだだと思ったらしく、坂元は柴崎に目を移した。

「柴崎代理、一度ご足労願えませんか？」

「どこへですか？」

助川ににらまれた。「矢口の家に決まってるだろう」

「わたしが矢口隆史と会ってどうするんですか？　捜査はちゃんと続けているから、ビラ配りはやめてくれと申し入れるんですか？」

とんでもないという顔つきで助川は、「口が裂けたって、それは言っちゃいかん」と言った。

「でも要は、そういう趣旨ですよね？」

「だから、週一度は捜査の進展状況を報告に行くからとでも言っとけよ」

家出人捜索願を出している家族に、いちいち捜査状況を報告に行くなど考えられない。

「それなら浅井課長にお願いできませんか？　わたしが行くのは筋違いです」

柴崎は訊いた。

「浅井は絶対に行かないと言っている。ほかに行くとしたらおまえしかいないだろう」

助川が答える。

開いた口がふさがらない。ビラ配りをやめろとこの自分が頼みに行かねばならないのか。

「……承知しました。訪ねるだけは訪ねてみます」柴崎は仕方なく言った。「迫田の件ですが、単純なひったくりではないような情報があります」

「どういう意味だ？」

「迫田は南部を付《つ》け狙《ねら》っていたかもしれません」

柴崎はネットに、〝金をためこんでいる家〟などという触れ込みで南部の家の写真が出回り、それを迫田が見つけた可能性があるとつけ足した。

坂元は意味ありげな目で助川の顔をちらりと見た。

「迫田の話はもういいんだよ」

助川がさらりと言ったのが理解できなかった。

「ちょっと待っていただけませんか？　今週はまだ行っていませんが、なんとか南部さんから被害届を出すように説得を続けていますから」

柴崎は言う。

「会えたのか？」

助川が訊いてくる。

「いや、それはまだですが、親戚《しんせき》筋から話をつけてもらうよう交渉はしています。マル害の南部が会ってくれない理由は、ひったくりに遭って多大な精神的被害を受けたからに違いありませんから。それに」

言い終わるのを待たずに、助川が口を開いた。「迫田の件はもう決着がついた」

柴崎は身を乗り出した。「どうしたんですか？」

「マル害の山名千鶴が示談に応じた。被害額も弁済されて被害届は取り下げられたよ」

最悪の結末を予想して、気分が悪くなった。「ひょっとして、処分保留にするのですか？」

　マル被への暴力容疑で刑事課の係員が処分を食らおうというのに、その事件そのものはなしとするのか？

「おまえ、植野のことを考えているんだろ？」助川に訊かれた。「明日署長が、会って弁明を聞くという話になってたらしいが」

「それがなにか？」

　柴崎は助川と坂元の顔を交互に見た。

「植野はもう出署しない」

　助川の言った意味がわからず、その顔を見返した。

「昨日、退職届を出した」

　柴崎は助川の顔に見入った。「……署に来たのですか？」

「来るわけないだろ。浅井の家に持っていったんだよ」

　柴崎の脳裏に、署長と話す機会を設けたと伝えたときの喜んでいた植野の顔が浮かんだ。あの植野が突然退職届を出した？

「浅井課長は慰留しなかったんですか？」

　柴崎は訊いた。

「したに決まってるだろ。あずかれないと何度も突っ返したと言ってる。それでもまったく聞く耳を持たなかった」

助川が茶封筒からその紙を出して見せた。

PCで打たれた退職届だ。

一身上の都合で退職させて頂きます。植野厚宏

信じられなかった。明日署長と話ができるというのに、なぜだ？

柴崎は監察から処分が下ったのですかと訊いた。

「いえ、まだです」

坂元が答えた。

「しかし……」

それから先の言葉を出せなかった。

なんらかの処分はあるのかもしれない。それでも署長の対応次第では、軽くなる可能性はあるのだ。たとえば本部長訓戒程度の。みずから辞める必要など、どこにもないではないか。

「わかりました」柴崎は退職届をつかみ、ふりしぼるように言った。「で、この処置はいかが致しますか？」

助川がうるさそうに顔を横に曲げた。

「方面本部長と話し合いました。受理する方向でいます」

坂元が言った。

やはり、そうなってしまうのか。

確かにここで植野がいなくなれば、都合がいい。しかしそれは一時《いっとき》であって、身内をかばいきれなかったという怨嗟《えんさ》の空気が署内に重く淀《よど》む。署長と刑事課の関係はますますこじれる。

「ついては退職の手続きを頼む」助川が言った。「呼んでも来やしないだろう」

退職金の計算をはじめとして共済組合の脱退、各種保険の切り替え。本人と顔を突き合わせて進めなければならない事務仕事が山ほどある。署に顔を出せないというのなら、こちらから赴くしかない。放っておいて困るのは我々警務なのだ。

「刑事課にも寮にも、私物はもうないそうですね？」

坂元が訊いた。

「そうなんですよ。きれいさっぱりなくなっている」

助川が答える。

「わかりました。それから柴崎代理、迫田は明日の朝一番で釈放しますので」と坂元。

「まさか弁護士にマスコミへの公表をちらつかされて、それと……」

植野の辞職をバーターに使ったんですかと口に出かかったのを、かろうじて呑《の》みこんだ。

取調官による暴力が発覚すれば、痛手を受けるのは警察にほかならない。なんとしてでもそれを防がなければならないのは理解できる。だからといって、弱腰になっていたのでは、治安維持機関たるべき資格がないではないか。

「だから、矢口のオヤジがあそこまで、運動するとは予想できなかったんだ。わかるだろう、それぐらいは」

助川が声を荒らげた。

坂元は柴崎から目をそらしている。

マスコミから、ふたつ同時に不手際《ふてぎわ》を突かれた日には、身が保《も》たないとでもいうように。

しかし立て続けにひったくり事件を起こしており、片方は被害者を傷つけている。そんな罪人をろくに調べもしないで無罪放免にするとは、呆《あき》れてものも言えない。あってはならないことだ。

「矢口隆史の奥さんは、五月に乳ガンで亡《な》くなったそうだ」助川は続ける。「二年前まで、保塚町の家には長男夫婦が住んでいたが、新潟に転勤になって、隆史のひとり暮らしのようだな。ということで、今日明日にも矢口の家に行ってみてくれ。いいな」

しばらく答えを保留した。

「柴崎代理、わたしは、この、きわめて不可解な行方不明事案をもみ消そうなどとは考えていません」坂元が言った。「その反対です。一歩でも捜査を前進させるために、家出人捜索願の届出人と警察の関係を密にしていきたいと考えているだけなのですよ」

署長の弁はどうにも都合のいいものに聞こえた。

キャリアの坂元が着任して半年あまり。着任早々、証拠隠滅容疑のかかった三人の署員を依願退職させたのはよしとするとしても、そのあとはどうか。

ひと月前、署員による証拠捏造《ねつぞう》事案があったとき、この自分の助言を受け入れていれば、刑事課の反発も受けず、ここまで追い込まれなかったはずだった。

あのとき、坂元は柴崎の申し出を受け入れず、たった一本のタバコの吸い殻の捏造を公表し、ふたりの署員を依願退職させた。キャリアたる立場から、ぎりぎりの選択を迫られたのは理解できる。柴崎をはじめとする部下も、たまたま、そうした人物を担《かつ》がざるを得なかった不運は呪《のろ》っても、それはそれですんだ話だった。

しかし問題はそのあとだった。こうした事案を生んだ職場風土を変えると称して、坂元はことさらな綱紀粛正を求め、ふたたび有能な刑事を退職に追い込んだ。その片棒をかつがされた者として忸怩《じくじ》たる思いがあった。

「柴崎、おまえも矢口昌美の行方不明事案は奇妙だと思っていたんだろ」助川が言った。「ここは一丁、おまえが動いて刑事課を出し抜いてやったらどうだ」

単なる蒸発としか考えていない助川の能天気な態度に柴崎は呆れた。だいたいがこの事件が解決するなど、つゆほども思っていないのは明らかだ。

それでも坂元の目を見ているうちに、怒りより哀れが先に立ってきた。

刑事課が動かなくなったのも、元をただせば、このキャリア署長が原因なのだ。四百名あまりいる署員のうち、誰ひとりとして味方がいない。その孤独は、想像する以上のものかもしれなかった。自分が見捨ててしまえば、この女は行き所を失う。から め手からのふたりの説得に、柴崎は諾と告げるしかなかった。

6

矢口隆史宅は、保塚町のアパートが建ちならぶ一画にあった。玄関ベルを押すと、ほっそりとした隆史が現れた。スラックスに半袖《はんそで》のカッターシャツの出《い》で立《た》ちに、まだ現役の会社員のにおいを残していた。玄関脇《わき》の日本間は効き過ぎるほど冷房が効いている。隆史は奥に入り、冷えた麦茶を持って戻ってきた。

窓を背にして、「お時間を取っていただきまして、ありがとうございます」と柴崎は切り出した。

「勤務時間中にこちらこそ」

隆史は仏壇を背にして、あらたまった感じで答えた。

柴崎は奥様にお線香を上げさせていただきますと申し出た。丁重に線香をたむけてから、元の場所に戻り深々と頭を下げる。

「心中、深くお察し致します。昌美様の失踪《しっそう》につきまして、ご不審の点があるかと存じまして、お伺いいたしました」

「例のビラ配りの件ですね？　なにか、署のほうに連絡がありましたか？」

座卓の向こうで、隆史はあっさりと本題に入った。

柴崎はあらためて、居ずまいを正した。「まだ特に注目すべき情報はございませんが、皆さんの反応はいかがでしょう？」

「配りはじめて五回目、いや、六回目かな。それなりの手応《てごた》えはありますよ」

「どういった感じですか？」

隆史は首をかしげながら、

「そうですね、激励とか、娘さん知ってるよとか、そういう類《たぐ》いの」

矢口昌美は隆史がビラ配りをしている綾瀬駅前の大型ショッピングセンターに勤務していた。知り合いも多くいただろう。

「昌美さんは誰からも好かれていらっしゃったんですね」

「自慢話に聞こえるかもしれませんが、ほがらかで、誰とでもうち解ける、やさしい娘です」

「そうお聞きしています」柴崎は座卓に手を乗せた。「なにか、有力な情報などは？」

「いやあ、なかなか。いなくなって五年でしょう、五年。実際、長いなあって、つくづく思いますよ、最近」

「それはそうでしょうね。お察しいたします」

隆史は、踏ん切りをつけるように、

「なにか体を動かしていないと全然、こう、進展しないような気がしましてね。やらないよりはやった方がいいだろうって」

柴崎は相手が落ち着くのを待って、切り出した。「それで、お父さん、ビラの受け取りを拒否する人とかいませんか?」

「いますよ。露骨にいやな顔をする人もいるから」

「いつも決まって、避けて通るような人は?」

「ひとりでやってるし、千里眼じゃないもんで、そこまでは。配るのだけで精一杯ですから」

「そうですよね」

「退職まであと二年あったけど、大阪で女房が乳ガンの告知を受けましてね。それ以来、しきりと東京に戻りたいって言うようになって」隆史は続ける。「それで三月に退職して東京に戻ってきたんですけど、五月にあっけなく逝ってしまって」

行方不明になった当時、大阪勤務でもあったため本腰を入れて捜せなかった。妻の死もあり、その罪滅ぼしに、力を注ごうという気になったのだろう。聞いてゆくうちに、親としては当然の行為だろうと思わずにはいられなかった。自分が昌美の親だとしたら、もっと必死に運動していたかもしれない。そんな心中をおくびにも出さず、本題に戻した。

「そうでしたか。その後、無言電話とか、そういった類いのものはございますか？」

「いや、なにも。あれば、すぐそちらにお知らせしますから」

「その際はお願いいたします。ご長男ご夫婦は、新潟にいらっしゃるとお聞きしましたが、よく戻られますか？」

「半年に一度くらい。子供ができて向こうの水に馴染《なじ》んだみたいで」

「昌美さんが行方不明になられた五年前、ご長男夫婦はこちらに住んでいらっしゃり、昌美さんは西綾瀬のアパートにおひとり住まいでしたよね？」

「ええ。それまでは、会社の寮に入っていたんですけどね」

「昌美さんはお兄さんご夫婦とよく会っていらっしゃいましたか？」

「嫁の方と気が合わないらしくて、あまり寄りつかなかったみたいなんだけど」

残念そうに隆史は言った。

「昌美さんが行方不明になったという五年前の十月四日、昌美さんから、大阪のお母さんのほうにお誕生祝いのメールが入ったと伺っていますが」

「女房とはそこそこメールでやりとりしていました」

明くる十月五日の日曜日、職場に昌美が現れず、チーフが兄に連絡を入れた。兄は午後になって昌美のアパートを訪ねたが応答はなかった。夕方になり、母親のほうに昌美から『しばらく留守にしますから』というメールが入った。昌美の行方がわからなくなった前後の状況はそういうものだった。

柴崎はふいに胸のあたりがつかえ、息苦しくなってきた。

「ご気分、すぐれませんか?」

隆史に訊《き》かれて、柴崎は窓を開けてもらえないかと頼んだ。

一昨日あたりから、寝汗をひどくかくようになった。夏風邪でも引いたのかもしれない。この部屋の冷房がきつすぎることもある。

隆史が道路側の窓を開けてくれたので、生暖かい外気を肺に取り入れた。おかげで少し楽になった。

「ありがとうございます。それで、日曜日以降にも、メールがあったと聞いていますけど」

柴崎はふたたび訊いた。

「あるにはありました。『心配しないで』とか、『元気です』という短いメールがぽつぽつと家内のところに来ていたんです。そのたび家内が、どこにいるか尋ねるメールを送ったんですが、ぜんぜん返信がないんですよ。それで心配になって、家内だけ東京に戻って、娘のアパートと大阪を行き来していたんですが……」

仏壇横にある木製のサイドボードに、シルバーの古い型の携帯が置かれてある。母親の携帯のようだ。

当時のメールのやりとりは捜査記録に残っているので、いま確かめる必要はない。昌美から送られてきた最後のメールは、翌年の二月十五日の発信分。『元気でやっていますから探さないでくださいね』という文面だ。正式な捜索願が出されたのは十一月一日だから、その当時、まだ最後のメールは届いていない。最後のメールが届いた二月十五日前後には、事実上、蒸発事案として扱われていて、捜査は終了していたのだ。そういえば、当時の捜査は生活安全課の防犯係が受け持っていた。先週退職した植野巡査部長も加わっていたかもしれない。そのあたりを八木課長に確認しておかなければ。

「昌美さんはドライブが好きだったと伺っていますが」

「好きでした。高校卒業と同時に免許を取りましたから。最初は中古の大型セダンに乗っていたんですけど、さすがにガソリン代が馬鹿《ばか》にならないらしくて。次からは軽にしましたけどね」

「昌美さんのクルマは、中川の下水処理場近くの月極駐車場に停めてありましたよね？　それについて、なにかお心当たりはありますか？」

不審な軽自動車が停まっているとの報告が警察に入ったのは、十月二十日だった。中川にかかる飯塚橋と下水処理場の中間あたりだ。広い駐車場で近所に用事できた人が勝手に空いたスペースに停めたりする。そんな駐車場だから、昌美の軽がいつから停まっていたのか、知っている人間はいなかった。

「たぶん、友だちと待ち合わせのために使っていたんじゃないかなと思うんですが」

軽自動車を当時調べたが、きちんとロックがかかっていて、中も荒らされていなかった。のちに矢口家の長男により処分されている。

「お友だちをたくさんお持ちだったと伺っていますが？」

当時の捜査記録によれば、男女合わせて五、六名の知人から聞き取り調査をしている。その知人を含めて、彼らの話から、十人以上の男友だちの名前が上がっているのだ。

「それがなにぶん、わからなくて。プライベート以外に、親しくしていたお客さんもいたみたいなんですよ。誰と親しかったとか、そういうのも知り合いから聞かされているだけでわからないことが多くて。いっしょに住んでいたら、ある程度把握できてたかもしれないんですが」

昌美は男女の衣料品と小物雑貨を扱うセレクトショップの副店長をしていた。アメリカンカジュアルをうたう、新品と古着をともに扱う店舗だ。男の得意客もいただろう。昌美の携帯は電源が入っていないことが多く、当時の捜査では、通信記録を調べたり、位置情報の特定は行われなかった。友人から友人へと人づてに名前を訊き出し、ひとわたり訊いて回ったところで捜査は終わったのだ。

「特定の男性とおつきあいしていたような話もあったかと思うのですが」

捜査報告書には、親しい友人として四、五名の男性の名前が上がっていた。

「当時も何人か、名前は出ましたよ」

「その方々とは、お会いになったり話を聞かれたりしたことはありますか？」

「名前の出ている人間には全員会っていますから。正岡《まさおか》くん、横江《よこえ》くん、二宮《にのみや》くん、それから……」

「後藤《ごとう》？」

よく気がついたとばかりに隆史は目を見開いた。「そうそう、後藤くんもいたな」

「その中でも、特に親しかった方はどなたになりますか？」

「いろんな人の話を聞くと、どうも、二宮くんっていう男とかなり親しくつきあっていたらしくて」

　そこまでは捜査報告書に書かれていない。

　昌美が働いていた店と同じショッピングセンターに入っているカレーハウスの店員だったという。母親に送られてきたメールの中にも、二宮の名前は、何度か出ていたらしかった。

「立ち入ったことをお聞きしますが、どの程度の親密さでしたか？　たとえば、娘さんのアパートによく遊びに来ていたとか、あるいはもう少し……泊まっていくとか」

　隆史は顔をゆがめた。「警察の方にも、娘は大人ですからその程度は、あってもおかしくないとお話ししてありますが」

「そうですよね。お気に障《さわ》られたらお許しください」

　ふと隆史は思い出したように、

「横江くんのことは聞いていますか？　二宮くんの前に娘がつきあっていた彼氏なんですけど」

「いえ、なにか？」

「娘を捜すのを手伝ってくれたんですよ」

「そんな方がいらっしゃったんですか？」

「ええ、クルマを出してくれて、知り合いのうちを訊いて回るのを手伝ってくれました」

「それは心強かったでしょうね。で、当時つきあっていた二宮さんは？」

隆史は口惜《くや》しそうに首を横にふった。

柴崎は横江の連絡先を教えてもらい、それから住んでいたアパートのことや友人関係について訊いた。アパートは昌美が姿を消した年の暮れに引き払ったという。女性の友人の中でも、特に親しくしていたという何人かの名前を教えてもらった。

そのあとは、昌美の趣味や人となりについての話を聞かされた。高校時代からファッションに興味を持ち出して、友だちの服装や髪型をコーディネートしてあげるのが好きだった云々《うんぬん》。明るく気さくで、心を許した人間にはとても優しかったという。職場でいっしょに働いていた平松加世子《ひらまつかよこ》さんの名前をよく耳にした。それ以外は、当時の捜査報告書に書かれていたことがほとんどで、五年たったいま、あらためてこうして訪ねてみたものの、目新しい発見や手がかりはなかった。

複数の捜査員がそれなりの時間をかけて調べたのだ。いまさら当事者の父親の話を聞いたところで、事件解決に向けた足がかりになるようなものは出てくるはずがない。

それでも横江という男には興味を覚えた。厨房《ちゆうぼう》機器の設置や給排水工事を手がける設備会社に勤めているという。

気管支のあたりが重い。表向きは誠実さを装《よそお》いつつ、柴崎は虚《むな》しい気分で矢口家を辞した。


その晩は定時で帰宅した。経堂駅まで、妻の雪乃にクルマで迎えに来てもらった。シャワーだけ浴びて、ダイニングで缶ビールを開ける。長男の克己《かつみ》は二階の自室にいるようだ。

「塾の、英語の試験はどうだった?」

オクラと山芋の和《あ》え物が入った小鉢を柴崎の前に置きながら、

「知らない」

と他人事《ひとごと》のように雪乃は答えた。

今年、中学校に入った克己は英語が苦手だ。小学校のころから英語塾に通わせていたにもかかわらず。それが原因ではないのかもしれないが、ここ半年、克己はろくに母親と口もきかなくなった。やはり私立の中学校に入れるべきだったろうか。その話を蒸し返すと、また、雪乃と言い争いになるのが目に見えていたので、柴崎はそれ以上なにも言わなかった。

牛肉の薄切りと野菜の油炒《あぶらいた》めが盛られた皿を差し出された。アスパラとキノコは喉《のど》を通ったが、牛肉は半分ほど残した。ビールもいつもより苦く感じて、呑《の》みきれなかった。

「また、キャリアさんともめた？」

皿を片づけながら雪乃が訊いた。

「勝手が多くて困るよ。そうめん茹《ゆ》でてくれないか？」

「しっかり手綱を引いておかないと」

「暴れ馬だからな。俺には、ちょっと無理だ」

「弱気なこと言って」

茹で上がったそうめんに、ネギとみょうがをかけて、すすった。

夜になってもかかっていたエアコンを停めて、窓を全部開けた。道一本へだてた芋畑から流れてきた風がすだれを揺らしている。

九月を飛び越えて、早く十月になってほしいものだと思った。そうなれば、物事がすっきり片づいているだろう。なにより、東京じゅうにふたをするように居座る夏の高気圧に一日でも早く去ってほしかった。

防災の日の行事を無事に終え、夏休み取得の最盛期を迎えた。空席が目立つ警務課で、柴崎は休む間もなく月初めの仕事をこなした。矢口昌美の行方不明事案にかかわる聞き込みに回す時間はなかった。

7

柴崎が矢口家を訪ねた日以降、隆史のビラ配りが止まっていたせいもあり、署長と副署長から、その後の対応についての指示はない。助川にしても、柴崎が訪ねたぐらいで事案が片づくなどとは夢にも思っていない。植野の退職手続きもこなした。隆史と膝《ひざ》を交えて話して以来、一区切りついたような気分だった。

人事異動の着任式を終え、署内での人員再配置も完了した水曜日の午後、いつものように留置場をのぞいてから、柴崎は裏口から署を出た。とたんにくらっときた。真夏の日差しがきつかった。夏風邪が長引いているのか微熱まで発している始末だった。どことはなしに体がだるい。クルマで堀切に向かう。

入り組んだ路地の一画に、〝タカス設備〟の看板を掲げた小さな事務所があった。駐車場に二トントラックが一台停まっている。サッシの引き戸を開けて、名前を告げると、うぐいす色の作業服を着た背の高い男が表に出てきた。三十過ぎくらいだろうか。シャギーにカットした長めの髪だ。色白で鼻筋が通った面長の顔立ちをしている。連絡を入れておいた横江充《みつる》だ。

「外でいいですか？」

物柔らかな口調で横江が問いかけてきたので、柴崎はかまいませんよ、と答え、クルマを空いた駐車スペースに入れさせてもらった。

この近くって、喫茶店ひとつないんすよ、などと言いながら横江に連れていかれたのは、コインランドリーだった。人はいなかった。冷房がきいている。

「これ、よかったらどうぞ」

事務所から持ってきた缶コーヒーを手渡される。

横江は中型洗濯機にもたれかかり、

「昌美さんのお父さんの家に行かれたんですね？」

と先回りするように柴崎に訊《き》いてきた。

電話でそれについては伝えてあったのだ。

「お父さんから連絡がありましたか？」

柴崎は立ったまま訊き返した。

「いえ、なかったです。もう五年前ですからね。でも、ほんと、お父さんにとっては忘れられないはずですから」

言いながら横江は缶コーヒーのプルトップを引いて、口に持っていった。

柴崎も同じようにして、ひとくち飲んだ。

「矢口さん、ビラ配りをはじめられたって本当ですか？」

額にかかる髪を手で払い、期待感のこもったような表情で横江は訊いてきた。

「そうなんですよ」

柴崎がビラを渡すと、しげしげと眺めた。

「一番特徴のある表情が出てますよね。さすがお父さんだなあ」

感心したように横江は言う。

「昌美さんが行方不明になった直後、あなたも捜索の手伝いをしたんですって？」

横江は缶コーヒーを洗濯機の上に置き、大げさに手をふった。「そんな、手伝ったというほどじゃありませんよ。矢口さんといっしょに、昌美の知り合いを訪ねただけですから」

「それでも、矢口さんの支えになったと思いますよ。矢口さんから頼まれたんですか？」

「もう別れたあとだったので、警察の人から電話があって。それではじめて行方不明になったのを知ったんですよ。とにかくびっくりして、その場でお父さんに電話を入れました」

「いつごろのこと？」

「どうだろう。いなくなってから、ひと月くらいあとだったかな」

「昌美さんとどこで知り合ったの？」

「彼女が勤めているショッピングセンターから厨房設備の交換の仕事が入って、三週間ぐらい通ったんです。休憩時間なんかによくいっしょになったんで、そのときに」

「行方不明になるどれくらい前だったのかな？」

「一年ぐらい前」

「つきあいはどれくらい？」

「あまり長くなくて。半年ほどでした」

「立ち入った話で悪いけど、大人同士のつきあいだった？」

横江は少しもの憂《う》げな感じで、「そういうの、答えなくちゃいけません？」と言った。

「できれば」

「勘弁してもらえないですか」

肉体関係があったのだろう。

「別れた理由、訊いてもいいかな？」

「別れたっていうより、ふられたっていう感じでしたけどね。正直言うと」

今度は少し煩《わずら》わしいという表情だ。

「ひょっとしたら、昌美さんに新しい彼氏ができて？」

横江は形のいい鼻に手をやり、無念そうな顔でうなずいた。

「二宮っていうやつなんだけど、ひどいんですよ。いくら頼んだって、捜索の手伝いもしなかったし」

「その人はその人なりに事情があったんじゃないですか？」

「関係ないと思いますけどね。彼女がいなくなっちゃったんだから」

「でも、当時は警察だって二宮さんにはいろいろとお手数をかけたはずですよ」

「そうですかね？」

不満げな表情で横江は言った。

「横江さんはおいくつになります？」

「三十七になります」

「じゃあ、昌美さんとは同い年ですね。いまの職場には長いの？」

「六年目になりました」横江は自信ありげな表情を見せ、「最初っから正社員なんですよ」と言った。

「それは失礼。いまはおひとり住まい？」

「二年前に知り合った彼女と」

「結婚してるの？」

「まだです。この冬にもと思ってますけど。あの、訊いてもいいですか？」

横江は柴崎を窺《うかが》いながら言った。

「いいですよ」

「なにか新しい手がかりが見つかったとか？」

「いや。お父さんがあれだけ頑張っているんですから、こちらのほうとしても見て見ぬふりはできないでしょ」

言い過ぎたと柴崎は思ったが、この男ならどこにも洩《も》らさないだろう。

「横江さん。五年前の話に戻りますが、昌美さんのお父さんといっしょに知り合いの方を訪ねて回ったと伺っていますが、実際どれくらいの数でしたか？」

「それがあまりたいしたことないんですよ。ほんの十人くらいでしたから」

「仕事関係が多かった?」

「プライベートと半々ぐらいだったはずです」

「その中で特に様子がおかしいなって思った人はいた?」

「いえ、特には。でもあの……」

そこまで言うと横江は口を閉じた。二宮が怪しいと言いたかったのだろうか。私生活や仕事上のトラブルを抱えていたり、昌美自身の口から、聞き慣れない人の名前や地名が出たことがなかったかと訊いてみたが、それはなかったと思いますと横江は答えた。これ以上話しても埒《らち》があかないだろう。

コインランドリーから出る。

会社の手前で、横江は逡巡《しゅんじゅん》するように、

「柴崎さん、ぼく、手伝った方がいいでしょうか?」

と訊いてきた。

「ビラまき?」

「ええ」

「やめておいた方がいいんじゃないかな」

「そうします」

寂しそうに澄んだ目で言った。

目の前にいる男が昌美の行方不明に関わっているという疑いはしぼんでいった。それよりも、二宮という男に会って話を聞かなくてはいけないと柴崎は思った。クルマに戻ると携えてきた捜査報告書をめくり、二宮翔平《しょうへい》の連絡先を探した。

8

午後三時前に綾瀬駅前のショッピングセンターに着いた。六階の専門店街の一角のカレーハウスには、窓際《まどぎわ》に客が一組いるだけだった。店員に二宮の名前を告げると、副店長ですね、いま呼びますからと言って、厨房《ちゅうぼう》に入っていった。しばらくして、三十ぐらいの男が出てきた。制服のエプロンを細い腰に巻きつけ、黒いキャップをかぶっている。色白で眉《まゆ》のすっと伸びた好男子だった。

身分を告げ用件を話すと、二宮は奥にある席にいざなった。

「ずいぶん昔の話になりますが、少しお伺いしたい件ができまして」

柴崎は相手の顔を覗《のぞ》きこむように言った。

「はい、それはいいですけど、ぼくのことはどこから……？」

自分の影を踏まれたような不安げな面持ちで、二宮は訊いてきた。

「昌美さんが行方不明になった五年前にも、お名前が出ていらっしゃったものですから、それで」

不安の色をひきずったまま、二宮は小さくうなずいた。

「こちらにずっとお勤めだったんですね？」

柴崎は相手の緊張をほぐすように訊いた。

「亀戸《かめいど》の店に移ったんですけど、去年副店長になってまたこっちに戻りました」

「そうでしたか。失礼ですけど何歳になられました？」

「三十四になりました」

「ご結婚はされてます？」

「去年」

二宮は首をすくめ、「あの、昌美さん、その後なにか？」とたまりかねたように低い声で言った。

「お父さんがビラ配りしてるのはご存じ？」

柴崎が訊くと二宮は、おびえたような顔でうなずいた。

ここは強く出てもいいだろう。

「それなら話は早いよね。単刀直入に訊かせてもらいますが、五年前、昌美さんとはどの程度のつきあいでした？」

「そこそこには、つきあっていましたけど」

「五年前、あなたは町屋でご家族といっしょに住んでらっしゃいましたよね？」

「そうです。いまも実家の近くに住んでます」

「彼女と知り合ったきっかけはなんだったの？　彼女のほうから声をかけてきた？」

二宮は少しずつ質問になれてきた感じで、

「最初はぼくのほうだったかな。バックヤードで休憩中に。彼女は明るいし、声をかけやすかったから」

「映画を観《み》に行ったりとかそういう間柄？」

「もうちょいですかね」

「彼女のアパートに行ったことある？」

「何度かは行きましたけど」

「泊まった？」

「ええ、まあ……一回だけだったと思いますけど」

二宮はみずから踏み込んだ感じで答えた。

「それって、五年前のいつごろになります？」

「すごく暑かった日だったから七月か八月かな」

「彼女から、なにか仕事の面でゆきづまっていたり、トラブルを抱えているとかいう話を聞いたことはなかった？」

「給料が安いってよくこぼしてましたけどね。ほかは特にないと思うけどなあ」二宮は緊張がやわらいだ顔で答える。「地元ではちょっとしたカリスマ店員だったし。将来はバイヤーになりたいって言うのが口癖だったぐらいですから」

仕事面でのトラブルはないと見ていいだろう。やはり、私生活で問題があったように思われた。たとえば、いま向かい合っている男との間柄のような。

「ご家庭のことで、悩み事を聞いたりはしませんでしたか？」

「実家に帰りづらいとはよく言ってましたが」

兄嫁との折り合いが悪かったのは本当のようだ。しかし、出奔する理由にはならないだろう。

「あなたが彼女とおつきあいをはじめたのは、いつですかね。その夏から？」

「夏よりちょっと前ぐらいだったと思いますけど」

「カラオケに行ったり、バーベキューとか、いっしょにすごすグループはありました？」

「おたがいの店の仲間同士では、よく行っていたと思いますよ。でも彼女と共通の知り合いはいなかったし」

話題が移ったせいで、表情に余裕が垣間見《かいまみ》られた。

「聞くところによると、彼女はほかにも男友だちがいたそうですけれど、そのうちの誰かご存じですか？」

「人づてにですけどね。名前は聞いたことありますよ」

「なんという名でした？」

「あまり覚えてないけど……後藤とか横なんとか」

「横江？」

その名前を口にすると、二宮は、まっすぐ伸びた眉を曇らせた。

「どうかしました？」

「そいつとはつきあっていたけど、とっくに別れたって」

「そう彼女が言ったの？」

「そいつの名前はちらほら聞いていたんで、つきあいはじめたころ、ぼくのほうから訊いてみたんですよ」

気分を害したように二宮は眉間《みけん》に皺《しわ》を寄せた。

横江が言ったのは当たっているようだ。

「あなたとつきあう直前まで、その人とは仲がよかったわけですね？」

「そうだったんでしょう」

いまさらという感じで二宮は言った。

「二宮さん、あなた、あの年の十月四日前後、どこで、どうされていました？」

いきなり核心を突いてみた。その答えはすぐ返ってきた。

「ずっと仕事していましたけど」

ここで引き下がるわけにはいかない。

「彼女がいなくなって、お店の中ではけっこう話題になったんじゃない？」

「まぁ、そうです」

行方不明になった昌美とつきあっていたのは仲間も知っていたはずで、耳に入れたくない噂《うわさ》も、飛び交っていたのかもしれない。

「ひょっとして、ここには居辛《いづら》かった？」

「正直言うと、そうでしたね」二宮は迷惑げな表情で答える。「見えないところで後ろ指を指されているような感じだったし」

「だからほかの支店で働かせてくれと上に申し入れた?」

二宮は気まずそうに頭をかきながら、うなずいた。

「子供さんはいる?」

「いますよ、男の子が」

突っ張るように二宮は答えた。

昌美さんが行方不明になったとき、お父さんといっしょに捜さなかったのですかと訊《き》いてみると、二宮は頼まれませんでしたからと答えた。とりつくシマがありそうでない感じだ。それ以上、質問が浮かばなかった。

夕刻が近づいている。本日付の異動で着任した人間たちが与えられた席に落ち着く時間帯だ。慣れない環境で、調整事項も多く出るはずだ。矢口隆史から教えられた平松加世子への聞き込みは明日以降に回すしかない。それさえすめば、ひとまず自分の任務は終わるだろう。

礼を言い柴崎は店を出た。

そのとき携帯がふるえた。雪乃からのメールだった。今朝から三度目だ。克己が学校に行ってくれない云々《うんぬん》という内容。

ことさら体調も悪くないのに、どうして登校しないのだろう。しかし、まだ新学期はじまったばかりだ。あわてる気持ちもわからないではないが、明日になれば、けろっとした顔で出かけてゆくに違いない。そのように返事をしてショッピングセンターをあとにした。

9

翌日。

予想通り、署内の人員再配置に対する反発が多く出た。地域課と刑事課からの苦情がひどかった。強行犯捜査係から交通規制課に回された者や交通捜査課から警務課の統計係に回された者もいる。すべて、この半年あまりのあいだに起きた署内の不祥事の関係者ばかりだった。係長たちの意見を聞いた。大幅に人員を入れ替えた二カ所の交番を訪ねてから、平松加世子が勤めている店のある尾久《おぐ》に出向いた。午後二時を回っている。綾瀬店と違ってこちらは路面店だ。

これを最後に、矢口昌美の行方不明事案に関わる捜査を終えようと決めていた。五年前に起きた事案なのだ。もとより警務課長代理の自分が行うべき仕事でないのは明らかだ。

とにかくきょうの聞き込みをすませたら、自分の中でもけじめをつけて、本来の警務課の業務に邁進《まいしん》しなければならない。やるべき仕事はいくらでもあるのだ。

間接照明の淡い光がハンガーにかかるツイードのジャケットを柔らかく照らしていた。カバンや靴といった小物類も充実している。矢口昌美が勤めていた店と同系列のセレクトショップだ。平松加世子はレジ奥のバックヤードから現れた。細身だ。すっきりしたショートボブ。ボーダー柄のチュニックを着て、革のブーツをはいている。三十代後半、昌美と同年代だろう。

「昌美さんのことですよね」

平松は客のいない古着コーナーの前で待ち構えていたように口を開いた。

「綾瀬のほうでごいっしょだったと伺ったものですから。彼女は当時、副店長をしていたんですね？」

「そうでした。わたしはまだ派遣の平《ひら》店員でしたから」

「こちらのお店は長いんですか？」

「三年目になりますけど」

平松の名札には店長とある。

この五年のあいだに、派遣社員から正社員、そして店長にまで昇進したというのだから実力があるのだろう。

「あの、お父さんが綾瀬駅前でビラ配りをしているって本当ですか？」

警戒心のこもった目で訊いてきた。

「はい。先日お宅を訪ねていろいろお話を伺ってきました」

どことなく不安げな平松に、これまでの捜査や聞き込みで得たことを話した。

平松はクルマ好きだった昌美に、何度か乗せてもらってドライブにも出かけたという。二宮の結婚も知っていた。横江の名前を出すと、二宮さんの前につきあっていた人ですよねと言った。

「よくご存じですね」

柴崎は訊いた。

「わたしと三人でご飯食べたりしましたから。横江さんて昌美さんのお父さんといっしょに、捜すのを手伝ってくれたんじゃなかったかしら」

「のようです。でも、行方不明当時、昌美さんは二宮さんとつきあっていたわけですよね」

「そのはずですよ。彼氏、昌美さんがいなくなっても、平気でいて。横江さんと違って、ずいぶんと薄情な人だなって思ってました。あ、これあの人に言わないでくださいね」

つい出てしまったという感じで、平松は柴崎を上目遣いに見た。

「もちろんです。いっさい、口外しません。ところで当時の昌美さん、お店ではどんな感じでしたか？　仕事ができたと聞いていますけど」

「わたしと同じように、派遣から正社員になった人です。当時、副店長になったばかりで、とても張りきっていましたし。うちの会社って従業員の七割が正社員なんですよ」

「バイヤーになりたいという希望があったようですね」

「そうです。昌美さんの接客態度は抜群でしたし。本社の店長会議にも呼ばれていたくらいですから」

「最後に彼女と会ったのはいつごろでしたか？」

「たぶん、いなくなったっていう日のあたり……」

「十月四日の土曜日はごいっしょでした？」

平松は遠いところを見るような目で考え込んでから、口を開いた。

「その日か、その前の日だと思いますけど……自信ないんです」

「了解しました。彼女とはメールのやりとりもしていました？」

「もちろん、してましたよ。とっても気さくな人だし」

「ほかのスタッフや友人も同じ？」

「そうでした。学校のときの同級生なんかにも、誕生日の月になるとメール入れたりしていましたもん」

「そうですか。当時、彼女がつきあっていた二宮さんもそうですが、ショッピングセンターで特に親しくされていた方はご存じですか？」

「昌美さんは誰にも好かれていたし、ガードマンさんなんかにも、小物のプレゼントを贈ったりするような人でした」

「誕生日とかに？」

「わたしたちの業界って、けっこう人の誕生日を気にするものですから」

営業で客の誕生月にダイレクトメールを送るような類《たぐい》の話だろう。

「昌美さんはオープンな人ですから、人によっては甘えるっていうか、つけいるっていうか、そういうお客さんもいたりして」

「いやな客がいたんですか？」

「何度か見たり聞いたりしました。いよいよ、困ったりすると、そのガードマンが駆けつけてくれるんですよ」

柴崎はこれまで見えなかったものに触れた気がした。

「困らせた客ってどんな感じの人でしたか？」

「定期的に来て、彼女の言うとおりに買ってくれるお客さんがいたんですよ。最初は上得意だと思っていたんですけどね。それがある日、『これだけ買ってやってるんだから、外で会え』とか彼女に言ったらしいんです。昌美さんって、明るくてはきはきしているんですけど、関係がいったんこじれると、もうまったくだめになるタイプで。そいつが来るたびにはねつけていたら、相手がどんどん高飛車になっていって、ほかのお客さんのいる前でも、大声で怒鳴り散らしたりするようになったんです」

「店以外の場所で、その人が昌美さんを待ち受けていたりしたことは？」

「それは聞いていませんけど。もしそんな目にあったとしたって、昌美さんならきっぱり断るだろうし。あの……その人については、五年前にも警察の方に申し上げましたけど」

のど元まで熱くなりかけていたのが、いったん冷めた。

矢口昌美は、若いわりに物事をはっきり口にする、気丈なタイプの女性のようだ。

「当時警察は、その人物を調べたんですよね？」

つい柴崎は口が滑ってしまったと思った。

「調べたと思いますよ。あいつは関係ないって刑事さんが言ってたのを覚えてますもん」そこまで話すと平松はふと押し黙り、しっくりしない感じで口を開いた。「そういえば、ガードマンのことで昌美さん、なにか気になることを言ったような覚えがあるんですけど……」

「どんなことです？」

「それが、なんだったかなぁ。思い出せなくて」

どことなく晴れない表情の平松に、店以外の友人関係でトラブルを抱えていたりとか、そういう話を見たり聞いたりしたかと改めて訊いた。しかし、父親の隆史から聞かされた以上の話は出てこなかった。

これまでだと柴崎は思った。五年前に終結した事件なのだ。浅井が言ったとおり、毎年、管内だけでも百人の行方不明者が出る。そのほとんどはなんらかの事情を抱えた家出人だ。捜査の素人《しろうと》がこれ以上、聞き込みをしたところで、得られるものなど、星の欠片《かけら》ほどもない。

「よくわかりました。またなにか思い出されましたら、こちらまでお知らせください」

柴崎は名刺に自分の携帯電話の番号を書き込んで渡し、背を向けた。

そのとき、忘れ物でもしたかのように、平松から声をかけられた。

「これから、なんぶさんのところにも行かれますか？」

柴崎は足を止めて、ふりむいた。

「いま誰とおっしゃいました？」

「ガードマンのなんぶさんですけど」

「昌美さんがプレゼントを贈っていた方？」

平松は不思議そうにうなずいた。

「なんぶって、南に部活動の部？」

「そうですよ。南部、えーと確かしゅうぞうさん」

南部しゅうぞう——周三？　あの要塞《ようさい》ハウスの主？

手帳に周三と書いて見せると、平松はこの人ですよとこともなげに言った。

透明な石にコツンとつまずいたような気がした。あの南部周三に間違いないだろう。

甥《おい》の古山が言っていたのを思い出した。南部には警備員として働いていた時期があったと。

ブロック塀と有刺鉄線で囲まれた異様な家が脳裏に浮かんだ。

あの家の主が五年前に行方不明になった女性から、誕生日ごとにプレゼントを受けとっていた……。当時は人づきあいがよかったというから、不自然ではなかったのだろうか。いずれにしても、当時の捜査資料は南部周三にはいっさい触れていない。五年前、まだ家は要塞化されていないし、南部周三はあのショッピングセンターに、ガードマンとして勤務していたのだ。……南部こそが、矢口昌美が失踪《しっそう》した理由を知っているのではないか。

「南部さんて、働いていた当時は、人づきあいがよかったと聞いていますが、実際どんな方でしたか？」

勢いこんで訊《き》いたので、平松は気圧《けお》されている。

平松は退職後の南部については知らない。あの要塞ハウスなど、見たことも聞いたこともないだろう。

「おしゃべりじゃないけど、飲み会に誘えば必ず来ていましたから。ほかの店員さんの受けもよかったと思いますよ」

平松はおずおずと言った。

「昌美さんとは特に仲がよかったわけですか？」

「そうでしたね。彼女も南部さんをずいぶん頼りにしていたみたいです。無線で呼び出すと、すぐ駆けつけてくれましたから」

「さっきのおかしなやつを追い払ったときの様子はどうでした」

「すごく落ち着いていました。さっとやって来て、何事もなかったように腕を引いて、バックヤードに連れていきました。とにかくすごく手際《てぎわ》がいいんですよ」

「それで退散した？」

「捨て台詞《ぜりふ》を残して帰っていったみたいですけど、二度と来なくなりましたね。でもその人に限らないんです。万引きした人なんかを捕まえると、相手が開き直って怒り出すときがありますよね。それをおさえこむのがすごく上手なんです。でも捕まえたあとの処置は、ちょっときつかったかも。マネージャーに相談もしないで、さっさと警察に通報しちゃうし」

修羅場慣れしていたのだろう。世話になったのは、昌美だけではない。だからショッピングセンター側も高齢でありながら雇い続けていたのだ。

「万引きじゃなくて、盗撮で捕まった人もいました」平松が続ける。「その人、説教くらいで帰してくれるだろうぐらいに思っていたんですよ。でも、南部さんは許さないからすぐ警察に突き出しちゃって。その人それで会社をクビになっちゃって」

柴崎は驚いた。「そんなことがあったんですか」

「その人はずっと根に持っていたと思います。会社を辞めさせられたあとも、ショッピングセンターに来て南部さんと言い争っているのを見たことがありますから」

そこまでいけば事件ではないかと柴崎は思った。ショッピングセンターの総務課あたりに訊けば、詳しい情報が得られるかもしれない。

南部周三の人相や体格について訊くと、背の低いちょっと小太りで、坊主頭《ぼうずあたま》の人です。眉毛《まゆげ》が濃かったなと平松は答えた。

「性格的にはどうですかね？　ちょっと硬いところがあるとか？」

「見かけはかもぉ、ですけど。でも、話すとすごくやさしいし、根は明るかったんじゃないかな」

根が明るいというのが気にかかった。

「ほかに気に留まったようなことでもありました？」

「退職したあとは知りませんけど、おひとりでも十分に生活できているんじゃないかなあって。料理が得意みたいだったし」

「よくご存じですね」

「南部さんて海釣りとかするんですよ。大物を釣り上げると、昌美さんに連絡を入れていたみたいで。それで家に呼ばれて、ごちそうになったとか聞きました」

「昌美さんが南部の家に？」

さんづけで南部のことを呼ばなかったので、平松が、いぶかしげな顔つきをした。あわてて、そのガードマンさんの家にも行ったんですねと訂正した。

「何度か呼ばれたみたいですよ。客間以外、家の中がぜんぜん片づいていないとか文句を言ってました。バイト代もらえればわたしが掃除してあげるって彼女も言っていたくらいですから」

ふたりの関係に、ふと違和感を覚えた。

親子ほども年の差のあるふたりだから、昌美が、南部の家に遊びに行ってもおかしくはない。南部のほうも、喜んでいたはずだ。しかし昌美が行方不明になったとき、南部はどう対処したのだろう。それほどの仲なら、すすんで行方不明の捜索を買って出るくらいはしてもよかったはずではないか。

父親の隆史は、おそらくふたりの間柄については知らない。捜査報告書にも南部の名前はいっさい出ていないのだ。

退職した植野巡査部長の顔がよぎった。南部を襲ったひったくり犯に、南部のことをしつこく問いただし、暴力までふるった。その不可解な行動に、もし、ほかの理由が隠されているとしたら——。たとえば、矢口昌美の行方不明事案と南部が関わりを持っていた、などと考えた末に。

帰署したら、八木生活安全課長に訊いてみなければならない。

とにかく、どんなやり方をとっても、南部周三と会わなければならない。あの高い塀を乗り越えてでも。

勤めていたショッピングセンターには、南部周三の人となりをよく知っている人物がいるはずだ。その人間と会えれば、面会の糸口が見つかるかもしれない。

10

午後五時ちょうどに署に戻った。三階の生活安全課に上がり、八木課長から五年前の植野巡査部長の様子を聞いてから一階に下りた。警務課に入る手前で、新任の交通課長に呼び止められる。前課長の高森との引き継ぎがうまくいっていないらしく、しばらくやりとりをして、ようやく自席に戻った。

聞き込みで得た事柄を頭の中で整理しながら、パソコンをネットにつなげて、検索語を入力し、必要な画面の印刷をすませる。宿直態勢に入ってから、副署長を誘って署長室に入った。

署長は帰り支度をはじめているところだった。

聞き込みで重要な証言が出てきましたのでご報告したいのですが、と申し出ると、坂元はソファに腰を下ろした。坂元の正面に座った助川が柴崎を見ながら、「異動でお疲れのところ申しわけありませんが、こいつがどうしてもって言うので」と口を添える。

「構いませんよ」

柴崎はプリントアウトした三枚のペーパーをテーブルに並べた。インターネットのとあるサイトの頁《ページ》を打ち出したものだ。三枚のうち二枚には、ブロック塀と有刺鉄線で囲まれた日本家屋が写っている。柴崎がマーカーでアンダーラインを引いたところに指をあてがうと、坂元が首を伸ばすように目をやった。

「……この屋敷、殺された女が埋められている」

ひとりごちるように言うと、坂元は、三枚の紙をとりあげて目を通しはじめた。読み終えてから助川に渡す。

「このあいだ見せて頂いた、南部さんのご自宅ですよね？」

坂元が訊いた。

「そうです」

坂元は理解しかねる顔で、

「そこに死体が埋まっているとか、この家の住人は人殺しだとか……いったい、なんのいたずらですか？」

「数年前からネットに書き込まれているようです。地名と固有名詞、それから〝殺し〟と入力して検索すると、かなりの数がヒットします」

「おまえの思いつきで調べたのか？」

助川が訊いてくる。

「いえ。矢口昌美が勤めていたショッピングセンターの総務課の複数の職員に教えてもらいました。彼女をよく覚えている連中です」そう前置きしてから、聞き込みで知り得たことを説明した。

話を終えると助川が、信じがたい顔で口を開いた。「矢口昌美の失踪に、あの南部がからんでいるだと？　おまえキツネにでも化かされているんじゃないか？」

「いま申し上げたように、失踪直前まで矢口昌美が南部周三の家に出入りしていたという証言が複数取れました。南部というのは、万引き犯などに対して、ことさら厳しく当たるガードマンだったそうです。彼に捕まえられたのがきっかけで、会社を辞めさせられた盗撮犯もいるくらいですから」

「だからって、どうして、こんなものを印刷してくるんだ」

助川がペーパーを叩《たた》きつけるように置いた。

「矢口昌美が、行方不明になったのは五年前の十月四日土曜日。同じ月の月末、三十一日付で南部はショッピングセンターの警備員を自己都合で退職しています」

「偶然だろ」

助川が言う。

「総務課の職員は当時をよく覚えていました。前の日になって、いきなりやめると申し出てきたので驚いたと言っています。南部は頼りになるガードマンだったので、かなり慰留をしたのですが、耳を貸さなかったということでした」

「年齢《とし》だよ年齢。いいかげんにしろよ」

「いえ、その前月にはヒアリング中に、南部は来年も働きたいと申し出ていたそうです」

「体調が急に悪くなったりして、それでじゃないのか？」

「当時、南部は職場の健康保険に入っていて、診療記録が残っています。皮膚科以外は通っていません」

坂元が得心のいかない表情で、

「失踪した時期と南部さんがやめた時期が重なるからと言って、そこまで飛躍するのはどうでしょう」

「そうは思ったのです。しかしネットの書き込みは、かなり以前から行われていたようですし」

坂元は困惑した顔で助川と顔を見合わせ、唇をわずかにかんだ。

柴崎の思い込みを打ち消すため、どう説き伏せようかという顔だった。

「あのなあ柴崎」助川が言い聞かせるような口調で続ける。「この南部が矢口昌美を自宅に連れ込んで乱暴したあげくに抵抗されたので殺した、とでも言いたいのか。そのあと、自宅の庭先に埋めた。昌美は昌美で、南部とのつきあいや家を訪ねることを誰にも言っていなかった。そのため、捜索の手は及ばなかった」

助川が話すのをやめると、坂元が代わった。「殺したという罪の意識は年々歳々強まるばかりだった。人と会ったり話したりするのも億劫《おっくう》になった。常に誰かから見られているというような妄想状態に陥り、自宅を塀で囲い有刺鉄線をめぐらせて世間と隔絶させた……とおっしゃりたいのですね？」

「そこまで、決めつけてはおりませんが、もうひとつ、気になる件があります。失踪当時、彼女のクルマは、南部の自宅から三百メートルほどのところにある月極駐車場で見つかっています」

そう言うと坂元と助川は、顔を見合わせた。

口を開いたのは坂元だった。

「矢口昌美の運転免許証の更新期間は明日で終わりでしたね？」

彼女の誕生日は八月六日。きょうは九月五日だから、免許を更新するとしたら明日が最終日だ。

「そうですね」と助川。

「更新はされていますか？」

坂元が訊いた。

「されたなら、浅井が言ってくるはずです」

助川が答える。

柴崎は言った。「矢口昌美の父親から聞いた話ですが、行方不明になった直後も、昌美の携帯から、母親の携帯に心配しなくてもいいという趣旨の短いメールが何度か届いています。そのたび、母親は打ち返しましたが、返信はなかったようです」

「南部が昌美の携帯を使って、生きているように偽装したというのですか？」

坂元が訊いてくる。

「事実を申したまでです」

坂元はソファに肘《ひじ》を乗せ、うつむいて考え込む様子を見せた。

「クルマはいいとして、柴崎、おまえ、この南部という男が当時の捜査から洩《も》れていたと言いたいんだな？」

助川が訊いた。

「書類上に名前はありませんが、もしかしたら植野巡査部長がこの件について、なにかつかんでいるかもしれません」

柴崎はひったくり犯との関係で、植野が荒れた理由についての推測を話した。

坂元は悪い夢を見ているような顔で、

「いま、代理が説明したような事情を、植野巡査部長は当時からつかんでいたということですか？」

「その可能性はあると思います。でないと、彼がひったくり犯ごときに暴力をふるった理由を説明できません」

「もしそうだとしても、当時、植野巡査部長は、南部の捜査まで踏み込まなかった。なぜだ？」と助川。

「植野巡査部長は当時生活安全課に配属されて二年目でした。捜査の中心にいたわけではないのです」柴崎は続ける。「でも、わたしとは別のルートから南部にたどり着いたのかもしれません。それは、行方不明の捜索が終結してからだったのではないかと考えられます。一度決着がついた事件に再度着手するのは、うちの場合、容易ではありませんから」

坂元も助川も互いにべつの方向に目をやっていた。

確信は持てない。それでも、これまでとは違う観点から、矢口昌美行方不明事件を見直すべきだと考えていた。ことにあの得体の知れない要塞《ようさい》のような家とそこに住んでいる住人については、もっと突っ込んだ調べが、一刻も早く必要だ。ガードマンをしていた当時のトラブルも詳しく調べてみる必要があるだろう。南部のせいで会社を辞めさせられてしまった盗撮犯も気にかかる。捜査の結果、無関係とわかれば、それはそれでいい。しかし万が一、悪いほうにふれたら、この件はとんでもない方向に進む。

いや、と柴崎は思った。ここまででいい。もう自分の役目は終わったのだ。経験のない素人《しろうと》の聞き込みで偶然入手したに過ぎない情報をどう処理するかは玄人《くろうと》にまかせればよい。きょうはこれで帰宅して、早めに床につきたい。夕方からさらに熱っぽいのだ。

「植野さんの再就職は決まっているのですか？」

唐突に坂元が口にしたので、柴崎はまじまじと相手の顔を見た。

「いえ、本部の厚生課のほうにまかせていますが」

警視庁を辞めた警官は、一般的に、厚生課に登録されている再就職口を斡旋《あっせん》してもらうのだ。

「わかりました。わたしのほうから、訊いてみます」

言うが早いか、坂元は署長専用の電話で本部に電話をかけはじめた。

この先、植野からの捜査協力を得るために、先手を打っておきたいのだろう。でもそれはどうだろうか。虫がよすぎて、自分ならとても訊けない。

しかしこの女性署長には、もともとそんなハードルは存在しないのかもしれなかった。

助川がそっと耳打ちしてきた。「さっきの話を捜査報告書にまとめて浅井に上げておけ」

翌日。

朝の訓授が終わると、坂元は刑事課長の浅井を署長室に呼び入れた。

浅井はなんのために呼ばれたのか、わからない顔をしている。

ソファに着くなり、坂元は浅井に正対して告げた。

「柴崎代理から矢口昌美の件について報告があったと思いますが、どうお考えですか？」

ようやく合点がいったような表情で、「ああ、例の〝人殺しの家〟の写真ですか？」と半分ふざけたような口調で言った。

坂元が息を呑《の》むのが柴崎にもわかった。

「なにか、考え違いをしているんじゃないの？」

坂元は厳しい口調で問いただした。

「あの手の家はそんな噂《うわさ》がつくものですよ。いちいち調べていたんでは、きりがない」

浅井が答える。

「ネットの画像は傍証に過ぎません。問題にしているのは矢口昌美と南部周三の関係です。当時、ふたりの間柄をどこまで調べたのですか？」

「蔵前《くらまえ》にいたから、知りません」

浅井の前任は蔵前署。綾瀬署に移ってきたのは三年前だ。

「矢口昌美の免許証は更新はされたのですか？　きょうが更新の最終日です」

浅井は股《また》を開き、両手を膝《ひざ》にのせた。「こっちの管轄《かんかつ》じゃない。交通課に訊《き》いてください」

「出なかったらどうする気です？」

「出ないもなにも、本人の都合で更新しないだけでしょう」

柴崎はふたりのやりとりをハラハラしながら見守るしかなかった。

両者のあいだの溝は深まる一方だ。はじめのうちこそ、上辺だけであっても署長の命令には従っていた浅井だが、近頃は面と向かって歯向かうようになっている。このままでは、どこまで行っても平行線だ。

「最悪の事態を想定するのが捜査の要諦《ようてい》です。あなたはそれをご存じないのですか？」

改まった口調で坂元は問い質《ただ》した。

「南部周三の家に矢口昌美の死体が埋まっていると仰《おっしゃ》りたい？」

浅井がさらりと答える。

「その可能性を見極めるのがあなたの仕事です」

「いくらなんでも無理な注文ですね、それは。ネットで少しぐらいヘンな噂が出回っているにしろ、その程度で殺人を疑うなんて、とても道理にかないません。だいたいが、動機はあるのですか？　理にかなった動機が」

そう言うと、憎々しげな目を柴崎に向けた。

「それは、まだわかりません」

柴崎はそう応じるのが精一杯だった。ひとしきり咳《せき》に襲われる。

「浅井なあ」助川が口をはさんだ。「いっぺん二、三人引き連れて、南部の家に乗りこんでみちゃどうだ？」

浅井はとぼけた感じで、「副署長、菓子折でも持って、お体のかげんはいかがですかって？　それで戸を開いてくれると思います？」と言い、また柴崎に流し目をくれる。

身の縮む思いがした。感情論だけで、署長にそこまで言っていいのか。若い女だからと高をくくっているのか。

そっと坂元を窺《うかが》う。冷たくよそよそしい顔で浅井を見ている。議論は終わったという感じだ。こうなるのはわかっていたというような案配にも見える。

署長の真意がどこにあるのか、柴崎にはつかめなかった。

後々のために、部下には捜査命令を下していたというアリバイ作りをしているようにも取れる。いや、そんな悠長なことを言っている段階は過ぎた。意地の張り合いをしている場合ではないのだ。

一刻も早く、南部周三邸の敷地内をあらためなくてはならない。その結果、なにも見つからなければ、それでいい。見栄《みえ》や外聞を気にして、事件を見過ごすことなど、あってはならない。家宅捜索をした結果、その疑惑が間違いであっても構わないのだ。

「南部については、よからぬ噂が地元でも流れています」柴崎は言った。「暴力的行為があったのも事実のようですし。その気になれば、明日にでも引致した上で家宅捜索まで踏み込むことは可能だと思います」

それだけ言うのがせいぜいだった。

「浅井刑事課長」ひんやりとした声で坂元は言った。「指示を出します。南部周三の周辺を調べてください。以上です」

それだけ言うと坂元は、すっと立ち上がり署長席に戻った。

ソファに沈み込んだまま、柴崎はしばらく動けなかった。

11

日曜日の午後六時すぎ、柴崎は北千住駅に降り立った。宿場町通りの中ほどに江戸時代の遊郭を模した小料理屋がある。木戸を開けて、店員に名前を告げると個室に通された。

四人用の座敷に坂元がいた。約束の時間は六時半なので、遅れてはいない。

それでも、お待たせしましたと声をかけた。

「いま来たばかりですから」

坂元はさらりとかわし、向かい側の席に座るようすすめた。

掘りごたつ形式になっている座卓には、麦茶の入ったコップが置かれている。

「鶏肉《とりにく》大丈夫ですか？」

坂元に訊かれて、好物ですからと答えた。

家を出る前に、ネットで調べて、店の知識は仕入れてあった。名古屋コーチンの専門店で、水炊《みずた》きと親子丼《おやこどん》が売りの店だという。

注文をすませて店員が襖《ふすま》を閉じると、坂元は軽く頭を下げた。

髪のボリュームがふだんよりも多めに見えた。黒のカットソーにベージュのノーカラージャケットを合わせている。化粧は薄くアイラインだけ入れている感じだ。

「急でごめんなさいね。どんなお店があるのかよく知らなくて」

「いえ、構いません」

強い冷房のせいで畳が冷えきり、座り心地が悪い。

坂元から夕食につきあってくれないかという電話が入ったのは、昼過ぎだった。断われず、用件も訊かないまま、参りますと返事をした。

できればきょうだけは、家で長男の克己とともに夕げの卓を囲みたかった。

この一週間、克己はとうとう学校に行かなかった。自室に引きこもりっぱなしで、会話はおろか、顔も合わせていないのだ。心配した義父の山路《やまじ》直武《なおたけ》が朝からやって来て、昼過ぎに、しぶる息子をクルマで外に連れ出してくれた。ふたりで馬事公苑《ばじこうえん》に出かけ、柴崎と入れ替わるように帰宅してきたのだ。

運ばれてきたビールのジョッキをわきに置き、柴崎は切り出した。

「南部の件ですよね」

坂元は、奥二重の目を広げて、うなずいた。

それならば、ここの勘定は署のカネで精算する。

「本当は銀座あたりまで足をのばしてもよかったんですけどね」

「ご冗談を」

警察署長は日曜日といえども、管轄内にある官舎で過ごさなければならない。北千住は管轄外だから、正確に言えば軽いルール違反を犯していることになるのだ。

「代理にはあれこれご迷惑ばかりかけてしまって、申し訳ないと思っています。風邪はもう治りましたか？」

神妙な口調で言われて、なおさら尻《しり》のあたりがむず痒《がゆ》くなってきた。署の中では、自分以外に相談をもちかけられる相手はいなくなった。前職が総務部企画課という警視庁内の筆頭課であったという理由もあるのだろう。慰労をかねて呼び出されたのか。

「ありがとうございます。体調も良くなってきましたし、お気になさらないでください」

「そう言っていただけると助かります」坂元はビールに口をつけると、軽いため息をついた。

「ここに来る前、南部が勤めていたショッピングセンターに寄って来ました」

柴崎は言った。

「聞き込みですか？」

「例の盗撮犯が気にかかっていたので、もう一度総務に行きました」

「南部に警察に突き出されたせいで、会社を辞めさせられた男ですよね？　なにかわ

「かりました?」

「犬塚昭次という今年三十五歳になる男です。会社を辞めさせられただけではなく、それが原因で離婚したようです。かなり辛《つら》い状況に追い込まれてしまったのは確かです」

「自業自得《じごう》です」

坂元は口元に冷ややかな笑みを浮かべた。

「この犬塚はしつこい男だったようです。ショッピングセンターに来て南部を罵《ののし》ったりするだけじゃなくて、殺してやるとわめいたり、怪文書をばらまくような騒ぎも起こしていたようなんです」

「完全な逆恨みですね」

言うと坂元はビールを喉《のど》に流し込んだ。柴崎もジョッキを手に取り、一口呑んだ。

「事務室に無言電話とかも、しょっちゅうかかってくるようになって、それでも飽き足らなくて、南部の家に架電するようなこともあったようなんです」

「南部本人が言ったのですか？」

「総務のほうに何度も相談があったらしいです。そのたび、総務の人間も犬塚に注意はしていたと言っています」

「いつごろの話ですか？」

ジョッキを置いて坂元は訊《き》いた。

「南部が辞める直前です」

「それが原因で南部はショッピングセンターを辞めたんでしょうか？」

声を低めるように坂元が言う。

「その可能性もあると思います。南部は辞めたあとも、犬塚からの嫌がらせを受けたようで、ショッピングセンターに相談があったそうです。でももう辞めた人間ですから、ショッピングセンター側も親身に相談に乗らなかったような印象を持ちました」

そこまで言うと、柴崎はジョッキのビールを半分ほど空けた。

「南部にしても、気が気じゃないですよね。そんなひどい状態が続いていたとしたら、精神的に参ってしまうでしょう」

「そうなんですよ。それで、自宅をあんな状態にしてしまったのではないかと思うんです」

「敵から身を守るために、籠城《ろうじょう》していったということかしら。ひょっとして、嫌がらせはいまも続いている？」

「いえ、犬塚はもう三年前に郷里の福岡に帰っています。それ以来、一度も上京していないらしいのですが」

「そうなんですか。やっぱり、一から調べないといけませんね」

すっきりした感じで坂元は言うと、お通しのもずく酢に箸《はし》をつけながら、「一課の特命捜査対策室に入ってもらうことになりました」とつぶやくように言った。

はっきり聞きとれず、柴崎は訊き返した。「本部の捜査一課ですか？」

坂元は前かがみになった。「特命捜査対策室はご存じですよね？」

「三年前にできたと記憶していますが」

殺人や強盗などの公訴時効が廃止や延長されたため、それに対応する組織が必要となったのだ。四十名ほどの人員がいると聞いている。捜査一課の刑事の中から腕利《うでき》きの人間が集められたらしいが、そこの係員を呼んだ？　どのルートから要請したのだろう。うちの刑事課ではない。本部の上層部が送り込んできたのか。

「防災の日の翌々日、本部で反省会がありましたよね。その席で警務部長にお願いしたんです」

「この火曜日ですか？」

南部周三に死体遺棄の嫌疑がかけられた三日前だ。坂元は矢口昌美の行方不明事案に事件性があると確信し、早期解決を狙《ねら》っているのだ。

「決まったのが昨日の夜で、御連絡が遅れました」

悪びれることもなく言う。

「それはいいんですが、浅井さんには伝えましたか」

「昨日、伝えました」

自宅でくつろいでいたとき、坂元から頭越しに捜査一課を呼んだという知らせを受けた浅井は、驚いて目から火花が出たはずだ。外部から捜査員が入るなら、署内の対立はひとまず棚に上げなくてはならない。いや、隠さなければならない。きょうあたり、出署して、対策室の人間を迎え入れる準備をしているかもしれない。柴崎は何人ぐらいの応援が入るのか訊いてみた。

「とりあえず五名です」

さらりと坂元は言い、ジョッキのビールを飲み干した。

「捜査の主力はやはり……南部周三に？」

「そのつもりです」

柴崎は問合をつめるように訊いた。

「浅井刑事課長はなにか言っていますか？」

「なにも言っていませんよ。命令に従ってくださいと伝えてありますから」

ここまで来て、いまだ杓子定規《しゃくしじょうぎ》な答えに苛立《いらだ》った。

「坂元署長、いくら外部といっても、対策室は刑事には変わりありません。刑事課のラインなんです。浅井さんの顔を立てなければ、対策室は動いてくれませんよ」

坂元は少し驚いた顔になった。「本当ですか?」

「刑事は刑事です。対策室の刑事だって、上《うわ》っ面《つら》だけは従うそぶりを見せても、腹の中では舌を出すかもしれません。実際、うちがそうだったじゃないですか」

「それは、南部のことがわかる前だったから」

襖が開いて、料理が運び込まれた。

水炊きの鍋《なべ》がセットされ、コンロに火が入る。

別皿で出されたコーチンの串焼《くしや》きを口にする坂元を見て、柴崎も一本とりあげた。

店員がいなくなると柴崎は口を開いた。「明日から来るんですか?」

「のはずです。予算執行、お願いしますね。まだ捜査費は十分あるかしら」

今年度は半期たっているだけで、予算は潤沢に残っている。

「カネはいいんです。旅費でも残業代でも、ケチケチしないで使えますから、心配していただかなくてけっこうです。それよりうちの刑事課です。対策室の人間は署内の対立をすぐに嗅《か》ぎつけるはずです。そうなる前に手を打たないと」

坂元は肉を嚙《か》み、口の端についたタレにお手ふきを当てながら、

「どうやって？」

「浅井さんに詫《わ》びを入れるんです」

「謝る？　どうしてですか？」

「刑事課にはかりもしないで、直接、捜査一課の連中を呼び入れたことに対してですよ。連中はプライドの塊なんです。本当は浅井さんだって、南部周三の家に踏み込みたくてウズウズしているはずです。でも現状では、できない。部下の目がありますから」

「植野さんをやめさせた件で？」

「それはもうすんだことですし、一度下された決断ですから。問題はいまここからなんです。ボールは向こうじゃなくて、あなたが握っているんですよ」

坂元は二杯目のジョッキに手をあてながら、赤くなった目で柴崎を見つめた。

「謝って、すむかしら」

だだをこねるように坂元が言ったので、つい柴崎は口にした。

「キャリアかそうでないかというのは関係ない。誤った手順を踏んでしまった以上、謝罪するしかないんです。仕事を進めるか否《いな》かは、いまこっちの手の内にある。そん

なことも……」

それから先の言葉を、あやうく呑《の》みこんだ。

坂元がさほど気にしていないのを見て柴崎は、胸をなで下ろした。

胸のつかえが取れたような気がした。いま自分が署長に伝えたアドバイスに間違いはないはずだ。意地の張り合いを続けるのではなく、ここは一歩引いてみるべきなのだ。

植野に話が及んだので、生活安全課長の八木から聞いた話を披露した。

八木によれば、五年前の植野は、風俗営業関係の取り締まりを担当する生安の刑事に成り立てで、毎晩、気負い込んで夜の街を闊歩《かっぽ》していた。水商売関係の女とのつきあいも盛んだったらしく、熟女タイプの情報屋をはじめとして、グラマラスな女性と呑んでいるのをたびたび見た仲間もいるという。

水炊《みずた》きのふたを開けると、湯気が盛大に上がった。

ポン酢ダレでコーチンに舌鼓《したつづみ》を打ちながら、しばらく食べるのに専念した。ふたりとも生ビールからレモンハイに変えた。まだなにか坂元は言いたりなそうな感じだ。

鍋が空になり、体が温まってきたところで、河岸《かし》を変える。

柴崎も何度か使ったことのある、こぢんまりとした和風居酒屋だ。乾き物をつまみに日本酒を傾けながら、仕事とプライベートにつき半々ぐらい話し込んだ。かなり酒の入った状態で選んだ三軒目は、小さなショットバーだった。十時を回っていた。艶《つや》消《け》しのダークウッドが基調のシックな店で、奥まったスツールの端に腰かけ、坂元はギムレットを注文した。柴崎もそこそこ酒はいけるが、坂元も強そうだ。ふだん呑むジントニックはやめて、サイドカーをたのんだ。

「ごめんなさいね、体調が悪いのに」

坂元が言った。

「いいんですよ。コーチンのおかげで元気出てきたし」

「よかった」

出来上がったカクテルを合わせる。ひとくち口に含むと、坂元は手ぐしで髪をすきながら、ため息まじりに言った。「わたしってどうなんだろう。そんなに、やりにくいのかしら」

歯並びの美しい女性だと思った。肌もきめ細かい。

「厳しいのは間違いないかもしれないですね」

つい口から出てしまった。いまなら許されるだろう。

「副署長も同じ考えかしら？」

「そう思いますよ」

「ふん。わかりました」

「言ってもらえますよね？　電話一本でいいですから。それで、刑事課長は、部下に署長から詫びが入ったぞって言える。部下だって、ならばやってやるかっていう気分になると思うし」

柴崎はカクテルを呑んだ。いつもより甘く感じた。

「きょう、ここでわたしと呑むのを奥さんには伝えてきました？」

「もちろん伝えましたよ。仕事で呑むって」

坂元はふっと頰をゆるめた。

「代理って、頭のてっぺんから爪先《つまさき》まで仕事人間」

そのように見えるのだろうか。前任の企画課のときも、坂元と同じ年代の若手キャリアと仕事で議論を交わした。警察論に終わらず、高尚な社会分析にまで話が及んだこともあった。しかしそれも、はるか遠い昔のことのように思える。いま、こうして酒を酌《く》み交わしている女性は、あのときの男たちとはかなり落差がある。人情の機微に通じていなければ務まらない警察署長という職務をまかされて、まごついているというのが正直な感覚だ。

「離婚したのはまだドイツにいたとき」坂元は言った。「ほら、岡野先生いるでしょ？」

「岡野忠夫《ただお》？」

元警察官僚の与党国会議員だ。

「そうそう、去年の暮れ、日本に帰ろうと思って飛行機を予約したとたん、警察庁長《サッチョウ》官官房《カンボウ》から電話が入って、お正月、岡野先生がそっちに視察に行くからよろしく頼むって。冗談じゃないわよ。なにが視察よ。おかげで帰りそびれちゃった」

「一等書記官が視察の世話を焼くんですか？」

「もちろんよ。ホテルの予約から観光までもうぜんぶ」

「世話係じゃないですか」

「そうそう、雑用係。それでこっちに異動が決まってから、二月の頭、ダンナから電話が入って、離婚届に判を押してくれって」

「署長の元ご主人は確か、動物生態学者でしたよね？」

「本郷の研究所のね。長男だから放っておかれるのが嫌なの」

「大学の同級生？」

「向こうはひとつ上」

「岡野先生が行かなかったら、もしかして――」

「そうね。まだ、いっしょにいたかもしれないわ。そうなったらどうなの？　官舎で学者先生とわたしのふたり住まいだけど」

「ご主人は、動物じゃなくて人間に興味を持つようになったかもしれませんよ」

「あー、そこまでは気がつかなかった」

面白そうな映画を見逃したような感じで、坂元は陽気に笑った。

これからうまいこと仕事が回っていくような予感がして、悪い気がしなかった。それにしても、もうそろそろお開きにしなくては。明日は早朝から仕事なのだ。

12

建造物侵入容疑で南部周三を任意同行したのは、九月十二日木曜日だった。ひと月前、南部の近所の住民宅の敷地内に、いきなり入って、罵詈《ばり》雑言《ぞうごん》を浴びせて帰って行ったという一件があった。そのトラブルを容疑に置き換えたのだ。

前日に知らされていたが、早朝の任意同行だったので、柴崎が出署してきたとき、すでに刑事課に連れていかれていて、捜査一課の刑事による取り調べを受けていた。

十時過ぎには容疑を認めたため、南部周三は通常逮捕された。

南部に対する興味はふくれあがる一方だ。昼食時に留置場へ戻されたとき、柴崎は留置場に赴いた。南部はほかに三人の留置人が入っている第二房に収監されていた。食事を終えたばかりらしく、四人の前には空になった食事トレーが置かれている。ご飯とコロッケと野菜炒《いた》めというメニューだったはずだ。

扉の反対側の壁に、新顔の男がもたれかかっていた。短く刈り上げた頭は、生《は》え際《ぎわ》にうっすらと霜をおく程度の白髪。南部周三だ。

小柄だが、怒り肩で胸板が厚かった。鼻は平たく、まばたきをしないで前を見つめる顔に、ふてぶてしいものが宿っている。

柴崎は扉の前に立ち、「十七番」と南部に向かって声をかけた。

呼びかけに気づかないでいる南部に、同房の男が膝《ひざ》をついて、柴崎に顔を向けさせた。

「トレーを出しなさい」

柴崎が食器口を指しながら言うと、トレーを持って立ち上がり、扉の前まで来た。

視線に気づいたらしく、南部は正面から柴崎を見た。そのとき、沈んだ恨めしそうな目が一瞬光った。

南部はかがんで、扉の横の足元にある食器口にトレーをのせる。

柴崎も膝を折り、食器口から差し出されたトレーをつかむ。

「あんた、何度も来たな」

鉄製の網越しに、柴崎の目を覗《のぞ》きこみながら、鼻にかかった低い声で南部はつぶやいた。

予想しなかった問いかけに、相手の顔を無言で見返すしかなかった。

要塞《ようさい》のような家のいたるところに監視カメラが置かれていた。あれは威嚇《いかく》のためのダミーではなかったのか？　それとも、インターホンで呼びかけた自分の声を記憶していたのか？

「……よく覚えてますね」

柴崎は小声で言った。

「しつこかったからな」

「ひったくりの被害届を出してくれないから」

それもわかっているという感じで、南部は口の端に薄ら笑いを浮かべた。

これ以上話し込むのはまずいと思い、柴崎はほかの三人にトレーを出すように声をかけた。

代わる代わる出されるトレーをうしろにいる看守に渡す。

立ち去り際、南部に呼びかけられた。

「刑事じゃないみたいだな」

腑《ふ》に落ちない顔でいる南部に背を向けて、柴崎は留置場を出た。

額に汗が噴き出ていた。

その足で、三階に設置した捜査本部に入った。十畳ほどの部屋の窓際に、背中を壁にあずけて立っている五十がらみの銀髪の男がいた。長袖《ながそで》のワイシャツを着、ストライプのネクタイをきちんとしめている。日焼けして意志の強そうな顔立ちをしているが、柴崎に向けられた目の中に、親しみがこめられていた。柴崎が歩みよると、男は好奇心を帯びた目を細めて、「会ってきたか？」と口にした。

柴崎は大きくうなずいた。「いま、留置場で」

南部が自分のことを覚えていたと柴崎が話すと、小松原幹男《こまつばらみきお》警部補は、

「そうか」

と面白そうに微笑《ほほえ》みを浮かべて言った。

捜査一課の特命捜査対策室の刑事だ。月曜日が初対面でまだ四日目だが、どことなくウマが合うのだ。若いときから強行犯刑事を拝命しているが、捜査二課にも籍を置

いた経験がある。頭の切れる男という噂《うわさ》だ。

「クスリ、きちんと呑ませてくれただろうな？」

「食後に呑ませるように確認してきました」

「たのむぞ」

甲状腺《こうじょうせん》ガンにかかっている南部に投薬は欠かせない。弁護士からも口うるさく言われるだろう。早い時期に病院にも連れていかなければならない。

「まさか、取り調べでぼくの名前を出したりしていませんよね」

柴崎は冗談半分に口にしてみる。

「言ってもよけりゃ言うがな」

「やめてくださいよ」

小松原は綾瀬署の刑事課の係員とふたりで、南部を取り調べているのだ。もちろん主務の取調官として。

柴崎は午前中の取り調べについて訊《き》いてみた。

「そうせくなよ。まだ世間話だ」

「でも、建造物侵入容疑はわりとあっさり認めたんですよね？」

「相手方の言い分をきちんと伝えたら認めた。自分でもやりすぎたと思っていたようなふうに言っている」

含みのある言い方をした。

「あんな家に住んでいても、道理はわきまえているところがある」

意外だった。

「どういうことですか？」

「若いころ警官志望だったらしくてな。何度も試験を受けたが、通らなかったようだ。それで仕方がなく警備員になったと言ってる」

刑事ドラマでも見て憧《あこが》れたのだろう。その程度の人間はごまんといる。

「ひったくりの件はなにか言っていますか？」

「訊いていないがどうする？　持ち出していいのか？」

「それは少し待ってください。署長と相談した上でないと」

「そうだな。いっぺん隠した尻尾《しっぽ》を見られたらまずいしな」

弁護士が植野巡査部長による暴力を表沙汰《おもてざた》にしないのと引き替えに、迫田を釈放したのだ。いまさら当時の事情を訊くなどできる話ではない。

「南部の家のガサは時間がかかるようだ」小松原はブラインドに手をはさみ、外を見ながら続けた。「なんせ、ひどい有様だ」

逮捕と同時に執行された家宅捜索には、特命捜査対策室の四人の刑事と綾瀬署の刑事課の五名、それに鑑識員三人が入っているのだ。

「……見つかるでしょうか」

柴崎が訊くと小松原は咳払《せきばら》いをしてから、「そうなるといいが」と真顔で言った。

午後にでも時間を作って、現場に行ってみてもいい。

「山路さんから聞いているけど、あなた、面白い代理だね」

ふいに小松原に言われて、おやっと思った。

「義父《ちち》をご存じですか？」

「練馬署のときにごいっしょさせてもらったよ。わたしは知能犯の係長してたんだけどね。義理に厚い人だった。火曜に電話をもらったよ」

克己のこともあり、義父はよく訪ねてくるようになった。月曜日の夜も顔を見せ、そのとき、今度の件で、捜査一課の特命捜査対策室の応援が入ったことも話している。それで、わざわざ電話を入れてくれたのだろう。

小松原とはウマが合ったのではなく、小松原のほうが柴崎に合わせてくれていたのだ。それはそれで悪くない。

逮捕当日とあって、南部周三の自宅前には、警戒に当たっている巡査がひとりいるだけだった。近所で騒ぎ立てられるのを防ぐため、捜査用車両も横付けされていない。柴崎が顔見知りの巡査に声をかけると、巡査はそれまで一ミリたりとも動かなかった鉄扉《てっぴ》を押し開けてくれた。

砂利の敷きつめられた小さな庭を横切る。カーポートの反対側に小さな物置があった。玄関前で頭にビニール製の帽子をつけ、手袋と足カバーをつけてからドアを開ける。

熱気とともに生ゴミとすえたカビの臭《にお》いが流れてきて、足が止まった。ゴミの入ったビニール袋や古新聞などにおおわれて、廊下の床が見えなくなっている。玄関の下足入れの上からそうなっていた。二階の階段から、ゴミを避けるように降りてくる綾瀬署の鑑識員と目が合った。

頭から水をかぶったように、制服を汗で濡《ぬ》らしながら、「どの部屋も天井まで物が積み上げられていて、台所はゴキブリの巣です」と鑑識員は言った。

「ほかの人は？」

「この向こうの部屋から」鑑識員は廊下の奥を指さした。「順繰りに片づけている最中ですよ。でないと手がつけられない」

「床下はまだ見ないの？」

「いやもう、それは」

部屋のゴミを分別するところからはじめなければならないようだ。

「きょうの夜、二トントラックで運び出す手はずをしてありますから。床下の検証はそのあとです」

「明日？」

鑑識は頬を伝う汗をぬぐいもせず、「明日も無理かも」と言った。

柴崎は首を伸ばし、「ちょっと覗いてみたいけど……だめかな」

「やめておかれたほうがいいですね。目立ったものだけは、先に持ち帰りますから」

「了解」

柴崎は玄関から出て、南部の家をあとにした。

13

綾瀬署の六階にある道場は、南部周三の家から運ばれてきた押収物《おうしゅうぶつ》で埋め尽くされていた。二トントラックで二台分。段ボール箱だけで二十個近くあり、見たところ、ほとんどゴミだ。たいがいがビニール袋に包まれた衣服や紙くず、プラスチックゴミや生ゴミ。高価そうなジャケットが入っている袋もある。

「カネには困ってなかったみたいですね」

柴崎は小松原に訊いた。

「ひとり住まいで蓄えがあるし、年金もきちんと入ってくる」

小松原が答えた。銀行捜査もすませているのだ。

「分別作業に十人は要りますよ」

小松原がゴミを見ていた坂元署長に言った。

「こちらで出しますからご心配なく」

浅井刑事課長の横顔を気にしながら坂元が答える。

「土地の登記簿は取ってありますか？」

小松原に訊かれて坂元は柴崎に視線を送った。

南部周三の家が建っている土地の登記書類のことだ。

「あ、まだ取ってません。明日法務局に行きます」

柴崎があわてて答えると、小松原は助川を見て、にやっと笑った。

「南部に対してどういう印象を持ちましたか？」

坂元が小松原に訊いた。

「頑固そうなオヤジです」

「それは聞いていますが、ほかは？」

「相当酒もいけるようですし。奥さんと早いうちに死に別れてからも、働きながらそれなりの生活をしていた様子は窺《うかが》えます」小松原が言う。「退職をきっかけに生活のリズムが乱れた。そこに病も加わり、人嫌いになったという印象を持ちました」

続けて坂元が訊く。「それだけで家をあのようにしますか？」

「人によっては。あの手の家は、都内でそこらじゅうにありますから」

小松原が答える。

「いつごろから、こんなにごみを溜《た》め込みはじめたんでしょうかね？」

「古新聞なんかの日付を見ると、ここ三、四年というところですね。本人は以前はそこそこ片づいていたと言っていますが」

「若いころは警官を目指していたというのは本当ですか？」

「うそではないようです。実直な性分ですが、そのぶん融通が利《き》きません。少しでもプライドを傷つけられると、かっとくるタイプです」

「犬塚とかいう盗撮犯について訊きましたか？」

「もちろん。無言電話とかカミソリの刃が入った手紙を送りつけられたみたいですね。殺してやるとかいう手紙もきたそうです。相当やられたんでしょう」

「いまでも続いてるんですか？」

「年々ひどくなっていると言ってます」

「妄想でも抱いてるんじゃないかしら」

「それは、わたしには判断できません。手紙類は全部捨ててしまったそうですし」

小松原に言われ、坂元は柴崎の顔を見た。

「引っ越そうとは考えなかったんでしょうか？」

柴崎は口をはさんだ。

「まったく念頭になかったみたいですよ。女房と暮らしていた家だし、この土地は代々先祖から受け継いできているのに、どうしておれが出て行かなくちゃならないんだってすごんでるくらいだから」

小松原が答える。

「でも、甥《おい》にも会わないのですよ。施設に入所している姉をのぞけば、親戚《しんせき》は彼だけです」

坂元が改めて訊いた。

ね?」

「嫌っているんじゃないですか」

坂元は話にならないという態度で前を見やった。「ゴミはもうこれで終わりですね?」

「とりあえずのところは。あとは物置と車庫ですか。そっちはあまりないですから」

浅井が答える。

「一階の床に異状は見つかりませんでしたか?」

坂元が訊く。

矢口昌美の死体が埋められているとしたら、一階の床下あたりが濃厚だ。

まっ先にそこを調べなければならない。

小松原は、家宅捜索に出向いていた対策室の刑事に目を向けた。

「まだカーペットも剝《は》がせない有様ですから」刑事は答えた。「掘り起こしは明日の午後あたりからになると思います」

「慎重にお願いします」

坂元は浅井の顔を見て言った。

「わかりました」

素直に答える浅井を見て、署内は休戦状態にあると判断した。というより、浅井は目の前にある押収物の多さに圧倒されているというべきだった。

しかし坂元の様子は少し違った。痒《かゆ》いところに手が届かないという顔つきだ。案の定、なにかにせき立てられているように、「南部に矢口昌美のことは当てたんですよね？」と問いかけた。

小松原はかなわないなという表情で、

「署長、それは無理ですよ。きょう、ようやくガラ（身柄）を取った段階ですから」

「建造物侵入容疑では一勾留《ひとこうりゅう》（十日間）が限度ですよ。二勾留はできません」

「そう焦《あせ》らずに」小松原がなだめるように続ける。「そのうち折りを見て当てますから」

「いつになるんですか？」

なにもそこまでと思いながら、柴崎はゴミの山を前にして興奮する坂元の横顔を見つめた。日曜の夜に垣間見《かいまみ》せた謙虚さはすっかり消え去っていた。

「五年前の事件です。慎重に駒《こま》を進めないとかわされてしまいますから」

「もしかしたら、死体を見つけてからになるのかしら？」

「できるならそれが一番ですね。外堀を埋めてからでないと。否認されたら終わりですから」

坂元は小松原の目をじっと覗《のぞ》きこんで、「……落とせない？」と口にした。

「坂元署長」柴崎は声をかけた。「このとおり、押収物もあります。時間はかかりますが、ひとつずつ精査していけば、きっと手がかりが見つかるはずです」

「どこから手をつけます？」

坂元は柴崎の言葉をテコに小松原に訊いた。

小松原は呆《あき》れ顔で目の前に広がるゴミ袋を指さすだけだった。

14

翌日。

柴崎は八時半からはじまった坂元署長の訓授に同席してから留置場へ赴いた。

運動場に入ると、南部は、ゴザの上であぐらをかき、電気カミソリでヒゲを剃《そ》っていた。柴崎はほかの留置人のうしろから、様子を見守った。

ふっと南部と目が合う。

歩みより、「カミソリは切れますか？」と声をかけた。

「あまり切れんな」

南部は不服そうに言った。

「これ、お持ちしましたから」

柴崎は手にした紺のポロシャツを見せた。肩のところにブルーの筋が入っている。汗をかいてもむれない高級品。有名テニスプレーヤーの着用モデルだ。

南部は立ち上がって、柴崎のわきに立った。

「……おれのか？」

押収してきたものの中から柴崎が持ってきたのだ。

「見ての通り、そうです。看守にあずけておきますから」

「わかった。こんなもの暑くて着てられん」南部は貸与のTシャツの襟首をつかんで言った。「ほかのも持ってきてくれ」

「それは南部さん次第です」

柴崎が言うと目の縁を赤らめた。「どういう意味だ。いつまでこんなところに入れておくんだよ」

柴崎は南部とともにほかの留置人から離れた壁際《かべぎわ》に寄った。

「それは、あなたがよく知っているでしょうに」

「なにか、おれが悪いことしたか？」

「それを調べているんですよ」

「ひったくりの被害届を出さないのが犯罪か？」

「どうして出さなかったんですか？」

つい、口にしてしまった。

「ライター、放り込まれたんだよ」

「ライターがどうしたんですか？」

つい、口が滑ったという感じで南部は、「どうでもいい。おれの勝手だ」とつぶやいた。

ここは攻めどきだと柴崎は思った。「ご自宅のことがあるからじゃないですか？」

南部は太い眉《まゆ》を動かし、怪訝《けげん》そうな顔で柴崎を見返した。

「……おれの家がどうした？」

いまになって気づいたと言わんばかりの顔に柴崎は呆れた。

「上から下まで調べさせてもらっていますよ。早いところ……」

柴崎はそれから先の言葉を呑《の》みこんだ。これから先は口にしてはいけない。これ以上作業の手間を取らせるな。死体を埋めたなら埋めたと早く吐け、と。

「調べるってなんだよ」

「ひどい有様じゃないですか」

「人によっちゃあ、そう見えるかもしれんが」

「誰が見たって同じだと思いますけど」

「あんな汚い家でもなあ。あとくされないようにしてあるんだよ」

いったい、この男はなにを言いたいのだ？

「若いころは、警察官になりたかったんですよね？」

「刑事になって悪いやつを懲《こ》らしめたかっただけだ」

吐き捨てるように言うと、南部は電気カミソリを柴崎の手に押しつけて、離れていった。その後ろ姿をしばらく目で追いながら、なんという言い草かと柴崎は思った。よりによって悪いやつを懲らしめるとは。

他人を威嚇《いかく》するかのように、さんざん自分の家を改造し、周囲には迷惑をかけ続けてきたくせに。その排他的行動に近所の住民がどれほど迷惑をこうむっているかわからないのだろうか。

その日の午後、別室にいる小松原に呼ばれた。

小松原はノートパソコンに入れてあるＤＶＤを見ていた。南部の家の監視カメラが録画したものだ。

「昨夜、夜中の二時までかかって、うちと刑事課の連中で分担して見た。二年分ある。DVDで四十二枚だ」

「最新式の録画システムだと聞いていますけど」

「自宅まわりにセンサーを取り付けて、そいつが反応すると自動的に録画スイッチが入る仕組みだな。夜はライトもつく。たぶん専門の業者につけさせたんだと思う」

言いながらチャプターを送り続ける。

「まだ全部精査できていないが、ちょっと気になる映像が見つかった。こいつ」

小松原はそのチャプターに合わせると、動画を再生した。

今年の三月七日木曜日。夜十一時三十五分。

画面の左端だ。淡いライトの光がかろうじて届く道路に、白いセダンが停まっている。運転席のドアが開いて、人が降りてきた。手にビニール袋をさげている。男とわかるが顔は暗くて見えない。

ふりあげるようにして反動をつけ、男はビニール袋を塀越しに庭の中に放り込んだ。それをすませるとそそくさとクルマに戻って、そこをあとにする。

「ゴミを投げ込むやつがいるって本当だったんですか」

柴崎は言った。

「こいつだけじゃない。ざっと見ただけでも、十二、三件ある。鳩《はと》の死骸《しがい》かなんかを投げ込んだやつもいるしな。こいつのようにクルマで来たり、自転車に乗ってきて、さっと投げ込んで、走り去っていく女もいる」

「例の盗撮犯だけじゃないのか」

「あいつは発端を作っただけかもしれない。福岡県警にも問い合わせてみたが、むこうでもめごとを起こしているわけでもないし」

「しかし、ゴミ捨て場とでも思ってるんですかね」

「中にはそういうのもいるかもしれんな。ただ、いま見せたこの男は、その前にも二度ほど来ている。二月と一月に。同じクルマでだいたい同じ時間に」

小松原はべつのチャプターに合わせた。

一月十六日の夜の十一時だ。さっきと同じセダンが、南部の家の前の道路に停まっている。さっきよりもいくらか右より、門に近いほうだ。そのせいで、かろうじてナンバーが判別できる。足立ナンバーだ。

運転席から男が出てきて、自転車のホイールらしいものを投げ込むとクルマに戻り走り去っていった。ズボンのあたりまで、ライトの光が届いて色は判別できたが、顔は見えなかった。

「ナンバーを当たってみたら、こいつだったぞ」

小松原は柴崎が作成した捜査報告書をつついた。

南部の自宅前で、マルコー運輸の古山と話し込んだときの模様を記したものだ。

「さっきのやつは古山？」

柴崎が目を見開いて確認すると、小松原はもう一度、同じ場面を再生させた。

「よく見てくれよ」

同じ男がセダンから降り立った場面に目を凝らした。シルエットの頭髪部分に見覚えがある。古山と似ている。

「たぶん古山です。彼だと思います」

「そうか、やっぱり」

「しかし、どうして古山が……」

柴崎はわけがわからなかった。甥が叔父の家にゴミを投げ入れるとは。

「この甥っ子、南部の家に入れてもらえなかったんじゃないか」

「その腹いせにゴミを放り込みますか？　そう言えば、彼は叔父がひったくりに遭ったのを知っていましたが。誰から聞いたんでしょう？」

「南部は週に一度ぐらいのわりで、施設に入っている姉と連絡を取り合っている」

「古山は母親からひったくりの件を聞いた？」

「そうだろう。心配だから見に行ってやってくれとか母親から言われたんじゃないか」

「それでも、入れてもらえなかった」

「そうみたいだな。いつごろから、そうなったんだろう？」

「わかりません、話からするとそんなに昔からではないと思いますが。南部の取り調べで古山の話は出しましたか？」

きょうの午前中、小松原は南部の取り調べをしていたのだ。

「いや、出していない。まだ世間話程度だよ」

「ひったくりの被害を受けた当日、警察の事情聴取も受けないで帰ってしまった理由は話しましたか？」

「どうも、あんな若造ごときにやられたのが癪《しゃく》だったようだな」

「なるほど。ライター云々《うんぬん》の件は？」

今朝方、運動場で南部が口走った妙な言葉を、柴崎は前もって小松原に伝えてあったのだ。

「ひったくりに遭った翌日、百円ライターをくるんだメモが投げ込まれていたと言ってる。メモには、『昨日のことを警察にたれこんだら、火の海だ』と書かれていたようだ」

「放火の脅し？　迫田の仕業ですか？」

「ほかにないだろう。メモもライターも、南部は捨ててしまっているから、迫田のものだと断定はできないがな」

いまさら迫田に訊《き》ける話ではない。しかし、家に火をつけるぞと脅されたら、被害届を出す気にはなれないはずだ。ましてや、事件直後、犯人はわからなかったのだ。

「あとくされないようにしてある云々もわからんな」小松原が言った。「あのじいさん、明日にでも死ぬ気じゃないのか」

「よくわかりませんけど」

「まあいい。ひったくりの件で、古山からその後、なにか言ってきたか？」

「連絡はないですね」

「南部とは音信不通か。よっぽど嫌われているのかもしれんな」

「どうしてでしょうね？」

「こっちが聞きたいよ」

「古山はどうしますか？　一度、話を聞いてみる必要があると思いますが」

「廃棄物処理法違反で引っぱるって？　この程度じゃ無理だよ。それに、ゴミを投棄しているのは古山だけじゃない。人着《にんちゃく》（人相と着衣）を確定できる人間もいると思うが、時間がかかりそうだ」

しかし古山は気になる。

「少しやつを調べてみるか」小松原が洩《も》らした。「柴崎さん、週末になるが、いっしょに張り込んでみる気はあるか？」

自分が古山を張り込む？　甥を張り込んでどうしようというのだ。

しかし小松原の腹はすでに決まっているようだった。

柴崎はわたしでよければおつきあいしますと申し出た。

15

土曜日午前十一時半。

大型家電量販店の駐車場に停めたクルマの中から、柴崎は環七の広い通り越しに、五階建ての社屋を見ていた。落ち着いたグレーの壁面で、窓が大きく取られた明るいビルだ。その二階にある事務所で古山健次《けんじ》は仕事をしていた。この日の朝も、八時に竹の塚の自宅をクルマで出ている。

マルコー運輸は百名近い従業員を抱える独立系の運輸会社だ。子会社をいくつか抱えるうえに、仙台と大阪に支店を持つ。保有する四十台あまりのトラックとトラクターは、離れた専用駐車場に置かれている。

「うちの連中に調べさせたが、今年で入社十七年目だ」

小松原は言った。直射日光こそ入らないが、冷房をかけても車内はむっとする暑さだ。

「仕事は経理でしたっけ？」

柴崎は首筋から流れ出る汗をタオルで拭《ふ》きながら訊いた。

古山は大型トラックの免許を持っていない。

「昔は営業だったが、最近は出入庫関連の事務を取り仕切っているみたいだな。取引会社の連中に訊いたが、社内ではそこそこ力があるらしいぞ」

トラックの配車から、運転手の世話までするのだろう。荷主とのパイプも太いに違いない。

「ゴミの山の分別には、まだ、時間がかかりますかね？」

刑事課の捜査員が十人がかりで当たっているが、矢口昌美とつながるような手がかりはまだ見つかっていない。

「ゴミとそうじゃないのとの区別がつかないからな。南部の家の掘り起こしはどんなぐあいだ？」

「まだなにも出てきませんね。明日いっぱいで決着が着くと思いますけど。まさか、十メートルも掘り下げるわけではないでしょう」

「どっちにしても、そっちが肝心だな。昨日、南部に当てたぞ」

ぽつりと小松原は洩らした。

「矢口昌美ですか？」

小松原はうなずいた。

「名前を出したらすぐ、知っていると認めた」

「行方不明については？」

「もちろんやっこさん、知ってる」

「……そうですか。五年前の十月四日近辺の記憶はどうですか？」

「それもかなりの確度で覚えているようだな。十月四日の日付を出したら、なんて言ったと思う？」

「見当つきませんが」

「あの土曜日かって言ったぞ」

「曜日まで覚えてるんですか？」

「それだけじゃない。やつはこうも言った。『たぶんその日あたりは、昌美ちゃんが来たな』とな」

柴崎は言葉を呑みこんで小松原を凝視した。

南部は昌美が行方不明になったと思われる日を覚えていて、しかもその日に昌美本人に会っていると言ったのだ。やはり、昌美の行方不明について、なんらかの情報を持っていると解するしかない。

冷房が気持ち悪くて、風が当たらないように風向きを変えた。

二本目のスポーツドリンクに手をつける。昼前というのに食欲がない。

「昨日の晩、松戸に行って来たよ」

小松原が言った。

「松戸……植野ですか？」

「いちおう、五年前の件も聞いておこうと思ってさ」

「どうでしたか？」

「やっこさん、一課だって言ったら緊張しちゃってさ。なに訊いても、さあ、知りませんの一点張りだった」

「そうでしたか」

警察をやめたのだから、もう話す義理はないとでも思っているのだろうか。

十二時前、古山が玄関から出てきて駐車場に停めてあったセダンに乗りこんだ。帰宅するのだろうか。

柴崎は急いでクルマを出し、環七を西新井方面に向かって走り出したセダンの後方に尾《つ》いた。自宅のある竹の塚には向かわず、東武伊勢崎線の陸橋を越えたところでカレーハウスの駐車場に入った。昼食をとるようだ。

そこを通りすぎてから最初の信号を左折し、すぐ切り返してから環七に戻った。カレーハウスの向かいにある家具店の駐車場に乗り入れる。

「あれ誰だ？」

古山を見続けていた小松原が、後部座席から身を乗り出して訊いた。

駐車スペースにクルマを停めると、柴崎は双眼鏡でそのあたりを見やった。

セダンの運転席側に背の高い男が立って、中にいる古山と話し込んでいる。ピンク色のTシャツ。すらりと伸びた脚にぴっちりしたジーンズをはいている。

「横江……」

柴崎は言った。

「よこえ？」一呼吸間をおいて、小松原は言った。「矢口昌美が昔つきあっていた男？」

柴崎は男の横顔に焦点を合わせた。間違いない。「横江です」

「連中、知り合いか？」

「わかりません。でも」柴崎は双眼鏡に映り込むふたりの様子を見守った。「見る限りではそうみたいです。横江もクルマで来たんですか？」

「いや、店の中から出てきた。待ち合わせしていたようだ」

柴崎は横江と会ったときの会話を思い起こした。

横江の口から、古山の名前は出なかった。

横江は苛《いら》ついたような感じで、窓枠を手で叩《たた》きながら話しかけている。

古山は前を向いてじっと聞き入っているようだ。

しばらくして、横江は店の中に戻った。古山はクルマを発進させて、環七に入った。

最初の信号を右折する。

「会社に戻るな」

小松原が言った。

「と思います。追いますか？」

「いや、いい」小松原はカレーハウスに目をやった。「横江の仕事はなんだっけな？」

「確か、タカス設備とかいう厨房《ちゅうぼう》や給排水工事の会社です」

「堀切だったか？」

「ええ堀切に。正社員と言っていましたが、十人くらいの小さな会社ですよ」

「設備会社か……」

さっきとは違って、小松原の口調は真剣だった。

「仕事の関係でしょうか？」

「それなら会社に来るはずだ」

「そうですね」

わざわざ昼休みに外に出て、こそこそと会う必要などない。

「仕事でないとするなら、親戚《しんせき》筋かなにかでしょうか？」

続けて柴崎は訊いた。

「親戚ならなおさらだろう」

そうだ。密会する必要などない。

古山は横江に急な呼び出しを食らって、駆けつけたような雰囲気だった。友人だろうか。年齢《とし》が離れすぎているのが引っかかる。

「柴崎さん。もう一度訊くが、横江と古山がつながる線はなかったのか？」

「ないですよ。ありません。南部の取り調べでは？」

「出ていないよ。共通項があるとしたら、矢口昌美くらいだな」

古山は矢口昌美の死体が埋められている疑いのある家を再三訪ねているのだ。そして、横江は矢口昌美の恋人だった。我々は、なにか見落としているのだろうか。

「横江にもう一度当たりますか？」

「いや、まだ。ふたりの関係がわかってからでいい。調べればすぐわかると思うが、どうも胡散臭《うさんくさ》い。とりあえず、横江のヤサを確認しよう」

「わかりました」

「辛《つら》そうじゃないか」小松原が柴崎の顔を覗《のぞ》きこんで言った。「大丈夫か？」

「大丈夫です。夏風邪を引いてるだけですから」

午後三時過ぎに家路についた。経堂の自宅には、義父のクルマが停められていた。

冷房を効かせた居間で、山路はいつものように背筋を伸ばして週刊誌を読んでいた。

克己の姿はない。

挨拶《あいさつ》するなり、柴崎の顔を見て、「顔色が悪いな」と言った。

「風邪が長引いてしまって」

「厄介だぞ。医者は？」

「行きませんよ。雪乃さんは？」

「買い物に行った。克己は部屋にいる。さっき多摩川までドライブに行って帰ってきたところだよ。今週も学校には行ってないんだってな」

「心配かけてすみません」

山路は顔を近づけて、「どうも雪乃と家の中で、角突き合わせてるみたいだな」

「ええ、話せばすぐケンカになるし。まいりますよ」

「本人は病気でもなんでもないから、たぶんそのうち家にいるのも飽きて学校に行くようになるさ」

「そうなるといいんですけど」

実際問題、気が気ではないのだ。

「来週あたり、ちょっとあそこに連れ出してみるか」

どこへ行くのか見当がつかなかったが、詳しく聞く気にもなれなかった。

しばらくすると、山路は帰っていった。

柴崎はシャワーを浴びてから居間で夕刊に目を通した。表で雪乃が帰ってきた声がする。そのとき机に置いてあった携帯がふるえた。取ってみると見かけないナンバーが表示されていた。

オンボタンを押して耳につける。

「あの、柴崎さんでしょうか？　わたし、平松ですけど、いまよろしいですか？」

「あ、その節はどうも」思わず頭を下げていた。「構いませんけど。なんでしょうか？」

矢口昌美といっしょに働いていた店員だ。十日前に会って話を聞いたのだ。

いったいなんの用なのだろう。

「あれからわたし、思い出したことがあって。電話をするのが遅くなっちゃってすみません」

「いいですよ。なんでしょう？」

「あの、南部さんのことなんですけど」

柴崎は体が強張《こわば》った。元々はこの女性への聞き込みからヒントを得て、南部周三への疑惑が浮上したのだ。

「南部さんのお宅には行かれましたか？」

逮捕を知らせるべきか迷ったが、話さないでおこうと思った。

「いえまだ行っていませんよ。なにか？」

「昌美さんがいなくなる少し前だったと思うんですけど、カラオケかどこかで昌美さんが『ひょっとしたら、家が一軒、手に入るかもしれない』って言ったのを思い出したんです」

「どこの家のことですか？」

「アルコールも入ってたから、冗談かなーって思って、それ以上訊《き》いたりしなかったんですけどね。彼女もそのあとは言わなかったし。でもいま考えると、彼女にそんな話をする相手って南部さんしかいないと思うんです」

唐突すぎて事情が呑《の》みこめなかった。

「南部さんが彼女に家を遺産として残すということですか？」

「確かにそう聞いたわけじゃなくて。でも、その前後に南部さんのことが話題になっていたし。ほかにないなって思うんですよ」

「それを聞いたのはいつですか？」

「昌美さんがいなくなる直前か、もう少し前だったと思いますけど、はっきりした日は思い出せないんです。でもみんな薄着だったような覚えはあります」

五年前の夏から秋にかけてだろうか。

あの南部が自分の死後、知り合いの女性に自分が住んでいた家を与える？

確かに矢口昌美とは親しかったのだろう。しかし、親族でも恋人でもない人間に、家を与える者などいるだろうか。

だいいち、南部がそう言ったという証拠はないのだ。

「あの、それだけなんですけど。早くお知らせできずにすみませんでした」

「こちらこそ。どうも教えてくれてありがとう」

「とんでもありません。失礼します」

柴崎はオフボタンを押して、平松が言った言葉を反芻《はんすう》した。

考えれば考えるほど、収拾がつかなくなった。

たったいま聞いた話を伝えるために、小松原の携帯に電話を入れた。

16

日曜日に丸一日横になって過ごしたせいで体調は少し楽になっていた。月曜日は自分の仕事で手一杯で、昼過ぎに別室の捜査本部を覗いてみたが、小松原もほかの捜査員もいなかった。道場での押収品《おうしゅうひん》の分別作業も片づいたようだ。

自席に戻っても、柴崎は落ち着けなかった。仕事の指図をしてから、クルマで南部の家に赴いた。

ここ数日で逮捕の噂《うわさ》は広まり、南部の家のまわりは、ものものしい警戒ぶりだった。家の前には二台のパトカーが縦列駐車され、覗きこまれないように家の裏手にまで警官が配置されていた。近所の住民たちは南部が引致されたのを知っており、ふだんの奇行も手伝って、遠巻きに人だかりができていた。門の前で立番する警官に声をかけて中に入る。

狭い庭にブルーシートが敷かれ、その上に粘土のような土が小山を築いていた。家の中で掘っていた土をいったん、外に出しているのだ。家の中に敷かれていた畳が重ねられている。

指示する浅井の声が聞こえた。

開け放たれたままの玄関ドアから中を覗きこむと、襖《ふすま》が取り払われており、奥まで見えた。床下に潜り込んだTシャツ姿の刑事たちがスコップを使って土を掘り出している。廊下に敷かれたブルーシートの上に立っている浅井が柴崎をふりかえった。額に汗を浮かべて、首を横にふるだけだった。

柴崎は靴のまま、ブルーシートに乗って浅井に近づいた。

「まだ時間がかかりそうですか？」

予定なら先週いっぱいで完了していたはずなのだ。

「そこが最後だ」浅井は台所の床下を指した。「ほかはもう全部やった」

「きょうじゅうには終わりますかね？」

「終わりたいところだ。このまま掘り続けるっていうわけにはいかんだろ。署長にそう言っとけ」

「……了解。外にブンヤがいます。矢口昌美の死体を捜しているんじゃないかと訊かれましたよ」

小声で言ったが、浅井はそしらぬ顔で作業を見守っている。

「対策室の連中とこそこそやってるらしいじゃないか。南部の甥《おい》っ子《こ》がここに、ゴミを放りこんだって？」

浅井は言うと、土で汚れたタオルで汗をぬぐった。

「防犯カメラの映像に残っていました。いまその件で、対策室が調べています。詳しく話しますか？」

「それより、ここはどうするんだよ？」

「浅井課長、この家が捜査の要《かなめ》には変わりないですから」

「どうだか知らんがな」

ぶっきらぼうな対応にいたたまれず、柴崎は南部邸をあとにした。

署の三階にある別室には、五人の捜査一課の係員がつめていた。土日も返上して、ずっと捜査に当たっていたはずである。

小松原の横のパイプ椅子《いす》に座り、南部の取り調べの具合を訊いてみた。

「あまり進んでいない。きょうは午前中に二時間やっただけだ」

土曜日に自分が電話で話した件は、突飛すぎるから、まだ当ててはいないはずだ。

「犯行について、なにか具体的な供述はありますか？」

「ない。前に話したとおりだ」

柴崎は落胆を隠せなかった。

「行方不明になったと思われる日に昌美と会っているのは認めているんですから、もう一押しですよ」

「凶器なり殺害方法がわかった段階で一気に落とすつもりではいるがな」

どことなく歯切れが悪い。特別な事情が出てこないんですかと訊いてみた。

「なにもないからよけい気になるんだよ。こちらから水を向けると、あっさり十月四日に矢口昌美と会ったと口にするしな。殺しのホシを何十人も取り調べているが、こんなのははじめてだ」

「日付まで覚えているのは、なによりの証拠じゃないですか。いい年をして、手懐《てなず》けたつもりの若い女に手を出そうとしたんですよ。あの家の中で。ところがいざとなったら抵抗されて、ついかっとなって首を絞めるなりして殺したんです。本人は後悔しているから、日にちだって覚えてるし、罪を認めてもいいとそろそろ思っているんじゃないですか？」

「そうは見えんけどな」

小松原が言うのも、うなずける話だ。留置場で本人と話したときには、人を殺したやましさなど、みじんも感じられなかったのだ。抵抗されただけで殺すというのも、動機としては貧弱かもしれない。——いや、そんな事件などどこにでも転がっている。それが殺人というものの常態ではないか。

「横江はどうですか？」

柴崎が訊くと、小松原は表情をがらりと変え、生気にあふれた口調で切り出した。

「例のマンションで女と暮らしてるぞ」

女と同棲《どうせい》しているのは本人から聞いている。土曜日にクルマで尾行して、横江が舎人《とねり》公園近くにある分譲マンションに住んでいるのは確認できたのだ。そのあと、対策室の刑事が張り込んだのだろう。

「宅配のドライバーによると、けっこう前から同居しているみたいだな」

「どんな女ですか？」

「中島彩花《なかじまあやか》。二十九歳」

小松原はデジカメで撮影した写真を見せた。マンションから出てきたところを望遠で撮った写真だ。

腰まである流れるようなロングヘアだ。水色のカットソーにストレートなジーパンが似合っている。細身ながら豊満なバストは道行く人の目を引くだろう。大きな瞳《ひとみ》が目立つ。整った顔だ。

「西新井大師前の薬局に勤めている」

「どこで知り合ったんですかね？」

「調べていない」

「古山と横江の関係はわかりましたか？」

「横江が勤めてるタカス設備は、マルコーに勤めていたドライバーが七年前におこした有限会社だったよ。厨房《ちゆうぼう》設備の設置とかって言うが、実質は運送会社に毛が生えたようなものだ。倉庫もなにもないしな」

「工場から設備を配送して現場で設置するという形？」

「そうだ」

「マルコーから出たんだから、やっぱり、それなりのつながりがあったわけか」

小松原がうなずいた。「タカス設備の事務所に古山が出入りしているようだ。従業員がよく知っていた」

「横江に当たったんですか？」

「まだだよ。うちの連中がほかの従業員にカマをかけて訊いてみただけだ。横江がタカス設備に入ったのはいまから六年前だ。それ以前はフリーターをやっていたようだ」

それで、分譲マンションを購入できたのだろうか。親からカネを出してもらったのかもしれないが。柴崎は正社員で採用されたと胸を張っていた横江の顔を思い出した。

「もしかすると横江は古山に口をきいてもらって、タカス設備に入ったんじゃないですかね？」

「その通りだ、従業員がそう言っている。矢口昌美も横江を訪ねて、何度か会社に来たようだな」

「五年前？」

「だろうと思うよ。いつかわからないが、横江が留守のときにやって来て、横江くんはどこへ行ったんですかって、えらい剣幕で訊かれたこともあったそうだ」

「ケンカでもしていたんですかね？」

「かもしれん」

矢口昌美は気が強いようだ。それくらいはやりかねない。

「横江と古山は親戚《しんせき》かなにかですか？」

「そっちのつながりはない。あるとしたら、やっぱり……」

そう言うと、小松原は意味ありげな感じで、湯飲み茶碗《ぢゃわん》を口に持っていった。

「矢口昌美を通じて？」

「南部を介してかな」小松原は意外な言葉を口にした。「矢口昌美が南部の家に遊びに行ったときに、たまたま古山がいて、そこで知り合ったというようにも考えられる」

「矢口昌美が横江とつきあっていたときに、ですよね？」

「そうだ。行方不明になる前年ぐらいだろう」

「矢口昌美は知り合いになった古山に、横江の就職口を紹介してくれないかと頼んだ？」

「たぶんその線だ」

「古山とそれなりに親しくなっていたわけですね？」

「南部の家以外でも、会っていたかもしれんな。横江を連れて」

「その矢口が南部の家を遺産としてもらうことになってた、ていう話はどう思いますか？」

「ウラがとれたわけじゃないんだろ？」

「もちろんです。友人が聞いているだけですから。でも彼女がまわりにそう言っていたのは確かなようですけど」

「だったら、古山の耳にも届くな」

「そうなんです。そこがわからないんです。あんなぼろ家だけど、土地ごと恋人でもなんでもない赤の他人に叔父が譲ろうって言い出したんですよ」

「そこなんだ。わからないのは。戸籍や住民票を取ってみたが、南部の遺産相続の筆頭に上がるのは、姉をのぞけば甥っ子の古山しかいないんだよ」

「南部本人はどういうつもりでいるんですかね？」

「昨日、当ててみた」

「家のことを？」

「そのものずばりじゃなくて、甥御さんは、ひとりだけだし、昔は仲がよかったんじゃないのかねって。そしたら不機嫌になった」

やはり、家を矢口昌美に贈るつもりだったのだろうか。

柴崎が法務局で取ってきた土地の登記簿謄本《とうほん》によれば、南部が所有する土地の面積は百五十平米弱ある。近隣の土地価格情報と照らし合わせれば、三千万円を上回る価格だ。

小松原は続ける。「元々近くに住んでいながら、古山が南部の家に出入りするようになったのは六年前だったそうだ。椎間板《ついかんばん》ヘルニアの手術で南部が入院したとき、ひょっこり病院にやって来てな。それ以来、たびたび家に来るようになったらしいんだよ」

「それまで交流はなかった？」

「若いころに一度か二度、会ったきりだったそうだ。まあ、家に来るようになったら、それはそれで可愛《かわい》いもんだったみたいだ。電話もしょっちゅうよこすようになった。

旅行に行けばみやげを必ず持ってくるし、夕飯のおかずを抱えてきては、南部の愚痴を聞いてくれたり世間話をしたりするようになった。それでつい気を許してしまったって、南部は言ってる」

「……どういうことですか？」

「忘れもしない。その年の暮れだったそうだ。古山が正月飾りを持ってきて、家にあった酒を呑《の》みはじめた。寿司《すし》が食べたいと言われて、出前を取ってやったそうだ。酒が回ってくると、古山のやつ、ぽろっと『そろそろ、この家の名義をぼくに変えてくれないかなあ』って言ったらしいんだよ。驚いたのなんの。その日は黙って帰したが、年が明けてからは顔も見たくなくなったと」

「ひょっとして、それ以来一度も家に上げていない？」

小松原はうなずいた。「電話にも出なくなったそうだ」

「……そんなときに、叔父が赤の他人に家屋敷を差し出すなんていう話を聞いたら、古山の心中は穏やかじゃないですね。ゴミを放り込んだのもわかる気がするな」

「ムッとした程度じゃないだろう。本当なら、黙っていても自分のところに来るはずだった財産を横からかっさらわれるんだから」

「古山としては、突然現れたライバルに恨み骨髄だ」柴崎は言いながら、黒いものが心の中に湧《わ》き上がった。「もしかして、小松原さんは古山が矢口昌美を手にかけたと？」

「その線もあるかと思った」

「殺して南部の家に埋めた？」

「そこまで言ってないぞ。もしそうだとしても、あの家に埋める必要はない。だいいち南部にばれたらどうする？」

「でも、矢口昌美がいなくなればあの家は、いずれ古山のものになるわけだし。遺体をうまく隠し終えたら、そうそうばれはしない。隠し場所としては最適のような」

小松原は眉間《みけん》にしわを寄せた。「だから、そこまでは言ってないって。南部が本当に矢口昌美に家を譲ると伝えていたかどうかもわからんのだから」

その言葉を聞きながら、柴崎はふっと思い当たった。

——あんな汚い家でもなあ。あとくされないようにしてあるんだよ。

運動場で、そう口にした南部の表情がよみがえる。

あれはもしかしたら……。

「少し気になることがある」小松原が言った。「横江が住んでるマンションだが、竣《しゅん》工《こう》は五年前だ」

「矢口昌美が行方不明になった年？　完成と同時に入ったんですよね。分譲価格はどれくらいですか？」

「パンフレットには二千五百万から四千万のあいだってなってる。横江の住まいは一番下のランクだが、それでも三ＬＤＫだ」

「よくカネがありましたね。親が出してくれたのかな？」

「そのあたりはまだわからないが、どうもこのふたりは臭《にお》う」

主任、とほかの捜査員に呼びかけられて、小松原はそちらをふりむいた。

柴崎は別室を出て警務課に戻った。備え付けの電話帳で公証人役場の場所を調べる。綾瀬にはなかった。一番近いところでは北千住にあるようだった。

17

公証人役場から帰ってきたその足で、三階の別室に上った。午後五時を回っている。取り調べは終わったらしく小松原が在室していた。柴崎がその写しを見せると小松原は目を丸くした。

「……遺言書か？」

「公正証書遺言です。筆跡も間違いなく南部のものです」

小松原はまじまじと柴崎の目を見た。「どこから手に入れた？」

「北千住の公証人役場です。もしかしたらと思って調べてみたら、あったんです。遺言を作る際の証人に電話で確認を取りました。六年前に南部が作ったと言っています」

署長名の捜査事項関係照会書を見せたら、写しをとってくれたのだ。

文面を読んでいた小松原の視線がそこで止まって動かなくなった。

南部の自宅の地番の前に記された本文のところだ。

——遺言者は、遺言者の有する下記不動産を、甥《おい》古山健次に遺贈する。

最終行には、遺言者として、南部周三の署名と実印らしき押印《おういん》。

「南部が矢口昌美に土地建物を贈るって話はガセか……」

「もともとは酒を飲みながらの戯《ざ》れ言《ごと》でしょう」

「でも、古山はその話をずっと信じていたんじゃないのか？」

「そのはずです」

小松原はしきりに目を動かして、思念を集中していた。しばらくして、コピーをたたみ、柴崎に戻した。すっと立ち上がると、行くぞとこちらに声をかけた。

「どこへですか？」

柴崎はドアに達した小松原に声をかけた。

「古山のところだ。クルマを回してくれ」

柴崎はあわててそのあとを追った。廊下で小松原に並んだ。

「古山と会って、なにをするんですか？」

「あんたが持ってきた書類を見せる」

声を出せなかった。

勇み足を通りすぎて、無謀ではないか。ここにきて、古山には矢口昌美殺しの嫌疑すらかかっているのだ。その古山に、この遺言書を見せたらどんな行動に出るか。

柴崎の恐れなど意に介さぬように、大股《おおまた》で階段を下りていく。

驚きを通り越して呆《あき》れるばかりだった。目の前に獲物が現れたら、刑事という人種は、後先もろくに考えず、こうも簡単に突進してゆくものなのか。その行為が後々に重大な結果をもたらしかねないという思いには至らないのか。

一旦《いったん》課に戻り、クルマのキーを持ち出した。

副署長の助川と目が合ったが、なにも言わないで警務課を出た。

マルコー運輸社屋前にある駐車場で待っていると、一階の戸が開いて古山が、首をすくめるように左右をふりかえりながら姿を現した。運転席から柴崎が声をかける。後部シートにいる小松原が手招くのを見て、古山はその横に乗りこんできた。

「あ、どうも」

古山はどちらへともなく、声をかけた。

小松原は横に座った男に体を向けて、「古山健次さんだね」と威嚇《いかく》するような口調で呼びかけた。

古山はおそるおそるうなずいて、「そうですけど」と小声で言った。

「急に呼び出してすまない。あなたに訊《き》かないといけないことができて」

古山は小松原にちらちらと視線を送りながら、不安げな面持ちで柴崎を見やった。

「なにも取って食おうっていうわけじゃないからさ。気を楽に。ね」

柴崎は、相手の気を静めるために声をかけた。

「あの、叔父の件で？」

おどおどしながら古山は柴崎に訊いた。

「それもあるけどさ」

古山は警戒を解かない。小松原は品定めをするように、それを眺めているだけだ。

お前から話せと言いたいのだろうか。こんな場面ならいくらでも経験しているはずなのに、どうして——。柴崎は苛々《いらいら》してきて、つい口をついて出た。

「叔父さんの……」そこまで言って、柴崎は訂正した。「古山さん、週末にあなた、南部さんの家に行った？」

「行きましたよ。日曜に」

「南部さんはいた？」

「いなかったですよ。警察の人が来て連れていかれたって近所の人が言っていたし」

ぶ然とした顔で言う。

「中は見た？」

「掘ってるのですか？」

その言葉に小松原はかすかに反応したようだ。

「外からでもわかった？」

「だって、そばにいた人が言ってたし」

助けを求めるような感じで、古山は柴崎のシートの背もたれに手をかけた。

「なんて言ってたの？」

横から小松原が声をかけた。驚いた古山がぱっとそちらをふりむく。

「で、ですから家の中を掘ってるって」

「掘ってなにを探してるのか、あなたご存じ？」

小松原が続ける。

「それは……わかりませんよ」

言葉尻《ことばじり》が消え入るように小さくなっていく。

「叔父さんはどうして警察に連れていかれたか知ってる？」

柴崎が訊く。

「し、知りません」

「見当ついているんだろ？」

きつい調子で小松原が言ったので、古山はまた情けない顔で柴崎を見やった。

「ネットとかでさ、古山さん」柴崎は声をかけた。「広まってる噂《うわさ》、知ってるよね？」

「……それって、死体とかのことですか？」

神妙に古山は口にした。

「知ってるじゃないか」

小松原が大きな声で呼びかけながら、その肩に手をのせた。

そのせいで古山はふたたび緊張の糸が張ったように体を硬くさせた。

「誰の死体と言われてるかも知ってるよね？」

問いかけたが、古山は首を横にふった。

小松原の目が自分に向いたのを柴崎は感じた。ここは、代わって訊けということらしい。

「古山さん、最後に南部さんのお宅に入ったのはいつですか？」

柴崎が言うと、古山は額にしわを作って、柴崎の顔に見入った。

「今年はちょっとあれですけど……」

「去年は入れてくれたの？」

「あ、はい」

「いつ？」

「さあ」

「とぼけるんじゃないよ。あなたの叔父さんは、ここ五年間、一度もあなたを家に入れたことがないって言ってるぞ」

小松原の太い声に、古山は反射的に身をすくめた。

「あなた、本当に甥なの？」

一転してふつうの口調で小松原は訊いた。

「南部の姉の息子ですよ」

虚勢を張るように古山は言う。

「矢口昌美さんは知ってるよな?」

小松原の口から矢口の名前が出たので、柴崎は身を硬くした。

「やぐちまさみ……」

つぶやくように古山は言う。

「とぼけるなよ。あんたの叔父さんの家で会ったんだろ? 言ってたぞ、叔父さんは。あんたと矢口昌美はなかなかウマが合ったって」

古山は目を白黒させて、小さくうなずいた。

「ああ、あの子なら、はい、知ってますけど」

「最初から言えよ。知ってるなら知ってるって」

きつい調子で小松原に言われて、古山は子供のように何度もうなずいた。

「何回くらい会ったんだ? 二回、三回? もっと?」

小松原がたたみかける。

「二回くらいだったと思います」

古山が即答する。

「いつ会ったの？」

「五年前の冬とか、それくらいだったと思います」

「会って、どうしたの？」

「あ……どうだっけな」ふいに、おどおどしはじめた。「そうだ。叔父の家でやった宴会で、さばいてくれた魚をいっしょに食べたりしたっけ」

「それだけ？」

「はい」

「あんな若い子が、三十も年齢《とし》の離れた人の家に来ていたのを不思議に思わなかった？」

「べつに……同じ職場でしたし」

「彼女をどう感じた？」

「どうって？」

「見てくれじゃなくてさ。ずるいとか、出しゃばりとか思わなかった？」

「そんなことは、あまり」

「あなたとはライバルだったろ？」

意味がわからないというふうに、古山は柴崎を見やった。

「こっそりと彼女に会って、手を引けとか言ったんじゃないか？」

「なにからですか？」

「あのさ、古山さん。あなたが叔父さんから、家の出入りを止められた理由は聞いてるんだよ。心当たりあるよね？」

古山はふっと横を向いて、環七を走るクルマに目をやった。

柴崎はここなら口を出してもいいだろうと思った。「古山さん。あなた、つい、油断して南部さんに名義を書き換えてくれと頼んだよね」

横を向いていた古山の体がふるえ、カールした髪が動いた。

「図星だろう」

気安い感じで、小松原が肩を軽く叩《たた》いた。

古山は観念したように窓枠に手を当てて、小さくうなずいた。

小松原が柴崎を見て、にやりと笑みを浮かべた。

「叔父さんはそれまで、あなたを可愛《かわい》いと思っていたようだよ」小松原が言う。「でもその一言を聞いてあなたを家から遠ざけた。わかるよな？　叔父さんの気持ち？」

古山はゆっくりと、二度うなずいた。

妻に先立たれてからは、たったひとりで生きていた南部にとって、可愛いがっていた甥っ子に裏切られた悔しさは強かったはずだ。

「あなたも損をしたよな。その一言で、もらえるはずだった家屋敷を、赤の他人の女の子に取られちゃったんだから」

古山は否定しなかった。代わりに、肩に力が入って盛り上がっていく。

「それで腹が立って、叔父さんの家にゴミとか投げ入れるようになったんだよな？」

反論しようとして、唇を動かしたが言葉にはならなかった。

「今年の二月もやっただろ？　自転車のホイール」

ぎょっとした顔で、古山は小松原をふりかえった。

「叔父さんは知ってるんだよ」言い聞かせるように小松原は言う。「なあ、古山さん。あなたいまでも、行方不明になった矢口昌美に家屋敷が譲り渡されるはずだって思ってない？」

古山はきょとんとした顔で小松原を見返した。

「……そう、叔父は言っているはずですけど」

古山の返事を聞いて、柴崎は、やはりそうだったかと思った。

「誰から聞いたの？」

小松原に言われて、古山はばつの悪そうな顔で、視線を道路に戻した。

「まあ、それはいい」小松原は言った。「いまも言ったけど、あなた本当に叔父さんが、ただの知り合いに家を差し出すと思ってる?」

古山は疑問の表情を濃くして小松原を見つめた。

小松原がうなずいて見せたので、柴崎は少し迷った末に、封筒の中から遺言書の写しを取りだして、古山に見せた。

文面に目を落としていた顔がみるみる上気し、その目が大きく開かれていくのがわかった。

哀れみを感じた。この男はきょうのこの瞬間まで、自分が手にするはずだった遺産が赤の他人のものになってしまうと思い込んでいたのだ。

同時に小松原が、矢口昌美の失踪《しっそう》に眼前の男は関わっていないと判断していると感じた。どうしてそう思っているのか、柴崎には見当がつかなかった。ここに来たのも、計算ずくだったようだ。やはり、南部が怪しいと思っているのだろうか。それともべつの誰かか……。

柴崎にしても、南部が矢口昌美を殺したという手触りが、日を追うごとに薄らいでいるのは事実だった。

そのときズボンに押し込んでいた携帯がふるえた。副署長の助川からだ。柴崎はクルマから降りて、携帯を耳に押しつけた。

「どこ、ほっつき歩いてるんだ。DNAが一致したぞ」

柴崎は意味がわからなかった。「DNA?」

「南部の家の押収品《おうしゅうひん》のタオルに付着していた血液が、矢口昌美のDNAと一致したんだよ。とっとと帰ってこい」

それだけ言うと、通話は切れた。

驚きとともに不愉快さがこみ上げてきた。押収品目に血液が付着していたタオルがあったことなど知らされていなかった。ましてや、それがDNA鑑定を行うために、科捜研へ提出されたなどとも。

柴崎は小松原を外に呼び出してそのことを告げた。

「そうか、一致したのか」

こちらもDNA鑑定のことは知っていたらしく、なおさら腹立たしさがつのった。

18

署長室には副署長の助川をはじめとして、浅井刑事課長や新任の地域課長、生活安全課長、警備課長までが顔をそろえていた。そこに割りこむように小松原が腰を落とし、柴崎はそのうしろに立った。すでに話し合いはかなりのところまで進んでいるようだ。

「逮捕状の執行は午後六時半でいいですね」

座の中心にいる署長の坂元が意見をとりまとめて言った。

反対する者はいない。

南部周三を死体遺棄容疑で再逮捕するつもりらしい。自宅から行方不明者の血がついたタオルが見つかったのだ。それは当然の判断のようにも聞こえた。しかし、と柴崎は思った。あの男が本当に若い娘を手にかけたのか……。

「ちょっとよろしいですか」

落ち着いた口調で小松原が口を開いたので、視線が集まった。

「血のついたタオルは、どの袋に入っていたものですか？」

血液が付着したタオルが具体的に押収品目の中のどこにあったのかは聞かされていないようだ。南部の家は一階に部屋が三つと台所、トイレに風呂場《ふろば》、二階には部屋がふたつだ。一階の客間で、天井近くまでゴミが達していたのは目にしている。

「物置のコンテナの中」

浅井がぶっきらぼうに答える。

南部宅の物置は庭にある。家の中にあった大量のゴミ袋ではなく、その中から見つかった？

「どんな形で入っていました？　折りたたまれていたんですか？」

小松原が訊いた。

「紙でくるんだ瀬戸物や防草シートが詰めこまれていた中だ。カビの生えた長靴の下で半分くらいに丸まっていたよ」

しばらく考える仕草をした。

「小松原さん、なにか？」

坂元が訊《き》いた。

「わりと目立つところじゃないですか」小松原は浅井に顔を向けた。「発見が遅れた理由は？」

「家の中のゴミを優先したからですよ」

浅井が答える。

「なるほど。で、血は大量についていたわけですよね？」

「べっとり、ついてましたけど」

「飛沫血痕《ひまつけっこん》じゃなくて、血液そのものがたっぷりと？」

「そうそう。頭をぶん殴るか、刃物で首を切るかして、大量に血が出たんでしょう。それをぬぐいとったんですよ」

「家屋内の床はルミノールで検査しましたよね？」

「はがす前に念入りにやったけど、出なかったね。物置もやったよ。でもまあ、五年もたつから」

浅井の返事は、どことなく言い訳口調に聞こえる。

血液が付着していたのなら、反応は五年たってもあるはずなのだ。

「凶器は見つかりましたか？」

ふたたび小松原が訊いた。

「まだまだ。あれだけのゴミの量だし。そう簡単に見つかりっこない」

浅井が一段と不機嫌な声で言う。

小松原はまだ言いたりなそうな顔で、

「どこでやったのかな？」

いまさら事件の根本から問い直す小松原に、不愉快そうな視線が集まった。

「外でもどこでも、その気になりゃできるだろうが」

殺人の動機について疑問を抱いていたはずの浅井の豹変《ひょうへん》ぶりに、柴崎は驚かされた。

「それまでは仲がよかったんですからね。やるとしたら突発的に家の中でだな」

小松原が言う。

「突発的ねえ――」

浅井が口にする。

確たる証拠を前にして、動機などはどうでもつけられると浅井は思っているようだ。どっちつかずの顔でいる坂元署長の心中も気になる。

とりなすように、副署長の助川が口を開いた。「小松原さん。あんたベテランだからいろいろと気になると思うけどさ。いつまでも、建造物侵入容疑で留め置いておけるわけじゃないし。南部の家もあのままじゃ住民に説明がつかない。十分な証拠も見つかったわけだから、ここは死体遺棄容疑で逮捕して、叩くべきじゃないかな」

「ちょっと怖いですね」

小松原が言った。

「副署長だって、そう言ってるんだよ」

けんか腰で浅井は言う。

「あの家に女の子の死体が埋まってるって、ブンヤに洩《も》らすようなやつがいるからねえ」

小松原はすかさず応じる。

浅井の顔が赤らんだ。リークした当人に違いない。

これまでの浅井なら、そんな軽はずみな真似《まね》はしないが、署長への反抗心をむき出しにしているいま、捜査情報の漏洩《ろうえい》くらいはやりかねない。

小松原は坂元に顔を向けた。「とりあえず、建造物侵入容疑の勾留《こうりゅう》期間が終わるまで、死体遺棄の逮捕状請求は待ってもらえませんかね？」

「あと一週間？」

坂元が訊き返した。

「それだけあれば足りると思います」

小松原が言った。

坂元は思わぬ伏兵に出くわしたような顔で、四人の課長の顔を順番に見ていった。

「凶器が見つかるまで？」

代表するように生活安全課長の八木が訊いた。

「古山とかいう甥《おい》はどうなんだ？」

浅井が探りを入れるように言う。

小松原から南部の遺言書を見せるように言われて、柴崎はそれをテーブルに差し出した。全員が回し読みするあいだに、小松原が経緯を説明した。

それが終わると助川が口を開いた。「最近まで、古山は叔父の南部が、あのゴミ屋敷を矢口昌美に譲ると思っていたのか？」

「思っていました。本人がそう言っていますから」

柴崎は答えた。

「矢口昌美を殺す動機になるじゃないか」

浅井は座ったまま、反り返るように体を伸ばしながら言った。

「としたって、わざわざ南部の家で？」

八木が訊いた。

「憎い相手の家でということなら」

南部再逮捕にむけて、やっきになっていた浅井が手のひらを返すように口にする。

「財産争いの末に、南部が見ている前で口論になって殺した？　それはどうかな」

八木が言う。

「取り調べ調書には、南部はその日のことを覚えてるって書いてあったよね？」

浅井が小松原に訊いた。

「覚えてはいますが、矢口昌美と会っていたと言っているだけです」

「うそだな」

断定する口調で浅井が言う。

「そうかもしれないですね」

「もうひとり、なんとかっていうチンピラは？」

ふたたび浅井が小松原に訊いた。

「矢口昌美のもとの恋人の横江？」

坂元が言うと、小松原が困り顔でうなずきながら、

「古山もそうなんですが、どうも、横江っていうのが不可解で」

「舎人のマンションを張り込んでいますよね」坂元が責めるような調子で言った。

「なにか気にかかる動きでもあったんですか？」

小松原も、坂元には十分な情報をあげているようだ。

「女もいるしね。どうも、ここ二、三年のつきあいじゃないみたいですよ」

初耳だった。

「小松原さん」柴崎は声をかけた。「横江本人は二年前に出会ったと言ってますが」

「それがどうも変なんだよ」小松原は怪訝《けげん》そうな顔で続ける。「マンションの住民に

訊いてみたんですけどね。五年前、横江が入居したときから、女が出入りしていたっていう証言が出てきていまして」

柴崎は思わず身を乗り出した。「矢口昌美じゃなくて？」

「入居したのは彼女が行方不明になって以降だからね。べつの女だ」

「それが例の西新井の薬局に勤めている中島彩花ですか？」

坂元が訊いた。

「そうみたいですね。目立つ女だから」

詳しい情報が坂元止まりなので、浅井は取り残されたような顔で坂元と小松原を見ていた。

「……ひょっとすると、矢口昌美が行方不明になったとき、すでに横江は中島とつきあっていた？」

坂元が訊いた。

「その可能性は捨てきれないと思います」

「行方不明になる半年前に、横江は矢口と切れているんじゃないか？」

助川が訊いた。

「断言できません」柴崎が言った。「本人がそう主張しているだけですから」

先刻承知のように、小松原は黙って聞いていた。

「昌美とつきあっていた当時、横江が二股《ふたまた》をかけていたとしたら、どうでしょうか？」

柴崎は座に問いかけた。

「もしそうなら、おれは中島のほうを選ぶよ」

飄々《ひょうひょう》とした感じで小松原が言う。

「横江が勤めている会社に、矢口昌美が怒鳴り込んできたという一件もありましたよね？」

柴崎は小松原に訊いた。

「ああ。そのあたりをもう一度、確かめないといけないだろうな」

坂元が困惑した顔で柴崎を見つめた。

「署長、いかがでしょう」柴崎は言った。「今週いっぱい、古山と横江周辺の捜査をしてみたうえで、あらためて、南部の死体遺棄容疑の令状請求をするというのは？」

浅井は不服そうな顔で、坂元を見つめている。

「できますか？」

坂元は小松原に訊いた。

「やるしかありません」

「方法は問いませんので、しっかりとお願いします」

「承知しました」

「じゃあ、わたしらはまた、ゴミ漁《あさ》りに戻りますわ」

不快感をむき出しにして浅井が言った。

坂元は一瞥《いちべつ》をくれただけだった。「ではお願いします」と小松原に言うと、いちはやく席を立つ。

まっ先に浅井が署長室を出ていった。そのあと助川と小松原が続き、ほかの三人の課長もいなくなった。

署長の机の前に進むと、坂元は、まだいたのかという顔で、柴崎を見上げた。

「お願いがあります」

柴崎は直立不動の姿勢で声をかけた。

「なんですか？　あらたまって」

「一課の特命捜査対策室へ本部に引き揚げるよう、命令してください」

坂元はぽかんとした表情で、手にしたボールペンをもてあそんでいる。

「どういう意味ですか？」

「いま申し上げた通りです。一課の特命捜査対策室を引き揚げさせてください」

「……そのあとはどうするの？」

「我々の手で解決に導きます」

坂元は困惑の度を深めた顔で、

「いまさらそんな対応をする必要がありますか？」

「もはやこれまでです」

柴崎はきっぱりと言った。

「なにがこれまでなんです」

「事件の手がかりは十分に集まりました。あとは我々自身が一丸となって事件解決に邁進《まいしん》するのみです」

「でも小松原さんたちの力がないと……」

「もういいのです。本来なら我々だけで、この事件は解決できたはずです。しかしそうはできなかった。その原因に、思いを致すべきです」

「……まだ解決していないのですよ」

「先は見えています。いまが肝心です。決めるならいましかありません。このままではうちは空中分解してしまいます」

坂元は柴崎から視線をはずして、宙に漂わせた。

「小松原さんたちは我々に、チャンスを与えてくれたのです。そう思われませんか？　あとはなんとかなる。我々自身の手でなんとかしなくてはいけない。そうしなければ、地域の治安を維持するという我々の存在意義そのものを失ってしまいます」

坂元がどろりとしたものを投げつけられたような顔で、押し黙った。裸を見られたような居心地の悪さを感じている表情にも見えた。

署が本来の軌道に戻るならば、この自分はどうなってもいい。この絶好の機会を逃してはいけない。いましかないのだ。これを逃したら、自分は一生後悔する。柴崎は息を吐くと、改めて署長に語りはじめた。

19

凶器発見の報がもたらされたのは水曜日の夕方だった。捜査本部用にもうけられた別室には、捜査一課の特命捜査対策室の捜査員はおらず、かわりに、綾瀬署の刑事課の捜査員だけが出入りしていた。

その捜査員が注目しているのは、広いテーブルの上に置かれたビニール袋におさめられた折り畳みナイフだった。刃は引き出されており、刃渡りは八センチほど。「フリッパーを押すと刃が瞬時に開きます」と捜査員が説明している。

小松原がいた席に陣取る刑事課長の浅井に、どこで見つかったのか訊いた。

「一階玄関脇《わき》のゴミ袋に収まっていたチノパンのポケットからだ」

浅井が言った。

週のはじめとは違い、働き場所を得たという感じで、浅井の表情は生き生きしている。

「これは血ですか？」

刃の先端から柄の中間あたりまで、黒っぽいものがこびりついている。

「人血に間違いない。簡易判定した結果はAB型だ。いまDNA鑑定をさせているが、矢口昌美のものと見ていいだろう」

矢口昌美はAB型なのだ。

「指紋は出ましたか？」

浅井は余裕の表情でうなずいた。「突起弓状紋《とっききゅうじょうもん》。南部の指紋と一致したぞ」

「……そうですか、やっぱり」

これで八割方、南部が犯人と決まったわけだ。

しかし、死体はどこにあるのだろう。殺害現場もまだ判明していない。

家の外でナイフを使って人を殺し、凶器をズボンに入れたまま自宅にしまい込む。そんな犯人が存在するのだろうか。

「ナイフについては、南部に当てましたか？」

「たったいまな」

「でなんと？」

「ナイフが家にあるはずはないと言ってる」浅井がいらついた顔で言う。「買ってなんてないし、人からもらった覚えもないそうだ」

「往生際《おうじょうぎわ》が悪いですね」

「そうだな」

「でも死体が出てくれれば、ぐうの音も出ませんよ」

「そこだな問題は……」

浅井の歯切れが悪くなった。

あれだけ掘り返しても出てこないとすれば、死体を外に持ち出した可能性がある。タオルはそのときに死体に巻いたのだろう。しかし、当時もいまも南部が使っている乗用車の中を調べても、血液反応は出てこないのだ。

浅井の前に中島彩花の写真が置かれている。張り込みをしている部下が撮影してきたものだろう。大きめの胸が人目を引く、緑色の制服に身を包んだロングヘアの長身だ。

「薬学部出の才媛《さいえん》だぞ」

浅井が言った。

「実家はどうなんですか？」

浅井は東証一部上場企業の名前を口にした。父親はそこの部長職にあるという。

「横江はどこで見つけたんですかね？」

「中島彩花が本所の病院で薬剤師をしていたときのようだな。病院の設備の更新で、横江の会社が出入りしていた」

それにしても、外部の一業者だ。つきあうきっかけはどのようにしてできたのだろうか。

「人間関係のややこしい病院だったらしくてな。声をかけるスキはあったんじゃないか」

「横江っていうのは、そのあたりは上手でしょうから」

いずれにせよ、五年前、横江は、ほぼ同時期に矢口昌美と中島彩花とつきあっていたのだ。

柴崎は中島彩花の写真を指しながら、「そろそろ、この女から話を聞かないといけないんじゃないですか？」と言った。

浅井は当然という感じでうなずいた。「どうも、中島は横江とうまくいっていないようでな。中島の親はチンピラみたいな男との結婚に大反対しているようだし」

「それでケンカになったり？」

「もっと悪い。ＤＶがあったと通報されて、近所の交番から警官が一度、自宅に入っている」

柴崎は驚いた。結婚していないのは、そのあたりにも理由があるのかもしれない。粗野な横江とお嬢さん育ちの中島では、話が合わなかったりもするだろう。

それがやがて暴力へとつながっていったのか。

「都合がいいじゃないですか。二股かけていたとするなら、当時の経緯もじっくりと聞けるはずですよ。中島を参考人で引っぱりますか？」

「関係者どまりだな」

もろもろの不都合な事情が判明して、中島もそれにからんでいたとしたら、彼女自身も罪に問われかねない。しかし、〝関係者〟にとどめておけば、警察のさじ加減ひとつでどのようにもなる。

「もっとも、捜査一課の皆様なら、慎重にこつこつとお堀を埋めていくんだろうがな」皮肉たっぷりの口調で浅井は言った。「好きなだけやり散らかして、刑事部長命令とやらであっさりべつの帳場に移っていきやがって」

柴崎は黙って聞いていた。それは上辺だけの話で、署長の坂元が浅井らの顔を立ててのことなのだ。浅井もその辺の事情は知っているのだろうが、部下の手前そう言わざるをえない。

「明日から追い込みをかけるぞ」

「南部を落とすわけですね？」

「中島と横江についてもだ。徹底的にやる」

浅井は覚悟を決めた口調で言った。

20

九月二十一日土曜日。午後二時半。

タカス設備の駐車場に二トントラックが入ってきた。出て行くときは、厨房《ちゅうぼう》機器を載せていったが、いま荷台は空だった。設置を終えて戻ってきたのだ。ドアが開いて横江が降り立つと、ホルダーを持ったまま事務所の中に入り、しばらくして外に出てきた。

二週間前と同じように、肩を並べてコインランドリーに向かう。

コインランドリーの斜め向かいに、ミニバンが停まっている。中には綾瀬署の刑事課の係員が乗っている。

からっと晴れて暑い日だ。

昌美ちゃん、見つかりそうですか、などと訊《き》かれながら、受け流すように答えて、コインランドリーの中に横江を導き入れる。

奥まったところに若い男と女がいる。男は丸椅子《まるいす》に座ってマンガを読み、女は動かしている中型洗濯機の中を覗《のぞ》きこんでいる。どちらも綾瀬署の刑事だ。

「何度も悪いね」

言いながら、中ほどの椅子に座るようすすめる。

前回と様子が違うのに感づいたらしく、横江はとまどった顔で腰を下ろした。柴崎は立ったまま、持ってきた缶コーヒーを渡す。

「あ、どうも」

首をすくませて受けとった。ボリュームのある髪が伸びて、眉《まゆ》にかかっている。

「どこまで行って来たの？」

軽い口調で柴崎は訊いた。

「きょうですか。錦糸町《きんしちよう》っすね。イタメシ屋がオープンするんですよ」

軽快さを装《よそお》うように横江は言った。

「きょうはこれから、またどこかへ？」

長い足を組み、ふっくらした髪をしごくように、

「えーと、もう一軒。神田だったかな」

「土曜なのに大変だね。忙しいところ、申し訳ない」

「いいんですよ、ぜんぜん」横江は面長の顔に愛想笑いを浮かべる。「柴崎さん。昌美のお父さん、またなにか仰《おつしや》ってます？」

「いや、あれからビラ配りはしてないみたいだよ」

柴崎から突き放すように言われて、横江の眉がぴくりと動いた。

「へえ……そうだったんですか」

「残念？」

「あ、いいえ、そんなことないですよ」

「きょう、こうして伺ったのは、ほかでもないんだ」見下ろすように声をかける。「昌美さんのお父さんの件もあるんだけど、上司から当時の彼女を知っている人に、もう一度当たれって命令が出ちゃって」

横江は安堵《あんど》の表情を見せてうなずいた。

「あなた、彼女と別れた日は覚えてる？」

「あれ、それ前にも訊きませんでした？」

表情を変え神経質そうに横江は言った。

「訊いてないよ。なにか答えられない理由でもあるの？」

横江は歪《ゆが》んだ微笑を浮かべ、

「そんなものありませんから。覚えてますよ。彼女の勤め先で待ち合わせて、クルマで彼女のアパートに送り届けたんです」

「そのとき、昌美さんのほうから別れ話を切り出されたと言ってたよね」

「そうでしたっけ？」

柴崎は質問を無視する。「何月何日か覚えてるかな？」

「ちょっとそこまでは」勘弁してくれという感じで、横江は頭をかく。「五年前の春だったと思いますけど」

「なるほど。彼女とはどれくらいの期間つきあったんだっけ？」

ふたたび訊かれ、少しむっとした顔で、

「半年ぐらいですかね」

「じゃあ、彩花さんと出会ったのはそのあとかな」

横江は意味がつかめず、怪訝《けげん》そうな顔で訊き返した。

「五年前のそのころ、あなたは、昌美さん以外に、彩花さんともつきあっていたでしょ？」

調子をはずされたような顔で横江は柴崎を見上げた。

「……彩花と？」

「きみが同棲《どうせい》している中島彩花さんとさ」困惑する相手に構わず柴崎は続ける。「彼女とは病院で知り合ったの？」

「なんか勘違いしていますよ」横江は立ち上がり様、目の下を赤く染めて言った。「彩花と会ったのは、二年前ですから」

柴崎はその肩に手をあて、もう一度座らせた。「あなた、五年前の十一月二十三日の日曜日に、いまのマンションに入居してるよね？」

横江は落ち着かない感じで左右に首をふりながら、

「たぶん、その日に、はい」

と忘れかけていたのを思い出すような顔で答える。

「ひとりで入居したんじゃないよな？」

「いえ、最初は単身でしたけど」

柴崎は携えてきた茶封筒から、マンションを購入したときの契約書の写しを広げて、横江の眼前にかざした。

「これはなにかの間違いだろうか」

契約者の配偶者の欄を指さす。そこには中島彩花とある。一昨日、刑事課の係員が販売会社への聞き込みで入手した資料だ。

横江の顔が翳《かげ》っていくのを柴崎は見つめた。

「あなたがマンションをローンで買った当時の担当者がまだ在籍していてね。彼によると、あなたは中島さんを婚約者だと説明していたそうだな。頭金の五百万のうち、三百万を払ったのは、中島さんだったそうじゃないか。こつこつ貯めていた貯金をはたいてだ」

強い口調に押されるように横江はうなずき、「はあ、そうでした」と仕方なさそうに答えた。

「五年前にマンションへ入居した当時、あなたはまだ矢口昌美さんとつきあっていたね」

「ですから、昌美が失踪《しっそう》する半年前に別れましたって。そのころ、昌美は二宮とつきあいはじめたんですから」

顔を赤らめて横江は弁解した。

「正式には別れていなかった。二宮とつきあいはじめてからも、あなたは昌美さんと会っていた」

「ったく、よお」

柴崎は構わずたたみかけた。「中島さんはマンションに入居する前、『昌美さんとわたしとどっちを取るの』ときみに迫ったそうじゃないか。きみが『おまえに決まっているだろう』と返事をしたから、同棲を承諾したと言っているぞ。どっちが正しいんだ」

横江は驚きで肩をふるわせながら柴崎を見上げた。

「……彩花と会ったんですか？」

「西新井のお店にお邪魔させてもらった。彼女は当時のことをよく覚えている。親御さんの反対を押し切って同棲をはじめたので、勘当同然になった。いまでも実家に帰れないと嘆いているぞ」

「もう勘弁してもらえませんか」

砂を嚙《か》むような不快さを表しながら横江は言った。

「どっちが本当なんだ？　言ったのか、言わなかったのか」

「どうだっけな」

横江は目をしばたたき、しきりと髪をなでる。手にした缶コーヒーを開けるタイミングを失っているようだ。

「きみは、昌美さんにも同じことを言われていたんじゃないか？」

横江は知らないとばかり顔を横に向けた。

「昌美さんは、勝ち気だからなあ。五年前にもタカス設備にあなたを出せってどなりこんだと聞いてるぞ」

「なんの話だよ、それ」

横江がすごんだ。店の奥にいるふたりの刑事が、じっと耳を澄ませているのが感じられた。

「おかしいな。古山さんも同じことを言ってるんだが」

古山の名前が出ると、横江は目を剝《む》いた。

「……古山？」

「きみがいまの会社に入れるよう口添えをしてくれた恩人。先週の土曜日、会ったばかりだろ？」

えっ、と横江は洩《も》らした。

「古山さんも当時、昌美さんときみが、別れる別れないと言い争ってるのを見ている」

横江は首を伸ばし、怪訝そうな顔で柴崎を見つめた。

「昌美さんは気が強くて大変だったろう。それにひきかえ、彩花さんはおとなしくて気立てもいいし、なによりも若い。どっちを取るって言われたら、わたしも彩花さんを選ぶかもしれない」

横江は顔をそむけて、柴崎の話を聞いている。

「当時、昌美さんは二宮ともつきあっていたが、それはきみへのあてつけだったんじゃないか？　本命はあくまでもきみだったんだよ。昌美さんは気の毒だった。きみに捨てられるなんて夢にも思わないで、あの日の午後、五年前の十月四日の土曜日、南部さんの家に連れていかれたんだから」

その名前を出したとき、横江は喉《のど》の奥がつまったようなうめき声を発した。

「南部さんのことは、昌美さんから、たびたび聞いて知っていただろ？」

柴崎が問いかけると、横江は追いつめられたような顔でうつむいた。

「南部さんは気が荒いとか、女好きとか大の焼酎《しょうちゅう》好きだとか。昌美さんも焼酎党だし。この日は、昌美さんは南部さんに魚をふるまってもらう約束をしていた。きみはご相伴にあずかろうと言って、彼女のクルマに同乗して行った。もちろん、南部さんには内緒だ。昌美さんはいつものように、南部さんのうちの近くの駐車場に停めた。彼女が降りるとき、きみは飲みかけの焼酎ボトルを渡したな？」柴崎は確認するように間を置いた。「それなりの口実を作って、きみは彼女を先に南部さんの家に行かせた。おそらく、自分が行くのは黙っていてくれと口止めして。そのあとたっぷり時間がたってから、きみは南部さんの家をこっそりと訪ねた。もう宵の口だ。そのときはもうふたりとも、大いびきをかいて寝ていた。彼女に与えた焼酎に大量の睡眠薬が混ざっていたからだよ」

柴崎の話を聞きながら、横江は釣り上げられた魚のように口を開けたり閉めたりを繰り返していた。

同じ週、中島彩花は、横江から、不眠がちの友達が薬を欲しがっていると頼まれて、医者でしか手に入らない強い睡眠薬を入手して与えていたのだ。睡眠薬など必要としていなかった横江に言われたので、彼女ははっきり記憶していた。

「あ、あの」

逃げ道を探すような感じで、横江は目をしきりと動かす。

「寝入っていた昌美さんの首に手をかけて、きみはゆっくりと絞めた。大量の睡眠薬を飲んでいるから無抵抗だ。あっけなく、彼女は命を落とした。そのあと、きみは現場から古山さんに電話をかけて、こう言った。『いま昌美に呼ばれて南部さんの家に来たら、南部さんが昌美に乱暴しようとしていたんで、つい手が出てしまった』と」

横江は柴崎の話を聞くまいと、体をねじ曲げた。

「やって来た古山さんは、南部さんだけではなくて、昌美も倒れているのを見て腰を抜かしたはずだ。しかも裸で息をしていない。きみは昌美さんの首にある扼殺痕《やくさつこん》を示しながら、『自分が入ってきたときは、もうこの有様だった』と説明した。自分が南部の後頭部を殴りつけて、どうにか引き離したが、もうすでに遅かったと。南部は睡眠薬で寝ているだけだったが、古山はショックのあまりそれを鵜呑《うの》みにした。右往左往したあげく、警察に電話しなきゃと古山は言い出して受話器を手にしかけた。そのとき、待ったをかけたのがきみだ」

横江は低く唸《うな》った。

「きみは昌美さんから、南部さんが自宅を昌美さんに遺産として残すことを聞かされていた。遺産を残すような親戚《しんせき》なんて俺にはいないとな。それは南部さんが腹立ちまぎれに言ったことだが、きみは古山に、南部が昌美さんに遺産を与える予定だと吹き込んだ。古山はそれを真に受けてしまったわけだ」

「ま、まさか」

「目の前に転がっている昌美さんの遺体を見て、古山は驚くと同時に、ライバルがいなくなったと理解したんだよ。だから、きみの言葉にも耳を貸したわけだ」

「言葉ってなに？」

肩をすぼめながら、ふてくされたように横江は言う。

「警察に通報したら間違いなく南部さんは逮捕され、刑事裁判を受ける。殺された側からは多額の賠償金を請求する民事訴訟を起こされる。賠償金は、この家を売って払うしかないが、それでもいいのかと。言われた古山は、いったん電話を置いた。その古山に、きみは、昌美さんのほうもこんな男に騙《だま》されるから悪いんだと言って、死体は始末するからまかせろと申し出た。きみが昌美さんと別れたがっていたのも古山は知っている。なにより、動転していたからきみの言うことを聞いた。カネに目がくらんでいたしな」

「カネは……」

うめくように横江は洩らした。

「古山が承知すると、きみはすぐ家に帰らせた。その時点で、古山は犯人隠避の罪で共犯になっているし、それは彼自身も承知している。古山は絶対に外へ洩らせなくなったんだ。古山を帰らせたあと、きみは家の中にあったタオルといっしょに彼女の死体を抱いて庭に出た。そのあとはこれだ」

柴崎は南部の家から見つかった折りたたみ式ナイフの写真を見せた。

じっと覗《のぞ》きこんでいる横江の顔が、ひきつっている。

「こ、これを……」

意味不明の言葉を発する横江に柴崎は声をかける。「このナイフを使って、彼女の首をかき切ったとき、どう感じた？」

柴崎の問いかけに、横江はうなだれるだけだった。

「まだ死んで間もないから、血は出る。そのあと、前もって近くに停めてあった自分のクルマを取りに行った。南部の家の横に停めて、家の中に戻った。そのときには、彼女の首から流れ出る血をたっぷりとタオルが吸い込んでいた。ここからが肝心だ。まず、寝入っている南部さんの手にナイフを握らせて彼の指紋をつける。そのあと、血に染まったタオルとナイフの置き場所を捜すために、家の中を回ってみた。ナイフの置き場所はすぐに見つかった。当時から、あの家の中はゴミで散らかり放題だったからな。正面横の居間に入って、適当なゴミ袋を選んで、その中にあったチノパンにナイフを入れてしまいこんだ。血に染まったタオルは、物置のコンテナの中にしまいこんだ。どちらも、南部さん自身には容易に見つけられない場所だ」

横江は青白い顔で聞き入っている。

「どうして、そんなことをした？」

呼びかけても横江は首を横にふるだけだった。

「当時、昌美さんが失踪する直前まで、おまえは彼女とつきあっていた。同時に、中島彩花さんとの交際も深めていた。おまえにとって都合がよかったのは、同じときに昌美さんが二宮と二股《ふたまた》かけてつきあいはじめたことだった。彼と同じショッピングセンターにいた平松加世子さんには、昌美さんも、おまえとは別れたと言わざるを得なかったんだよ。それで間違いないな？」

ちぇっと横江は舌打ちした。

「おまえ、彩花さんといっしょになりたかったんだよな」柴崎は相手の反応を確かめるように一語一語ゆっくりと言った。「昌美さんの存在が邪魔でならなかった。だが昌美さんはいくら別れてくれと言っても聞くような女じゃない。消すしかなかったんだよな」

横江はがっくりと肩を落とした。

「どうすれば疑われず亡《な》き者にできるか。それを考えた。殺したあとのこともだ。別居していた昌美さんの父親や警察には、ずいぶん前に別れたと言えばすむと考えたが、それを素直に信じ込んでもらえるとは思っていなかった。当時、おまえがつきあっていたのを知る人間も少なからずいた。それで、南部さんを使おうと思いついた。彼の家で殺せば、南部さんに罪を着せられると踏んで。彼女がこの日、南部さんを訪ねたことを知らせるために、南部さんの家の近くの駐車場に、昌美さんのクルマをわざと停めさせた。さらに狡猾《こうかつ》だったのは、南部さんの犯行に見せかけるために、古山という〝共犯〟まで作ったことだった。南部さんによる犯行の動かぬ証拠として、ナイフと血に染まったタオルも隠した。南部さんは酔って寝込んでいる間に昌美さんが帰ったと思っていた。それだけのことだ」

「共犯……」

あらたまったような口調で横江は柴崎を窺《うかが》った。

これまでの柴崎の話は、全部デタラメだと言わんばかりだ。

「この日から、古山は自分の叔父が殺人者であると思い込んだ。でも、南部はその様子をおくびにも出さない。それを不審に思って、おまえに問い合わせるたび、『南部は泥酔《でいすい》していたから、昌美さんを犯そうとしたことも、手にかけたことも覚えていない。何度も本人に確認したから大丈夫だ』と言い含めた。そればかりか、すっかり信じ込んだ古山さんに、叔父の不始末を解決してやったんだから、マンションの頭金の二百万円を貸せと脅した。もちろんそれは返していないよな」

横江はこめかみのあたりをぶるぶる震わせて、

「……聞いたようなことを」

とつぶやいた。

「彼女を殺してから、おまえは、彼女の携帯から、生きていると見せかけるメールを何度も母親に送った。都合がよかったのは、盗撮犯の存在だ。そいつの話は、昌美さんから何度も聞かされていたよな。このときはまだ、盗撮犯は南部に対して攻撃を繰り返していた。といっても無言電話とか、せいぜい脅し文句を書いた手紙を送りつけるといった程度だけれども。おまえはこいつの嫌がらせに乗ろうと考えた。ネットに南部さんの家には人が埋まってるとか、執拗《しつよう》に匿名《とくめい》の投稿を流し続けたんだ。それがネットで広まり、赤の他人までもがゴミを投げ込んだり、近所に南部さんに対する中傷を触れ回るようになった。可愛《かわい》がっていた甥《おい》の古山に裏切られて、ひどく幻滅していた時期だ。そこにもってきて、身に覚えのない中傷や噂《うわさ》が流れてきてどんどん南部さんは鬱屈《うつくつ》していった。それがあの要塞《ようさい》ハウスの正体なんだよ」

「どういう意味だか……」

「昌美さんの父親が再捜査を要請するビラを配りはじめたのを知って、おまえは気が気じゃなくなった。そんなとき、当の南部さんがひったくりに遭った。当日の夜、南部は姉に電話を入れてそのことを話した。姉はすぐ息子の古山に連絡し、古山はおまえに急報した。ひどくあせったよな？　警察の取り調べで、南部さんが行方不明当時の昌美と知り合いだったことが露見した日には、すべてが明るみに出てしまうと本気で考えた。南部を警察から遠ざけたい一心で、ライターと火をつけるぞと脅し文句を書いたメモを投げ込んだ。横江……おまえはいざというときになって、怖《お》じ気《け》づいたんだよ」

横江は視線を落ち着きなく動かした。否定はしなかった。

柴崎は南部が作った遺言書の写しを横江に見せた。

その表情がみるみる強張《こわば》っていく。

「先週の土曜日、カレーハウスで古山となにを話したんだ？」

横江は固唾《かたず》を呑んで、目をしばたたいた。

警察が叔父さんの家の床下を掘り下げているぞ。死体が出てきたら、どうするんだ、と古山は泣きついた。横江は死体は絶対に出てこないから安心しろと古山をなだめたのだ。

柴崎は遺言書をポケットにしまいながら、これを古山に見せたら、洗いざらい白状したぞと声をかけた。古山はいまこの瞬間、死体遺棄容疑で綾瀬署に任意同行されているのだ。横江は意気消沈した顔でうなだれた。

「どこへ連れていったんだ？　昌美さんを」

「……どこって」

柴崎と同調するように言う。

「話すなら、いまのうちだぞ」

「話すってなにを？」

横江は、白々しい感じで言った。

「いま言った通り、矢口昌美さんの行方だ。おまえは知っている」

柴崎はぴしゃりと言った。

「昌美は行方不明になったんだろうが」

「いつまでシラをつき通せると思っているんだ」

柴崎に言われて、最後に残った力をふりしぼるように横江は反応した。「さっきからなに言ってるんだか、さっぱりわかんねえよ」

封筒から一枚のカラー写真を取り出した。

生い茂る雑草の太い茎の根本に、灰色の塊が写っている。歯列がむき出しになった人間の頭蓋骨《ずがいこつ》だ。おでこは女性特有の丸みを帯び、黒々とした眼窩《がんか》が天をにらみつけている。

「覚えているな？」柴崎は確認を求めた。「五年前の十月五日の日曜日だ。昌美さんが行方不明になった翌日。忘れるわけがないよな？」

「その日が、なんなんだよ？」

「当時、おまえは日曜ごとに彩花さんを誘って、ドライブに行っていたが、この日はそうしなかった。おまえは独りで奥多摩へ行ったんだよな」

驚いたように横江は目を見開き、柴崎の顔に見入っている。

「ど、どうして……」

当時、中島彩花は気になって、横江のクルマを調べたのだ。そして、奥多摩のガソリンスタンドで給油した伝票を見つけた。日付は十月五日だった。その証言を元に調べたところ、檜原村《ひのはらむら》にあるガソリンスタンドは容易に見つかった。ガソリンスタンドの店員によれば、近所に、よそ者がやってきては、猫を捨てたりする場所があるという。

そうした場所を中心に、百名の機動隊員が山狩りに入って、とうとう遺体を見つけたのだ。檜原村にあるユースホステルから、一キロほど下に降りてきたところだ。北《きた》秋川《あきがわ》沿いに走る都道二〇五号線が三都郷《みつご》の部落にさしかかる手前。北秋川に、上流から小川が注ぎ込んでいる橋のたもとだ。

「いいから聞け。おまえは十月五日付の領収書を彩花さんに突きつけられて、『いったいどこの誰とドライブに行ったの？』と詰め寄られた。もうそのときには腹が据わっていた。ぞっとするような顔で、誰だっていいだろうと答えたそうじゃないか。そのときの恐ろしい顔が忘れられないと彩花さんは言ってるぞ」

このときから、横江の暴力がはじまったと彩花は告白している。いまだに威力と受容を繰り返すＤＶの鎖につながれているのだ。

横江は唇が青くなるほど、嚙《か》みしめたままでいる。

「その日以来、おまえたちふたりのあいだで、矢口昌美は話題に上らなくなったそうだな。昌美さんが行方不明になったことは彩花さんだって知っているが、その件はとても口には出せなくなったということのようだが」

ほかにも中島彩花の口から気になる名前が出ていた。さらに訊問《じんもん》を続けようとしたとき、いきなり横江は立ち上がった。洗濯機に両手をかけると、顔を下に向けて吐瀉《としゃ》しはじめた。

男女の刑事が左右に張りついた。若い男の刑事が横江の右腕をつかむ。それを合図のように、女の刑事が死体遺棄容疑の逮捕状を示して、横江のフルネームを呼び内容を朗読した。

柴崎はそれを確認すると立ち上がった。床に広がる汚物に目を落としたまま、じっと動かないでいる男が気味悪かった。コインランドリーを出る。

目の前に停まっていたミニバンから、男性の刑事が三人、勢いよくコインランドリーに入っていく。ゆっくりとそこから離れた。

当面の役割を終えて、柴崎は少しばかり安堵《あんど》した。もう横江と話す機会はないだろう。それより差し迫った問題は、いまごろ署で死体遺棄容疑の取り調べを受けている古山のことだった。すでに三年の時効が成立しているため逮捕こそ免れるが、書類送検は行われる。取り調べは、相当過酷なはずだ。

ひと足先に署に戻り、副署長席に陣取る助川に逮捕時の様子を報告する。

「わかった。ご苦労」助川が言った。「どうだ、溜飲《りゅういん》がおりたか？」

「それなりには。南部はどうでしたか？」

「釈放直前に、甥の古山が事件に関わったことを伝えた」

「どの程度？」

「洗いざらい。すべて話して聞かせた」

荒療治だが、いずれはわかる。今後のもめ事を防ぐ意味でも、避けては通れない。

「それで様子は？」

「そりゃもう、目の玉がひっくり返るような勢いで詰め寄ったらしい」

知らぬ間に、矢口昌美の殺人犯に仕立て上げられた南部にしてみれば、当然だろうと柴崎は思った。ましてや、自分の甥がその奇計に一枚嚙んでいたのだ。それなりに正義感を持ち合わせている南部にとって、甥に騙《だま》されているなどとは夢にも思わなかったことに違いない。

「警察を訴えてやるなどとは言っていませんでしたか？」

「ブツブツ文句を言って帰っていったが、それはないだろう」

「古山はどうですか？」

助川は壁時計に目をやり、「十時ちょうどに入って来たから、もう二時間近くになるなあ」

「そうですか」

罪が罪だけに、刑事課としてもあっさりと帰せないのだ。

「お灸《きゅう》をすえられて、まあ、午後イチで解放だ」

ずかけた。

古山の取り調べが終わったときには、午後五時を回っていた。刑事課の係員につき添われて階段を下りてきた古山は、横縞《よこじま》模様のポロシャツに紺のスラックス姿だった。消耗している様子だ。柴崎は席を離れ、正面玄関を出てひとりになったところで声をかけた。

立ちどまった古山は、能面のような硬い顔で柴崎をふりかえった。額の生《は》え際《ぎわ》あたりに、じっとりと汗が浮き出ている。とっさに思い当たる言葉がなく、「ご苦労だったね」と柴崎は口にした。

古山は無表情のままうなずくと、横断歩道へ向かって歩き出した。信号待ちのあいだに、電車で帰るのかと訊《き》いたが、人形のようにうなずくだけだった。

信号が青になった。環七の広い通りを肩を並べて渡りながら、「南部さんが釈放されたのはご存じですか?」と訊いた。

「……まあ」

ようやく古山は声を発した。脱力した足取りだ。

傾きかけた日を背に浴びながら歩道を歩く。百メートル先は北綾瀬駅だ。

「厳しいことを言われたかもしれませんが、のちのち楽になると思いますから」

犯人隠避の罪については、きょう以降、隠し立てする必要がない。それだけでも心が軽くなるはずである。コンビニの前まで来て柴崎は、横江が逮捕されたことを話した。

横江の名前に反応した古山は、その場で立ち止まり、苦悩と不安を漂わせた表情で柴崎をにらみつけた。

「……あいつを逮捕?」

少なからぬ憤怒《ふんぬ》の響きを持っていた。

「もちろんです。もう心配はいりませんから」

みるみる古山の頬のあたりが上気していくのを見つめた。五年間、自分を騙し続けてきた横江に対する怒りが、いまになってこみ上げてきているらしかった。

柴崎は続ける。「あなたもひどい目にあったものです」

「いや……わたしだって、自業自得《じごう》だし」

知らなかったとはいえ、叔父を騙し続けてきたのに変わりはないと言いたいのだろう。

「違うと思いますよ。横江はあなたが思っている以上のワルだから」

力づけるように言うと、古山は前を向いて歩きだした。

「……怖くて」

古山が言った。

「横江が？」

「いや、叔父も」

ふと洩《も》らした古山の言葉に柴崎は感じ入った。

きょうというきょうまで、血のつながった叔父が殺人犯であると信じていたのだ。その叔父を丸め込んでいた横江に対しても恐怖を抱いていた。実のところ横江に支配され、利用されたに過ぎないのに。しかし、その代償は大きいのかもしれなかった。自分を罠《わな》にはめる策略に加担していた甥を、この先、南部が赦《ゆる》す日は訪れるのだろうか。

「当時のあなたの事情は、南部さんに詳しく話してあります。少しずつ、解きほぐしていくしかないですから」

柴崎が言うと、古山は嫌気のさした顔で一瞥《いちべつ》をくれた。

「できるわけない」

吐き捨てるように古山は言った。

「ですから時間をおいて……」

「叔父が会ってくれるわけないでしょう」

どうにもならない、重苦しい不快感の入り混じった顔で答える。

辛抱強く、そのときが来るのを待ちましょう、と言おうとしたが、口にできる雰囲気ではなかった。

とぼとぼと古山は駅構内に入った。ホームに通じる階段の前で柴崎をふりむき、目を合わせることなく一礼してからきびすを返した。階段を上る後ろ姿を見送りながら、これまでにない居心地の悪さを感じた。南部周三の恨めしげな顔がよみがえる。肉声が聞こえたような気がしたのだ。

——金輪際《こんりんざい》、赦されえ。

身内のくせして、自分のことをずっと人殺しだと思い込んでいた。そんな人間と和解などできるわけがない、と。

古山にしても、それはわかりすぎるほどわかっている。だから叔父のことを怖いと言った。なのに、気休め程度の言葉を投げかけた自分がたまらなく軽薄で疎《うと》ましかった。できるなら時間を巻き戻したかった。署を去る古山を黙って見送るべきだった。

悪事を働いたような胸の痛みを感じながら、来たときとは倍も重くなった足取りで、柴崎は署に向かって歩きだした。

21

秋分の日を過ぎても、取調室の横江はのらりくらりと質問をかわして、容疑を認めようとはしなかった。刑事課の係員たちは、状況証拠の積み重ねのため関係先の聞き込みに必死だった。

死体こそ見つかったものの、横江による犯行を直接的に裏付ける証拠は不十分に思えた。横江本人にこちらの手の内を明かすよりも先に、もっと動かぬ証拠をそろえることが必要だったように思えてならなかった。そのことを助川に告げると、稟議《りんぎ》書類のつまったキャビネットから顔を上げて、

「もう十分十分」

と事件は片づいたかのように言われるのだった。

目立った動きをしなかった助川は、署長の印鑑を預かり、代わりに押印《おういん》する仕事を買って出ているのだ。

「そんなものですか？」

「これだけあって落とせなくちゃ、刑事じゃない」

そういうものだろうか。

「一週間も臭い飯を食えば、いまにシッポを出す。どっしり構えていろ」

「そうなることを祈りますよ」

副署長席を離れようとしたとき、助川が低い声で言った。

「それにしても、今度という今度は懲《こ》りただろう。これを最後に突っ張った真似《まね》はしないでいてくれると助かるんだが」

署長の坂元に言及しているのだ。

「われわれと違って、どこかで目立つことをしないといけないんじゃないですか」

「それはどこかの県警の本部長様にでもなってからでいいだろう。まだ見習い期間なんだから」

署長が見習いというのだろうか。あまりに職責が重いと思うのだが。

「それよりおまえ、帳尻《ちょうじり》を合わせるのがうまいって八木が言っていたぞ」

生活安全課長はなにを言いたかったのだろうか。

席に戻ろうとしたとき、硬い表情をした浅井が署長室に入っていった。助川も席を離れそれに続いた。柴崎も追いかける。

署長席の前で立っていた浅井の口から、

「落ちました」

のひと言が洩れたのをかろうじて聞き取った。

「そうか、落ちたか」

助川が肩の荷を下ろしたような口調で言った。

百パーセントの自信はなかったようだ。

「四日もかけさせやがって」

助川が軽口を叩《たた》くように言いながら、浅井をソファに誘った。

「順当じゃないですか？」

遅れてソファに座った坂元が余裕のある口調で訊いた。

「いや、あれだけ材料があるんですから。せいぜい二日ですよ」

「相変わらず副署長は厳しいですね」

「それだけが取り柄なもんで」助川は照れたように短く刈り上げた頭をかいた。「お、そうだ、浅井。植野はどうだった？　中島とつきあっていたのを認めたか？」

植野の名前が出たので、柴崎は耳をそばだてた。

中島彩花の事情聴取で、植野を知っているという話が出たのだ。

「五年前、関係を持っていたことは認めました」

浅井が答える。

「そうか。きっかけはなんだ？」

「横江と結婚していいかどうか、相談をもちかけたそうです」

矢口昌美が行方不明になったあと、植野は昌美がつきあっていた複数の男に対して、同時並行で調べを進めていた。その中には横江もいた。昌美とは半年前に別れたと言っていたくせに、失踪《しっそう》当時も昌美と会っていたことをつかんだ。それどころか、横江がべつの女ともつきあっていることも知った。それが中島彩花だった。植野は中島と会って事情を訊いているうちに、職務を忘れてその魅力にとりつかれた。中島は中島で、横江が浮気性であること、ふだんの会話がたびたびすれちがうことなどの悩みを打ち明けた。ふたりが肉体関係を持つのに、時間はかからなかった。植野は寝物語で、矢口昌美は東京に飽きてどこか見知らぬ街に移っていったのだろうと都合のいい推測を告げた。中島はその話にすがりついた。植野にしても、彩花の虜になっており、当初の事件性を疑う気分など霧散していたのだ。

「いまでもつきあってるのか？」

助川が訊く。

「いえ。横江にばれそうになり、恐《こわ》くなって半年ほどで会わなくなったそうです」かしこまって浅井は続ける。「それから、先月の二十三日、金曜日の昼、中島からの電話を受けたことは認めました」

中島の口から出た話だった。植野が辞表を提出する五日前のことだ。

「どんな電話だったんです？」

坂元が訊いた。

「横江が電話で、南部の家にサツが来たと話しているのを聞いたそうです」

柴崎はひやりとした。

案の定、坂元が助川のうしろに立っている柴崎を見上げた。

「それって、代理のことですよね？」

「……かと思います」

二十二日の夕方、柴崎は南部の家を訪れた。そこで古山と出くわした。

その夜、古山から横江に連絡が入り、それを中島彩花が聞いていたのだ。

「五年前には、捜査の手が及ばなかった南部の甥《おい》に警官がたどり着いたのを知って、植野さんは驚いたのではありませんか？」

坂元が言った。

「仰《おつしや》る通りです」

浅井が窮屈そうに言った。

「中島からの電話で植野ははじめて古山の存在を知ったわけですね？」

柴崎は訊いた。

「ふむ」

柴崎は続ける。「植野は矢口昌美の失踪当時、南部にまでたどりついていた。失踪した事情について、なんらかの情報を握っていると踏んだ。しかし、当の南部はひったくりに遭っても、被害届すら出さないし、家にこもりきりになっている。そんな南部を表舞台に引きずりだすためには、なんとしても迫田の口から、『もともと南部のことを知っていて、襲いました』と言わせなければならなかった。それが暴力へとつながっていったんですね？」

「そうだ。今度こそ、ただ事ではないと判断したようだ。古山から横江、そして中島と芋づる式に警察の取り調べを受けるだろう。当時行った不法捜査も露見するに違いないと観念した」と浅井。

「辞表を出した理由はそれか？」

助川に訊かれて、浅井は眉《まゆ》をひそめてうなずいた。

「道理で出署できなかったわけだ」

「すべては見抜けなかった刑事課の責任です。面目ありません」

両手を膝《ひざ》に置き、深々と浅井は頭を下げた。

浅井は植野を熱心で優秀な刑事であると信じて疑わなかった。しかし、当の植野は、周囲の期待に乗じて、自分勝手な捜査に走り、あろうことか事件の鍵《かぎ》を握る重要参考人たる女との情事にふけっていたのだ。

厳しいまなざしで見守っている坂元が不気味だった。

せっかく、歩み寄りを見せていた署長と刑事課のあいだに、またしても溝が生まれてしまったように思えてならなかった。責任の一端はこの自分にもあるのを承知していた。ここは乗り越えなくてはならない。

「副署長」柴崎は努めて明るい声で言った。「マスコミのほうは待ったなしですよ」

はじめて気がついたように、助川はおうと洩らした。「そうだった。連中、事件の決着を知りたくてうずうずしてますよ。署長、夕方にでも記者会見をやる手はずを整えましょうか？」

坂元は気分を入れ替えたように背を伸ばした。「そうですね。開きましょう」

「よし、忙しくなるぞ」

言うなり、助川は浅井を連れて署長室から出ていった。

マスコミへの対応からはじまり、奥多摩への引きあたり捜査まで、仕事が一気に増えるのだ。柴崎の胸も高鳴ってきた。

坂元は机を回り込んで椅子《いす》に腰を落ち着けるなり、柴崎を見やった。

「代理、矢口さんのお父様に、きちんとご報告しなければいけませんね」

「そうですね。お供いたします」

矢口隆史と話した日のことを思い起こした。最悪の結果が出てしまったことを素直に報告し、五年前の捜査が至らなかったことをひたすら謝るしかない。包み隠すことなく誠実な態度で接しよう。被害者遺族の無念を少しでも和らげたいと思う。

横江による犯行は細部まで突き詰めなければならない。殺害を認めたとはいえ、あの調子のいい男が、どこまで本当のことを語っているのだろうか。きょう以降、否認に転ずるようなことがなければいいのだが。

「なにか心配事でもあります?」

坂元に訊かれたので、柴崎は懸念《けねん》について話した。

すると、はじめて気がついたような顔で坂元は、

「もういいんですよ。公判は維持できますから」

「どういうことですか?」

「通販で横江がナイフを購入した履歴が残っていたんです。昨日、ようやくうちのサイバー担当が見つけたんですよ。もう言い逃れはできませんから大丈夫です」

拍子抜けした。昨日からきょうまで警務の仕事で忙しく、事件に構っている時間はなかった。だからといってまた今回も……。

仕方がないか。しょせん、こちらの畑の仕事ではないのだから。

それでも、ひと言くらいあってもいいはずなのだが。

「これで、かたが付きました」

さばさばした感じで坂元は言う。

「あ、そうですね」

柴崎は一拍、遅れて答えた。

机の上で両手を組み、笑みを浮かべて柴崎を見ていた。

「指揮能力に欠ける署長だと思われたでしょうね」

「そんなことありませんから」

「いいんですよ。自分でもわかっています」

「そんなこと仰らずに。署長らしくもありません。では」

柴崎が署長席から離れかかると、坂元が声をかけてきた。

「あと半年、ひょっとすると一年半、ごいっしょするかもしれませんけど、どうぞよろしくお願いします」

柴崎はふりむいて、姿勢を正した。

それは、坂元が綾瀬署にいるかぎり、柴崎もいてもらうという宣言にも聞こえた。頼りにされていると思う反面、焦燥感がよぎった。これからもこの所轄署《しょかつしょ》に取り残されたままでいるのだろうか。本部での勤務は、当分望めないという意味だろうか。しかしそんな心根はおくびにも出せなかった。

「とんでもありません。こちらこそよろしくお願いいたします」

最敬礼をする。

「これからもうまくいくという保証はありませんけど、せいぜい足手まといにならないように、みなさんについていきますから」

いつになく謙遜《けんそん》めいた言い方に、柴崎はここ半年の坂元の変わり様を思った。うそのようには聞こえなかったが、それをそのまま額面通り受けとるわけにはいかなかった。いつ突発的な感情が吹き荒れるかわからないのだ。そのときが来たら、すぐ対処できるように、腹づもりしておかなければならない。

答えないでいると、坂元はしびれを切らしたように机上を片づけはじめた。

「さてと、記者会見の準備をしないと」

「そうですね。わたしも準備いたします」

柴崎の言葉など、耳に入らなかったかのように、坂元はノートパソコンと向き合い、キーボードを打ち出した。そっと署長室をあとにした。

翌日は、夏休みを取った。明け方の六時ごろ、いつものように目が開いたが、休みだったことを思い出してもう一度目を閉じた。ふたたび目が開いたときは、九時を回っていた。寝汗もかいておらず、すっきりした目覚めだった。ゆっくり起き出して、雪乃に朝食を用意してもらう。

二階から物音が聞こえなかったので、克己のことを訊《き》いた。

「きょう、行ったのよ」

茶碗《ちゃわん》に飯をよそいながら、雪乃は弾んだ口調で言った。

「学校へ？」

「そう」

これまで、さんざん息子の不登校に悩まされ、朝になると口を酸《す》っぱくして、学校へ行くようにまくしたてていた雪乃にしては、あっさりした答えだった。

「よく行ったな」

「お父さんのおかげかも」

家にこもりがちな克己を、義父の山路はたびたび外に連れ出してくれていたのだ。

「お父さんが勤めてる病院に連れていってくれたの。リハビリ棟で自分と同じ年代の男の子がパジャマ姿で、一生懸命歩行訓練しているのを見たらしいのね」

「そうか」

柴崎は克己がそうしている光景を頭に描いた。

「お父さんはなにも言わなかったらしいけど、克己には思うところがあったみたいよ」

「そのせいで学校に行く気になったのか？」

それくらいのきっかけで、人間は変わるものだろうか。

「帰りのクルマで、すごく、しゃべってたって」

胸につかえていたものが取れたのだろうかと柴崎は思った。元々いじめを受けていたわけでもないようだし、夏休みの怠け癖が抜けなかったのだろう。家にいて母親とケンカするのに飽き飽きしたのかもしれない。肩の荷がひとつ下りたような気がした。

それよりも、きょう一日どうやってすごそうかと柴崎は考えた。砧《きぬた》公園で軽くジョギングして汗をかこうか。いや、渋谷ヒカリエあたりに雪乃を連れ出し、買い物のあとフレンチレストランで遅い昼食をとるのもいいかもしれない。

お互い、長い夏を戦い抜いたのだ。それくらいの贅沢《ぜいたく》は許されるだろう。

参考文献

大沼えり子『君の笑顔に会いたくて』ロングセラーズ（二〇〇八年）
高橋正鶴『大阪ブタ箱物語』彩図社（二〇一一年）
吉田太一『私の遺品お願いします。』幻冬舎（二〇一一年）

その他、新聞・雑誌記事などを参考にさせていただきました。

（著者）

解説——真面目《まじめ》の魅力

村上貴史

■撃てない警官

二〇一〇年の秋に刊行された『撃てない警官』は、いい作品だった。

今野敏が〝刑事たちのリアルな息づかいが、痛いほど迫ってくる〟と評し、誉田《ほんだ》哲也が〝確かな手応《てごた》えと重み。味わい深い作品集〟と賛辞を寄せた『撃てない警官』は、柴崎令司《しばざきれいじ》という一人の警察官の物語であった。

警視庁の総務部企画課。警視総監直属の筆頭課であり、管理部門としては最高位にある。柴崎はその中心となる企画係で係長職にあった。三十六歳で警部。妻の父はノンキャリアでありながら第七方面本部本部長にまで登りつめた実力者であった。いくつもの昇任試験に合格し、将来有望な地位を得た柴崎が警視総監に対して新設署についてレクチャーをしている最中のことだった。一報が飛び込んできた。企画課の若手巡査部長が拳銃《けんじゅう》自殺したというのだ……。

この事件が、柴崎の警察官人生に大きな影響を与えた。部下の自殺という不祥事の責任が、実質的に彼一人に押しつけられてしまったのだ。柴崎の上司である中田課長や管理官の三宅は、柴崎と同じく懲戒を受けながらもその職に留まることが許されたのに対し、彼だけは異動を命じられた。花形部署から、その対極にあるような部署に。柴崎は綾瀬《あやせ》署の警務課で課長代理を務めることになったのである。

その自殺事件の顚末《てんまつ》を追う柴崎の姿を描いた短篇が、『撃てない警官』の第一話となる表題作であった。この短篇は、自殺の背後にあった意外な〝恨み〟を巡るミステリである一方で、柴崎を主役とする大きな物語のプロローグでもある。柴崎は、自らの落ち度ではなく、他人の邪《よこしま》な心によってそれまでの順調な出世コースから蹴《け》り出されてしまったのだ。『撃てない警官』は、柴崎が事件を一つ一つ解決していく短篇集であり、そして、彼が綾瀬署でもがきながら、〝邪心の主〟への復讐を謀《はか》る姿を描いた一冊でもあった。そしてその二種類の魅力が、極めて高い次元で一体となっていたのである。

〝高い次元〟の具体的な一例として、第六話である「随監」が、第六十三回の日本推理作家協会賞短編部門の受賞作であることを記しておこう。このときに候補となった短篇の書き手は、安東能明に加えて、伊岡瞬、石持浅海《いしもちあさみ》、永瀬隼介、結城充考《ゆうきみつたか》という実力派ばかりであった。選考委員の一人である逢坂剛は〝最初に通読したとき、どの候補作が受賞しても文句なしと思うくらい、楽しく読ませてもらった〟と述べているほどである。「随監」は、そのなかで受賞という栄冠を勝ち得た一作なのである。

そんな短篇を含みつつ、柴崎の大きな物語としても読ませる『撃てない警官』——一読すれば、今野敏や誉田哲也の絶賛も素直に納得できよう。

■出署せず

そして本書である。

『出署せず』と題された本書は、新潮社のＷｅｂサイト『yomyom pocket』での連載に加筆訂正を行い、一冊に纏《まと》めたものである。主人公は、『撃てない警官』同様、綾瀬署の柴崎。その意味では、前作のストレートな続篇である。柴崎は相変わらず（刑事ではないのに）事件解決に奔走する羽目になるし、そこで語られる事件やその捜査にも警察内部の人物や事情が絡《から》んでくる点も前作と共通している。

だがそれだけではない。この『出署せず』は、前作と比べて変化しており、深化しているのだ。その内容について語る前に、本書の収録作について簡単に紹介しておくとしよう。

第一話「折れた刃」では、警察官の不正行為が描かれている。刃の長さが六センチ以上の刃物は銃刀法で所持禁止の対象となる。それ未満であれば、軽犯罪法の対象だ。罪の重さも違うし、〝警察官の書類仕事の量〟も異なる。そして、綾瀬署の管内で、職務質問でカッターナイフを見付けた際、警官が刃を短く折る行為があったことが発覚したのだ。それも内部告発によって……。柴崎の調査活動を通じて、読者は警察官のものの考え方を知っていくことになる。なぜそうした考え方になるかも含めてだ。もちろん考え方は一通りではない。人の数だけ考え方はある。その相違や、あるいは立場の違いが積み重なって、警官が刃を折るという行為に至る。それを柴崎が丹念に解き明かしていくのだ。事件にも捜査にも派手さは全くないが、ミステリとしての確かな魅力は十分に伝わってくる。そんな一作である。ちなみに「折れた刃」には、「随監」の中心人物の一人もちらりと顔を出している。前作の読者はその点も愉《たの》しめるだろう。

第二話「逃亡者」では、ひき逃げ事件の捜査が描かれる。女性がはねられて腰の骨を折るという事件が起きて、一週間が過ぎた。犯人の行方は依然として不明だが、その時点で、綾瀬署のひき逃げ事件の検挙率は全国平均を上回っていた。署の成績という観点では既に及第点なのである。この一件が綾瀬署の評価を左右することはない。しかも、死亡事故でもない。交通課長は現状の規模での捜査継続を主張し、副署長もその意見を支持したが、署長は捜査範囲の拡大を決めた……。安東能明は、ひき逃げ事件の捜査を描きながら、犯罪者の更生や周囲の目といった問題をきっちりと語り、しかも人間の裏の姿をも描きだしている。第一話同様、派手ではないが、間違いなく一級の読み応えを備えた一篇に仕上がっている。

第三話「息子殺し」は、殺人が登場する分、前二話よりもミステリらしい外見をしている。ここで描かれる殺人事件が特徴的なのは、その犯人設定にある。保護司を務め、人格者として知られる稲生《いなお》利光《としみつ》が、自分の息子を金属バットで殴り殺したのだ。三十五歳で自宅に引きこもり、酒に依存するようになった息子の裕司《ゆうじ》。裕司はその夜も酒を飲み、暴れた。そして制止した利光にも暴力の矛先を向けたのだという。そこで利光はとっさに金属バットで身を守り、そのあげくに息子を殺してしまったというのだ。そして、事件はその姿で決着しようとしていたが、柴崎は念には念を入れて事件の細部の確認を行う……。柴崎の確認が進んでも、保護司が息子を殴り殺したという事件の構図に変化はない。だが、徐々にその保護司の心が見えてくる。そうした想《おも》いが形成された契機や過程、あるいはその後の撲殺に至るまでの行動や心理を探る様はまさに極上のミステリである。まさかこんな想いで動いていたとは。その衝撃に襲われた読者に、ラストシーンがとどめを刺す。最後から四行目に書かれた台詞《せりふ》、そして最後の二行に記された柴崎の心理。いずれも淡々と語られてはいるが、それらは、この事件の悲劇性をくっきりと強調している。巧《うま》い。なんとも巧い。

「夜の王」という第四話では、証拠の保管という題材が扱われている。九年前の老女強盗傷害事件の証拠として保管されている四本の煙草《たばこ》の吸い殻。いずれも同一人物が吸ったかのように見える吸い殻だったが、最近発生した事件に関連してDNA鑑定を行ったところ、一本だけ別の人物が吸ったものであると判明したのだ。この鑑定結果が出るまでは、証拠と事件の間に齟齬《そご》はなかった。だが、この結果は……。警察の内部のロジックが誤った方向に転がっていく様を描いた一篇である。誰かを陥《おとし》れようなどという悪意があるわけでもなく、正義感は大枠で維持しつつも、ちょっとした甘えがもたらした〝誤った判断〟が、実に生々しい。誰しも油断すればこうした判断をしてしまいがちである。それを安東能明は、事件としてしっかりと具体化し、小説に仕立て上げたのだ。それ故《ゆえ》に読者の心に響く。これまた著者の技量をしっかりと味わうことの出来る一篇である。

そして、だ。「夜の王」の結末では、綾瀬署に大きな衝撃を与える一つの決断が語られている。それまでの「折れた刃」「逃亡者」「息子殺し」と、この「夜の王」という四つの短篇を通じて描かれてきた綾瀬署の署長——『撃てない警官』の署長とは別人だ——と署員たちとの軋轢《あつれき》が、この決断によっていよいよ決定的なものとなってしまうのだ。

ここまで個々の短篇の魅力そのものをきちんとお伝えすべく、あえて書かずに来たのだが、本書における前作からの変化の最大のものの一つが、新たな署長なのである。年齢は柴崎の一つ下で三十六歳。当然キャリア組でご立派な経歴の持ち主。身長は一六五センチほどで、髪を短くカットした美女だ。そう、女性署長なのである。警視庁として初となる女性キャリアの警察署長である彼女の登用には、総理大臣の意向が働き、東京都知事もそれに乗ったという。坂元真紀《さかもとまき》という新署長は、そうした人物なのだった。

それ故に、現場とは異なる感覚を持っている。清濁併せ呑《の》むこともなく、身内だからというだけの理由で署員をかばうこともない。罰するものは罰する。結果として綾瀬署を辞めざるを得ない者たちが出てくる。かくして刑事課長は署長と徹底的に対立し——という状況で、五年前の失踪《しっそう》事件に再度火がつくことになった。その出来事を糸口とする奥深い事件を描いたのが、第五話「出署せず」なのである。この第五話は、文庫にして二百頁《ページ》超というボリュームで、シリーズ初の中篇である。短めの長篇と呼ぶことも出来るサイズと内容のこの作品は、前述した深化を象徴する一篇だ。

三十二歳の販売員・矢口昌美《やぐちまさみ》が失踪した事件は、五年経《た》った現在でも未解決のままだった。父親が警察を訪れて再捜査を申し立て、さらに駅前でビラを配り始めたのである。それを耳にした署長の坂元は再捜査を刑事課に指示したが、刑事課長の浅井はそれに肯《うなず》かず、様子見を主張するといった有様だった。そんな最中に、綾瀬署の若手巡査部長が取調中の被疑者を小突いたのではないかとの疑惑が持ち上がった。小突いたといっても、へたをすれば特別公務員暴行陵虐《りょうぎゃく》容疑で懲戒免職になる。そして、そうした厄介事の火消しに放り込まれたのは、やはり柴崎だった……。

「出署せず」は、坂元との距離を様々に置く署員たちを描き、また、そうした状況下での坂元の素顔に迫りつつ、それらと照らし合わせるかたちで柴崎を掘り下げていく。つまり、この「出署せず」は、警察という一つの社会における人間ドラマなのだ。それも、それまでの短篇で築いてきた署内の人物像や、あるいは読者にきっちりと伝えてきた署内の緊張関係を十二分に活《い》かして語るドラマであり、二百頁余という頁数以上の深みと重みを感じさせる作品となっているのだ。

その上で、だ。矢口昌美の失踪事件もまた奥が深い。いくつもの想いが交錯し、心がねじれ、不可解な行動として表出する。五年の間に関係者の心に溜《た》まっていった膿《うみ》の奥底にひそむ真相を、柴崎は丹念に掘り出していくのだ。ミステリとしてのスリルも第一級である。

そして結末である。序盤から時折僅《わず》かずつ描かれてきた柴崎の家族のエピソードが、最後にもまたちらりと顔を出し、警察官であり、夫であり父であり、まだ出世を諦《あきら》めていない一人の男の物語を締めくくるのである。例によって派手さはないが、この小説に相応《ふさわ》しい幕切れといえよう。

少々余談を。

本書は、短篇を連ねた後に長めの中篇を置いて一つの物語を締めくくるというスタイルで描かれている。このスタイルに興味を持たれた方は、伊坂幸太郎の『陽気なギャングの日常と襲撃』や、西村健の『任俠スタッフサービス』など、同様のスタイルで描かれた作品にも手を伸ばしてみるとよかろう。いずれも魅力的なミステリである。そしてそれらを読めば、本書が魅力的なミステリであることを再確認できるであろう。

閑話休題。

■安東能明

安東能明は、一九五六年に静岡で生まれ、一九九四年に『死が舞い降りた』で日本推理サスペンス大賞の優秀賞を獲得し、九五年に同書でデビューを果たした。その後、二〇〇〇年に『鬼子母神《きしもじん》』でホラーサスペンス大賞特別賞を受賞。そして前述のように一〇年に日本推理作家協会賞の短編部門を受賞という経歴の持ち主である。『死が舞い降りた』の時点ではまだ公務員であり、『鬼子母神』後に専業作家になったという。従って、六年という間隔は空いているものの、『鬼子母神』が著作としては二作目となる。その後はコンスタントに作品を発表するが、当初は、ホラーであったり、あるいはスポーツやトラック業界を題材としたミステリなどを発表していた（『強奪箱根駅伝』『漂流トラック』）。「随監」の日本推理作家協会賞受賞と相前後するように警察小説に軸足を置くようになり、『潜行捜査』や『聖域捜査』のシリーズを書き始める。この柴崎のシリーズもそうだが、安東能明の警察小説は、警視庁捜査一課に代表される花形ではない部門や人員を作品の中心に据え、警察内部の人間ドラマとミステリを一体として警察小説に仕上げている点に特徴がある。一見するとありきたりな漢字四文字タイトルと思える『聖域捜査』シリーズにおいて、「聖域」という言葉に安東能明が込めた想いを味わえば、その特徴がさらによく理解できようというものだ。

安東能明は、横山秀夫が一九九八年の『陰の季節』や二〇〇〇年の『動機』で切り拓《ひら》いた警察小説の新たな流れを、『隠蔽捜査《いんぺい》』の今野敏などとともにしっかりと受け継ぎ、新鮮味を加えていく警察小説の書き手なのである。

振り返ってみれば、安東能明はデビュー作からして既にそうした特徴を備えていた。自然保護の問題を中核に据えた『死が舞い降りた』ではあったが、一方で警察小説としての側面もあり、そこでは昇任試験に取り組む警察官の姿なども描かれていたのだ（それも横山秀夫『陰の季節』に先だってである）。もともとそうした点に着目して警察官を描いていくというセンスを備えた書き手だったのだ。

警察内部の人間ドラマに着目するという特徴を持つだけに、ストーリー自体に外連《けれん》味《み》はないのだが、それでもしっかりと読者を魅了するのは、兼業時代を含めて二十年も書き続けてきた作家としての技量のあらわれであろう。それも小手先で誤魔化す技量ではなく、ひたすら真面目に丹念に描き続けるという技量である。その姿勢はまた、作中人物の真面目さとも共通していて、その真面目さがまた読み手を惹《ひ》きつけるのである。柴崎などは、酒の席である女性から「代理って、頭のてっぺんから爪先《つまさき》まで仕事人間」と揶揄《やゆ》されるが、それもまた著者の真摯《しんし》な執筆姿勢と重なって見える。

表面だけの賑《にぎ》やかさではなく、心の奥底に響く本物の味わい。安東能明の警察小説は、そんな魅力を備えている。『出署せず』は、彼の新たな代表作となるであろう一冊である。

それがまさに今刊行されようとする時点でいうのも少々欲張りすぎだが——第三弾も愉しみに待っている。

（二〇一四年五月、ミステリ書評家）

この作品は yomyom pocket 二〇一三年十月十七日〜一四年六月十九日の連載に加筆訂正を行なったものです。

安東能明著
強奪　箱根駅伝
生中継がジャックされた——。ハイテクを駆使して箱根駅伝を狙った、空前絶後の大犯罪。一気読み間違いなし傑作サスペンス巨編。

安東能明著
撃てない警官
日本推理作家協会賞短編部門受賞
部下の拳銃自殺が全ての始まりだった。警視庁管理部門でエリート街道を歩んでいた若き警部は、左遷先の所轄署で捜査の現場に立つ。

有栖川有栖著
絶叫城殺人事件
「黒鳥亭」「壺中庵」「月宮殿」「雪華楼」「紅雨荘」「絶叫城」——底知れぬ恐怖を孕んで闇に聳える六つの館に火村とアリスが挑む。

有栖川有栖著
乱　鴉　の　島
無数の鴉が舞い飛ぶ絶海の孤島で、火村英生と有栖川有栖は「魔」に出遭う——。精緻な推理、瞠目の真実。著者会心の本格ミステリ。

垣根涼介著
ワイルド・ソウル（上・下）
大藪春彦賞・吉川英治文学新人賞・日本推理作家協会賞受賞
戦後日本の〝棄民政策〟の犠牲となった南米移民たち。その息子ケイらは日本政府相手に大胆な復讐劇を計画する。三冠に輝く傑作小説。

垣根涼介著
君たちに明日はない
山本周五郎賞受賞
リストラ請負人、真介の毎日は楽じゃない。組織の理不尽にも負けず、仕事に恋に奮闘する社会人に捧げる、ポジティブな長編小説。

海堂尊著

ジーン・ワルツ

生命の尊厳とは何か。産婦人科医が今、なすべきこととは？　冷徹な魔女《クール・ウィッチ》・曾根崎理恵と清川吾郎准教授、それぞれの闘いが始まる。

春日武彦著

緘（かんもく）黙

―五百頭病院特命ファイル―

十五年間、無言を貫き続ける男――その謎に三人の個性派医師が挑む。ベテラン精神科医が放つ、ネオ医学エンターテインメント！

桐野夏生著

残虐記

柴田錬三郎賞受賞

自分は二十五年前の少女誘拐監禁事件の被害者だという手記を残し、作家が消えた。折り重なった虚実と強烈な欲望を描き切った傑作。

桐野夏生著

ナニカアル

島清恋愛文学賞・読売文学賞受賞

「どこにも楽園なんてないんだ」。戦争が愛人との関係を歪めてゆく。林芙美子が熱帯で覗き込んだ恋の闇。桐野夏生の新たな代表作。

北森鴻著

凶笑面

―蓮丈那智フィールドファイルI―

封じられた怨念は、新たな血を求め甦る――。異端の民俗学者・蓮丈那智の赴く所、怪奇な事件が起こる。本邦初、民俗学ミステリ。

北森鴻著

触身仏

―蓮丈那智フィールドファイルII―

美貌の民俗学者が、即身仏の調査に赴いた村で、いにしえの悲劇の封印をほどき、現代の失踪事件を解決する。本格民俗学ミステリ。

疫病神 黒川博行著

建設コンサルタントと現役ヤクザが、産廃処理場の巨大な利権をめぐる闇の構図に挑んだ。欲望と暴力の世界を描き切る圧倒的長編！

螻（けら）蛄 —シリーズ疫病神— 黒川博行著

最凶「疫病神」コンビが東京進出！ 巨大宗派の秘宝に群がる腐敗刑事、新宿極道、怪しい画廊の美女。金満坊主から金を分捕るのは。

リオ —警視庁強行犯係・樋口顕— 今野敏著

捜査本部は間違っている！ 火曜日の連続殺人を捜査する樋口警部補。彼の直感がそう告げた。刑事たちの真実を描く本格警察小説。

隠蔽捜査 吉川英治文学新人賞受賞 今野敏著

東大卒、警視長、竜崎伸也。ただのキャリアではない。彼は信じる正義のため、警察組織という迷宮に挑む。ミステリ史に輝く長篇。

警官の血（上・下） 佐々木譲著

初代・清二の断ち切られた志。二代・民雄を蝕み続けた任務。そして、三代・和也が拓く新たな道。ミステリ史に輝く、大河警察小説。

警官の条件 佐々木譲著

覚醒剤流通ルート解明を焦る若き警部・安城和也の犯した失策。追放された〝悪徳警官〟加賀谷、異例の復職。『警官の血』沸騰の続篇。

新潮社編
鼓動
—警察小説競作—
悪徳警官と妻。現代っ子巡査の奮闘。伝説の警視の直感。そして、新宿で知らぬ者なき刑事〈鮫〉の凄み。これぞミステリの醍醐味！

新潮社編
決断
—警察小説競作—
老練刑事の矜持。強面刑事の荒業。新任駐在の苦悩。人気作家六人が描く「現代の警察官」。激しく生々しい人間ドラマがここに！

志水辰夫著
行きずりの街
失踪した教え子を捜しに、苦い思い出の街・東京へ足を踏み入れた塾講師。十数年分の過去を清算すべく、孤独な闘いを挑むが……。

白川道著
海は涸いていた
裏社会に生きる兄と天才的ヴァイオリニストの妹。そして孤児院時代の仲間たち——。男は愛する者たちを守るため、最後の賭に出た。

白川道著
終着駅
〈死神〉と恐れられたアウトロー、視力を失いながら健気に生きる娘。命を賭けた恋が始まる。『天国への階段』を越えた純愛巨編！

柴田よしき著
やってられない月曜日
二十八歳、経理部勤務、コネ入社……近頃シゴトに不満がたまってます！働く女性をリアルに描いたワーキングガール・ストーリー。

高村薫著　**マークスの山**（上・下）　直木賞受賞

マークス――。運命の名を得た男が開いた扉の先に、血塗られた道が続いていた。合田雄一郎警部補の眼前に立ち塞がる、黒一色の山。

高村薫著　**照柿**（上・下）

運命の女と溶鉱炉のごとき炎熱が、合田と旧友を同時に狂わせてゆく。照柿、それは断末魔の悲鳴の色。人間の原罪を抉る衝撃の長篇。

高村薫著　**レディ・ジョーカー**（上・中・下）　毎日出版文化賞受賞

巨大ビール会社を標的とした空前絶後の犯罪計画。合田雄一郎警部補の眼前に広がる、深い霧。伝説の長篇、改訂を経て文庫化！

津原泰水著　**爛漫たる爛漫**　―クロニクル・アラウンド・ザ・クロック―

ロックバンド爛漫のボーカリストが急逝した。バンドの崩壊に巻き込まれたのは、絶対音感を持つ少女。津原やすみ×泰水の二重奏！

手嶋龍一著　**ウルトラ・ダラー**

拉致問題の謎、ハイテク企業の陥穽、外交官の暗闘。真実は超精巧なニセ百ドル札に刻み込まれた。本邦初のインテリジェンス小説。

手嶋龍一著　**スギハラ・サバイバル**

英国情報部員スティーブン・ブラッドレーは、国際金融市場に起きている巨大な異変に気づく――。全ての鍵は外交官・杉原千畝にあり。

天童荒太著

孤独の歌声

日本推理サスペンス大賞優秀作

さぁ、さぁ、よく見て。ぼくは、次に、どこを刺すと思う？　孤独を抱える男と女のせつない愛と暴力が渦巻く戦慄のサイコホラー。

天童荒太著

幻世《まぼろよ》の祈《いの》り

家族狩り　第一部

高校教師・巣藤浚介、馬見原光毅警部補、児童心理に携わる氷崎游子。三つの生が交錯したとき、哀しき惨劇に続く階段が姿を現わす。

乃南アサ著

女刑事音道貴子

凍える牙

直木賞受賞

凶悪な獣の牙――。警視庁機動捜査隊員・音道貴子が連続殺人事件に挑む。女性刑事の孤独な闘いが圧倒的共感を集めた超ベストセラー。

乃南アサ著

女刑事音道貴子

鎖

（上・下）

占い師夫婦殺害の裏に潜む現金奪取の巧妙な罠。その捜査中に音道貴子刑事が突然、犯人らに拉致された！　傑作『凍える牙』の続編。

帚木蓬生著

三たびの海峡

吉川英治文学新人賞受賞

三たびに亙って〝海峡〟を越えた男の生涯と、日韓近代史の深部に埋もれていた悲劇を誠実に重ねて描く。山本賞作家の長編小説。

帚木蓬生著

閉鎖病棟

山本周五郎賞受賞

精神科病棟で発生した殺人事件。隠されたその動機とは。優しさに溢れた感動の結末――。現役精神科医が描く、病院内部の人間模様。

東野圭吾著
鳥人計画

ジャンプ界のホープが殺された。ほどなく犯人は逮捕、一件落着かに思えたが、その事件の背後には驚くべき計画が隠されていた……。

福田和代著
タワーリング

超高層ビルジャック発生！ 外部と遮断されたビルで息詰まる攻防戦が始まる。クライシス・ノヴェルの旗手が放つ傑作サスペンス。

道尾秀介著
片眼の猿
—One-eyed monkeys—

盗聴専門の私立探偵。俺の職業だ。今回の仕事は産業スパイを突き止めること、だったはずだが……。道尾マジックから目が離せない！

道尾秀介著
龍神の雨

血のつながらない父を憎む蓮。実母を殺したのは自分だと秘かに苦しむ圭介。降りやまぬ雨、ひとつの死が幾重にも波紋を広げてゆく。

横山秀夫著
深追い

地方の所轄に勤務する七人の男たち。彼らの人生を変えた七つの事件。骨太な人間ドラマと魅惑的な謎が織りなす警察小説の最高峰！

横山秀夫著
看守眼

刑事になる夢に破れ、まもなく退職をむかえる留置管理係が、証拠不十分で釈放された男を追う理由とは。著者渾身のミステリ短篇集。

青木冨貴子著
占領史追跡
―ニューズウィーク東京支局長パケナム記者の諜報日記―
昭和天皇と米政権中枢を結んだ男が描いた影のシナリオ。新発見の『日記』をもとに占領期の政治裏面史とパケナム記者の謎に迫る！

麻生和子著
父　吉田茂
こぼした本音、口をつく愚痴、チャーミングな素顔……。最も近くで吉田茂に接した娘が「ワンマン宰相」の全てを語り明かした。

一橋文哉著
三億円事件
戦後最大の完全犯罪「三億円事件」。焼け焦げた500円札を手掛かりに始まった執念の取材は、ついに海を渡る。真犯人の正体は？

一橋文哉著
未　解　決
―封印された五つの捜査報告―
「ライブドア『懐刀』怪死事件」「八王子スーパー強盗殺人事件」など、迷宮入りする大事件の秘された真相を徹底的取材で抉り出す。

入江敦彦著
イケズの構造
すべてのイケズは京の奥座敷に続く。はんなり笑顔の向こう、京都的悦楽の深さと怖さを解読。よそさん必読の爆笑痛快エッセイ！

石井妙子著
お　そ　め
―伝説の銀座マダム―
かつて夜の銀座で栄光を摑んだ一人の京女がいた。川端康成など各界の名士が集った伝説のバーと、そのマダムの華麗な半生を綴る。

石井光太著
神の棄てた裸体
―イスラームの夜を歩く―
イスラームの国々を旅して知ったあの宗教と社会の現実。彼らへの偏見を「性」という視点から突き破った体験的ルポルタージュの傑作。

池谷孝司編著
死刑でいいです
―孤立が生んだ二つの殺人―
疋田桂一郎賞受賞
〇五年に発生した大阪姉妹殺人事件。逮捕された山地悠紀夫はかつて実母を殺害していた。凶悪犯の素顔に迫る渾身のルポルタージュ。

NHK「東海村臨界事故」取材班
朽ちていった命
―被曝治療83日間の記録―
大量の放射線を浴びた瞬間から、彼の体は壊れていった。再生をやめ次第に朽ちていく命と、前例なき治療を続ける医者たちの苦悩。

太田和彦著
自選 ニッポン居酒屋放浪記
古き良き居酒屋を求めて東へ西へ。「居酒屋探訪記」の先駆けとなった紀行集から、著者自身のセレクトによる16篇を収録した決定版。

太田和彦著
居酒屋百名山
北海道から沖縄まで、日本全国の居酒屋を訪ねて選りすぐったベスト100。居酒屋探求20余年の集大成となる百名店の百物語。

奥田英朗著
港町食堂
土佐清水、五島列島、礼文、釜山。作家の行く手には、事件と肴と美女が待ち受けていた。笑い、毒舌、しみじみの寄港エッセイ。

門田隆将著
なぜ君は絶望と闘えたのか
—本村洋の3300日—
愛する妻子が惨殺された。だが、犯人は少年法に守られている。果たして正義はどこにあるのか。青年の義憤が社会を動かしていく。

春日真人著
100年の難問はなぜ解けたのか
—天才数学者の光と影—
難攻不落のポアンカレ予想を解きながら、「数学界のノーベル賞」も賞金100万ドルも辞退。失踪した天才の数奇な半生と超難問の謎。

鹿島圭介著
警察庁長官を撃った男
2010年に時効を迎えた国松長官狙撃事件。特捜本部はある男から詳細な自供を得ながら、真相を闇に葬った。極秘捜査の全貌を暴く。

「銀座百点」編集部編
私の銀座
日本第一号のタウン誌「銀座百点」に、創刊当時より掲載されたエッセイを厳選。著名人60名が綴る、あの日、あの時の銀座。

北康利著
銀行王 安田善次郎
—陰徳を積む—
みずほフィナンシャルグループ。明治安田生命。損保ジャパン。一代で巨万の富を築き上げた銀行王安田善次郎の破天荒な人生録。

久保田修著
ひと目で見分ける287種
野鳥ポケット図鑑
この本を持って野鳥観察に行きませんか。精密なイラスト、鳴き声の分類、生息地域を記した分布図。実用性を重視した画期的な一冊。

桑田真澄
平田竹男著

新・野球を学問する

大エースが大学院で学問という武器を得た！ 体罰反対、メジャーの真実、WBCの行方も。球界の常識に真っ向から挑む刺激的野球論。

久保正行著

現着
―元捜一課長が語る捜査のすべて―

筋読み、あぶり出し捜査。偽装・アリバイ崩し。人質立てこもり・身の代金誘拐との対峙。ホシとの息詰まる闘いを描く、情熱的刑事論。

久住昌之著

食い意地クン

カレーライスに野蛮人と化し、一杯のラーメンに完結したドラマを感じる。『孤独のグルメ』原作者が描く半径50メートルのグルメ。

酒井順子著

女流阿房列車

東京メトロ全線を一日で完乗、鈍行列車に24時間、東海道五十三回乗り継ぎ……鉄道の楽しさが無限に広がる、新しい旅のご提案。

最相葉月著

星新一（上・下）
―一〇〇一話をつくった人―
大佛次郎賞・講談社ノンフィクション賞受賞

大企業の御曹司として生まれた少年は、いかにして今なお愛される作家となったのか。知られざる実像を浮かび上がらせる評伝。

佐々木嘉信著
産経新聞社編

刑事一代
―平塚八兵衛の昭和事件史―

徹底した捜査で誘拐犯を自供へ追い込んだ吉展ちゃん事件、帝銀事件、三億円事件など、捜査の最前線に立ち続けた男が語る事件史。

佐藤優著

国家の罠
—外務省のラスプーチンと呼ばれて—
毎日出版文化賞特別賞受賞

対ロ外交の最前線を支えた男は、なぜ逮捕されなければならなかったのか？　鈴木宗男事件を巡る「国策捜査」の真相を明かす衝撃作。

佐藤優著

功利主義者の読書術

聖書、資本論、タレント本。意外な一冊にこそ、過酷な現実と戦える真の叡智が隠されている。当代一の論客による、攻撃的読書指南。

佐渡裕著

僕はいかにして指揮者になったのか

小学生の時から憧れた巨匠バーンスタインとの出会いと別れ——いま最も注目される世界的指揮者の型破りな音楽人生。

下川裕治著

世界最悪の鉄道旅行
ユーラシア横断2万キロ

のろまなロシアの車両、切符獲得も死に物狂いな中国、中央アジア炎熱列車、コーカサス爆弾テロ！　ボロボロになりながらの列車旅。

城内康伸著

猛牛《ファンソ》と呼ばれた男
—「東声会」町井久之の戦後史—

1960年代、児玉誉士夫の側近として日韓を股にかけ暗躍した町井久之（韓国名、鄭建永）。その栄華と凋落に見る昭和裏面史。

「選択」編集部編

日本の聖域《サンクチュアリ》

この国の中枢を支える26の組織や制度のアンタッチャブルな裏面に迫り、知られざる素顔を暴く。会員制情報誌「選択」の名物連載。

新潮文庫最新刊

重松清著
ポニーテール
親の再婚で姉妹になった四年生のフミと六年生のマキ。そして二人を見守る父と母。家族のはじまりの日々を見つめる優しい物語。

原田マハ著
楽園のカンヴァス
山本周五郎賞受賞
ルソーの名画に酷似した一枚の絵。秘められた真実の究明に、二人の男女が挑む！　興奮と感動のアートミステリ。

窪美澄著
晴天の迷いクジラ
山田風太郎賞受賞
どれほどもがいても好転しない人生に絶望し、死を願う三人がたどり着いた風景は——。命のありようを迫力の筆致で描き出す長編小説。

安東能明著
出署せず
新署長は女性キャリア！　混乱する所轄署で本庁から左遷された若き警部が難事件に挑む。人間ドラマ×推理の興奮。本格警察小説集。

吉川英治著
新・平家物語（七）
五条大橋での義経・弁慶の運命の出会い。そして、後白河法皇の子・以仁王によって、平家追討の令旨が、諸国の源氏に発せられる。

檀ふみ編
映画狂時代
映画好きは皆、どこかオカしい……。谷崎、太宰から村上龍、三浦しをんまで。銀幕をめぐる小説＆エッセイを集めたアンソロジー。

新潮文庫最新刊

小澤征爾
村上春樹著

小澤征爾さんと、
音楽について話をする
小林秀雄賞受賞

……音楽を聴くって、なんて素晴らしいんだろう……世界で活躍する指揮者と小説家が、「良き音楽」をめぐって、すべてを語り尽くす！

櫻井よしこ著

何があっても大丈夫

帰らぬ父。ざわめく心。けれど私には強く優しい母がいた。出生からジャーナリストになるまで、秘められた劇的半生を綴る回想録。

森見登美彦著

森見登美彦の
京都ぐるぐる案内

傑作はこの町から誕生した。森見作品の名場面と叙情的な写真の競演。旅情溢れる随筆二篇。ファンに捧げる、新感覚京都ガイド！

内田樹著

呪いの時代

巷に溢れる、嫉妬や恨み、焦り……現代日本を覆う「呪詛」を超える叡智とは何か。名著『日本辺境論』に続く、著者渾身の「日本論」！

玄侑宗久著

無常という力
―「方丈記」に学ぶ心の在り方―

八百年前、幾多の天災や荒廃する人心を目にし、人生の不運をかこちながら綴られた「方丈記」。その深い智慧と覚悟を説く好著。

川又一英著

ヒゲのウヰスキー誕生す

いつの日か、この日本で本物のウイスキーを造る――。〝日本のウイスキーの父〟竹鶴政孝と妻リタの夢と絆を描く。増補新装版。

出《しゆつ》署《しよ》せず

新潮文庫　あ－55－3

平成二十六年七月一日発行

著者　安《あん》東《どう》能《よし》明《あき》

発行者　佐藤隆信

発行所　株式会社 新潮社

郵便番号　一六二－八七一一
東京都新宿区矢来町七一
電話　編集部(〇三)三二六六－五四四〇
読者係(〇三)三二六六－五一一一
http://www.shinchosha.co.jp

価格はカバーに表示してあります。

乱丁・落丁本は、ご面倒ですが小社読者係宛ご送付ください。送料小社負担にてお取替えいたします。

印刷・大日本印刷株式会社　製本・憲専堂製本株式会社

© Yoshiaki Andô 2014　Printed in Japan

ISBN978-4-10-130153-2　C0193